KB155818

그래서 산에 산다

그래서 산에 산다

글·사진 최성현

시루

이 책을

나를 산에 살게 도와준

조현숙과 시오다 교코에게

개정판 서문

깊은 산속 오두막

그 집에 가자면 커다란 산을 넘어야 한다. 이쪽에서 갈 때도 그렇고, 저쪽에서 갈 때도 그렇다.

버스는 그 큰 산을 넘으면 나오는 강가의 면 소재지에 멈춰 선다. 거기서부터는 걸어야 한다. 다니는 버스가 없다.

시오리 길이다.

십 리는 마을길이고, 오 리는 산길이다. 드문드문 보이는 농가는 십 리 길에서 끝이 난다. 오 리 산길에는 절이 한 채 있을 뿐인데, 기암절벽 사이의 좁은 땅을 얻어 지은 그 절을 지나면 시냇물을 따라 좁은 산골짜기 길이 이어진다.

비탈이 진 그 길 한쪽에는 시냇물이 흐르고, 다른 한쪽은 산이다. 한쪽은 맑고, 한쪽은 푸르다. 그들도 심심한 게 싫은 걸까, 얼마쯤

가다 보면 둘은 자리를 바꾼다. 왼쪽에 있던 시냇물이 오른쪽으로 가고, 오른쪽에 있던 산이 왼쪽으로 간다. 그런 위치 이동을 세 번 하고 나면 골짜기가 끝나고, 평지가 나온다. 남향의 툭 트인 평지다. 마을에서는 그곳을 안골이라 부른다.

산으로 둘러싸인 곳이다. 어디를 보나 나무다. 숲이다. 산이다. 그곳에 단 한 채의 집이 있다. 작은 집이다. 집이라기보다 오두막이라는 말이 더 어울리는 작은 집이다. 열다섯 평쯤 될까? 커다란 밤나무들이 그 작은 집을 둘러싸고 있다.

방 두 개에 부엌 하나.

외진 데 있다고 해서 사람들은 그 집을 외딴집이라고 부르기도 했는데, 그 집이 내 집이었다. 그 집에서 꽤 오래 살았다. 서른둘이었던 1988년 3월에 나는 그곳에 갔고, 그곳을 떠나온 건 2008년 11월이었다. 20년 5개월!

그런데 그 산에 나는 왜 갔나?

스물여덟이 되는 해에 그 일은 일어났다. 그 해, 나는 한 권의 책을 만났다. 나를 통째로 바꾼 《짚 한 오라기의 혁명》이라는 책이었다.

자연농법!

《짚 한 오라기의 혁명》은 그것을 소개하는 책이다. 자연농법의 철학과 실제를 내용으로 하는 책이다. 깊이 공감했다. 기뻤다. 구원

받은 느낌이었다. 내게는 복음과 같았다. 그러므로 달리 길이 없었다. 나는 그 길을 가야 했다. 그만큼 그 책을 읽으며 한 내 체험은 강렬했다. 그 뒤로는 다른 길에는 조금도 관심이 가지 않았다.

나는 그때 외국인 유학생들과 집 한 채를 빌려 공동생활을 하고 있었다. 그 가운데 일본인 유학생인 시오다 교코가 있었다. 그녀는 한 대학의 박사과정에 다니고 있었다. 나는 그녀의 힘을 빌려 같은 저자의 다른 책인《자연농법》을 한글로 옮기는 작업에 곧바로 뛰어드는 한편 망설임 없이 새 터를 찾아 나섰다. 돌아보면 놀랍다. 서른 무렵이었다. 당연히 가진 것이 없을 때였다. 하지만 농지를 얻자면 자금이 필요하다는 걸 잘 알면서도 나는 걱정 하나 없이 집을 나섰다.

돌아보면 놀랍다. 길이 열렸으니 말이다.《자연농법》의 한국어판이 나오던 해였다. 자연농법을 살기 위해 내가 가게 된 곳이 그 산속의 외딴집이었다. 뒤로는 가도 가도 산뿐인 그 외딴집이었다. 마을로부터 멀리 떨어진 그 숲속의 작은 집이었다.

신이란 무엇인가? 산천초목 그 자체가 신이다. 작은 새가 신이고, 배추와 무가 신이다. 나비가 신이다. 무심히 볼 때 자연의 모든 것이 신이다. 그 밖에 다른 신은 없다.

지구에는 꽃이 피고, 나비가 춤추고, 작은 새들이 노래한다. 이 이상의 천국은 없다. 신이 에덴동산으로부터 인간을 추방했다기보다 인간이 자신의 지혜로 늘 신을 쫓아내고, 죽이고 있다고 해야 한다.

자연농법이란 사람의 지혜를 보태지 않은, 있는 그대로의 자연에 뛰어들어 자연과 함께 살아가고자 하는 길이다. 어디까지나 자연이 주이고 사람은 그 시중을 드는 데 머문다.

무지無智, 무위無爲의 길이다. 지혜를 버리지 않고는 갈 수 없는 길이다.

'아무것도 하지 않는다'가 출발점이자 결론이고 수단이기도 하다. 땅을 갈지 않고, 농약과 비료를 쓰지 않는다. 김매기도 하지 않는다. 이 네 가지를 원칙으로 한다.

지구를 죽이는 악마의 손을 거두어 신을 돕는 엔젤이 되자. 다시 한 번 지구를 신의 손에 돌려주자.

후쿠오카 마사노부가 가리켜 보이는 길이었다. 그렇게 살고 싶었다. 그보다 더 좋은 길은 없어 보였다. 가슴이 설레어 견딜 수가 없었다.

하지만 그곳에서의 내 인생은 결코 순탄치 않았다. 나는 그 산에 사는 동안 산전수전대학에 다녀야 했다. 그 대학 서바이벌학과에서 돈벌이, 1인 1기와 같은 과목을 이수해야 했고, 부부학과에서는 부부 싸움, 이혼, 새 출발과 같은 주제의 공부를 해야 했다. 일본과 뉴질랜드로 수학여행을 가기도 했다. 졸업? 아직 못 했다. 아마도, 아니 틀림없이 죽을 때까지 어려울 것 같다.

지금 나는 강원도에서 살고 있다. 여전히 산에 산다. 변함없이 자연농법이 바탕이다. 숲밭이라는 새로운 세계를 여는 데 힘을 쏟으며, 자연농법으로 자급 규모의 논밭 농사를 짓고 있다.

'조화로운 삶'이라는 출판사에서 2006년에 '산에서 살다'라는 이름으로 나왔던 책이다. 그 책을 '가디언'에서 다시 낸다. 몇 편은 뺐고, 그보다 훨씬 더 많은 글을 새로 썼다. 글의 차례도 바꿨다. 이렇게 더 나은 모습으로 그 산에서 살며 겪은 이야기를 다시 소개할 수 있도록 해준 가디언 출판사에게 고맙다는 인사를 하고 싶다.

이 책을 내며 잊을 수 없는 사람들이 있다.

그 첫 사람은 시오다 교코의 오빠 시오다 시쿠다. 그가 무이자로 돈을 빌려주어 그 산속의 집과 논밭을 얻을 수 있었다.

다른 한 사람은 박희혁이다. 나는 그가 메고 온 사진기가 부러웠다. 그 꼴을 보고 그는 바로 내게도 똑같은 사진기를 사서 보내 주었다. 이 책에 실린 사진은 모두 그 사진기로 찍었다.

또 다른 한 사람은 김효정이다. 그는 260쪽에 이르는 앞 책《산에서 살다》를 옮겨 주었다. 며칠이 걸렸을까? 타이핑 솜씨가 아무리 좋아도 한 열흘, 아니 그 이상이 걸렸으리라. 이런 그의 수고가 있어 이 책은 만들어질 수 있었다.

세 분에게 감사의 인사를 드리고 싶다.

산에서 산다.

이곳에서 산에게 배우며

부디 지혜 너머의 세계로 끝없이 걸어갈 수 있기를!

그리하여 산과 더 깊이 하나가 돼서 살아갈 수 있기를!

2020년 9월

강원도의 한 산골 마을에서

최성현

초판 서문

산에 사는 기쁨

"무슨 재미로 산에 살아요?"

방문객들이 자주 묻는 질문이다. 어떤 사람은 내가 최씨라서, 독해서 산에 살 수 있는 것이 아니냐고 묻는다. 그런지도 모르지만 내가 산에 살며 느끼는 즐거움은 다음 두 가지가 가장 크다.

그 하나는 나를 찾아오는 풀과 나무, 새, 벌레, 짐승 등을 만나는 재미다. 움직일 줄 모르는 풀과 나무가 어떻게 내게 온다는 것인지 짐작이 안 가는 사람도 있을 테지만, 잘 살펴보면 뜻밖에도 많은 나무들이 움직인다. 제힘으로, 혹은 남의 힘으로.

올봄의 일이었다. 한 친구의 손에 들려 앵두나무, 자작나무, 밤나무, 복숭아나무, 보리수나무가 각각 한 그루씩 나를 찾아왔다. 그런가 하면 승주에 사는 한 형님을 따라 이른 봄에 내게 온 나무도 있다. 돌배나무, 살구나무, 매실나무, 올밤나무와 늦밤나무, 은

행나무, 자두나무, 목련나무 등이 그것이다.

이렇게 말하면 실망하는 사람이 있을 테지만 나무 혼자 나를 찾아오는 일도 적지 않다. 그런 풀과 나무는 잘 살펴보지 않으면 모르고 지나치기 쉽다. 뽕나무 아래로 나를 찾아온 밤나무가 있다는 것은 올봄에 달래를 캐며 알았다. 그곳에서 그때 살짝 새싹을 틔우고 있던 그 밤알은 달래가 아니었다면 몇 해 모르고 지냈기 쉽다. 그 밤나무가 그곳으로 날 찾아올 수 있었던 것은 다람쥐나 들쥐 덕분이었을 것이 틀림없다.

한편 작년부터 우리 논에 나기 시작한 물옥잠은 어디서 어떻게 왔는지 내 힘으로는 알 길이 없다. 올해 극성스럽게 번지고 있는 개구리밥도 그렇다. 물을 따라왔다고도 볼 수 없는데, 우리 논 위에는 큰 나무로 이루어진 숲이 있을 뿐이기 때문이다. 개구리밥이나 물옥잠은 내가 알기로는 숲에 나는 풀이 아니다.

그 날이 그 날 같아도 놀랍게도 똑같은 날은 단 하루도 없다. 눈에 보이지 않는 속도로 모든 것이 잠시도 머물지 않고 변하고 있다. 나무는 해마다 자라는 것이 분명하지만 우리에게 자신이 자라는 모습을 보여 주지 않는다. 그 날이 그 날 같던 아이들도 해마다 한 뼘씩 자라지 않는가. 이렇게 모든 것이 변하지만 그 변화는 일방적이지 않다. 서로 주고받으며 변한다.

산판으로 헐벗었던 우리 집 주변의 산에 나무들이 자라며 물과 공기가 해가 갈수록 맛있게 변해 온 것도 그 한 예다. 숲이 건강해

짐과 비례해서 새들 또한 점점 늘어나고 있다. 반딧불이가 생기고, 가끔 야생 오리를 볼 수 있었던 것은 이 산속에 논이 만들어진 뒤부터였다. 땅을 갈지 않고, 농약을 쓰지 않고, 논에서 난 것(볏짚이나 왕겨 등)은 모두 다시 논으로 되돌려주는 데 따른 자연의 반응이리라.

재작년부터 논에 돌미나리가 와서 밭을 이루고 살고 있고, 작년부터는 달팽이가 보이고, 올해는 거머리가 돌아왔다. 모두 이전에는 없던 것들이다. 달팽이가 그랬던 것처럼 거머리의 도래 또한 내게는 놀랍고도 반가운 일이다. 거머리는 그전부터 흔히 보이는 소금쟁이, 물맴이 등과 다르다. 그는 날지 못한다. 그는 빨리 걷지도 못한다. 발이 아예 없다. 그런 그가 어디서 어떻게 왔을까? 신비한 일이다!

이 모든 것이 땅이 해마다 건강해지고 있다는 증거인데, 실제로 논에 가서 봐도 그것이 느껴진다. 달팽이나 거머리는 하나의 증거일 뿐이다. 그러므로 그런 변화가 있을 때마다 내가 느끼는 기쁨은 말할 수 없이 크다.

우리는 이렇게 우리의 논밭에서, 혹은 생활 속에서 지구를 더럽히거나 깨끗하게 보전해 갈 수 있는 것이다. 병들게 할 수도 있고, 건강하게 가꿔 갈 수도 있는 것이다.

산에 사는 재미 가운데 또 하나는 역시 사람이다. 터키를 비롯한 이슬람 국가에서 전해지고 있다는 다음 말을 들어보라.

손님은 하늘이 보내는 선물이니 어느 집에서나 늘 손님이 묵을 방과 입을 옷을 준비해 두고, 손님이 오면 온 정성을 다해 밥상을 차려라.

막상 손님 앞에서는 그 사실을 잊는 일이 많지만 정말 맞는 말이다 싶다. 신이 보낸 선물이 아니고서야 어떻게 그처럼 다양한 모습으로 올 수 있으랴!

내가 사는 산에도 가끔 손님이 온다. 마치 소설 속의 이야기 같다. 길섶으로 길게 자란 풀을 헤치며, 혹은 눈보라를 맞으며 손님이 온다. 그들은 그렇게 와서 거기까지 오는 여행길에서 만났던 자신의 눈물과 별, 새와 꿈에 대한 이야기를 내게 들려준다. 마치 다른 별이나 나라에서 온 것 같다. 그만큼 사람마다 다르다.

아궁이에 불을 지피며, 밥상을 마주하고 앉아서, 논둑의 풀을 깎으며, 혹은 함께 숲속을 거닐며 나는 나를 찾아온 사람들의 이야기를 듣는다. 재미있기만 한 것은 아니다. 나는 그들의 이야기 속에서 많은 것을 배우고 깨우치기도 한다. '하늘이 보낸 선물'임을 끝까지 잊지 않고 겸손히 손님의 말에 귀를 기울인 날에는 안다. 그 말이 틀림없음을. 손님은 정말 하늘이 보낸 선물임을.

눈여겨보아야 하고, 귀 기울여 들어야 한다. 오가는 길손은 물론 마루 밑으로 굴러드는 나뭇잎 하나, 발밑을 기어 다니는 벌레 한 마리 소홀히 여겨서는 안 된다고 다짐을 하며 산다. 하지만 아직 그것이 잘 안 된다.

마당가로 은판나비가 날아간다. 폭포수 같은 개울물 소리에 매미 소리가 기를 못 펴고 있다. 며칠 비가 많이 내렸다.

산의 품에 안겨 살며 그 안에서 겪은 이야기를 여기 모았다. 산과 그 안의 형제들(물, 나무, 새, 풀, 바람, 산짐승, 벌레, 바위, 물고기 등)에 감사한다. 그들 덕분이다.

여러 친구들의 도움을 받았다. 원고를 읽고 자신의 의견을 말해 준 친구들, 책 제목을 함께 찾아 준 친구들, 격려를 해 준 친구들, 책이 나오기까지 기다려 준 친구들, 추천의 글을 써 준 친구. 이 모든 분들께 감사드린다.

2006년 초여름

바보 이반 농장에서

최성현

차례

2 발에는 흙, 얼굴에는 미소

3 땅이 웃는 날

4 친구들

1

산에 사는 바보

사람의 일생이란 이슬과 비를 피할 수 있는 오두막에 한 벌의 옷과 한 벌의 밥그릇, 그리고 지팡이 하나로 충분한 것이다.

— 후쿠오카 마사노부

일부러 찾아서 고행을 하기보다는 직경直耕, 곧 농사에 전념하는 게 좋다. 도를 구하는 데 있어서도 그렇다.

— 안토 쇼에키

서울에 온 주름조개풀

아주 가끔 서울에 간다. 대개 기차를 이용하는데 이번 나들이는 버스였다. 약속 시간에 맞추자면 버스여야 했고, 아침 일찍 집을 나서야 했다.

서울에 도착한 시간은 아침 아홉 시 이십 분. 전철을 기다리며 앉아 있던 의자에서 보았다. 바짓가랑이에 잔뜩 붙어 있는 주름조개풀의 씨앗을.

새벽에 외출복 차림으로 이 밭 저 밭을 뛰어다니며 그날 만날 사람에게 줄 버섯과 호박, 고추, 오이 따위를 땄는데, 그때 붙은 것이 분명했다. 어떻게 해야 하나, 잠시 생각했다. 결론은 간단했다. 떼어 버릴 수는 없는 일이었다. 떼어서 어디다 버린단 말인가. 버릴 곳이 없었다.

주름조개풀은 눈에 잘 띄지 않는 풀이다. 키가 작고 잎도 크지 않은 데다 볼품이 없다. 이름을 아는 사람도 거의 없는데, 그 풀이 눈에 띄기 시작하는 것은 씨앗이 여문 뒤부터다. 까끄라기가 있는 데다 접착력이 강한 액체를 분비하기 때문에 주름조개풀은 바짓가랑이에 잘 달라붙는다. 맨다리에도 붙을 만큼 솜씨가 좋다. 다른 것은 볼품없고 작거나 열등한데, 달라붙는 힘 하나만은 발군이다. 그리고 작고 힘이 없는 탓인지 꼭 길가에 나서 산다.

웃음이 났다. 자주 다니는 길에 있어 하루에도 몇 번씩 떼어 내야 했던 풀씨다. 그 풀씨가 내 바짓가랑이를 잡고 서울까지 따라온 셈이었다. 어찌 박대할 수 있으랴! 게다가 서울에서 떼어 낸다면 그것은 곧 그 풀씨들의 죽음을 뜻했다. 흙 한 줌 없는 곳에서 어떻게 그 작은 풀씨가 살아남는단 말인가? 혹시 어디선가 흙을 만나면 그곳에 떼어 놓는 방법밖에 없었다. 그것이 가장 좋은 길이겠다는 생각을 하며 나는 역으로 들어오는 전동 열차를 타기 위해 자리에서 일어섰다.

일을 보며 틈틈이 주름조개풀의 새로운 거처를 찾아보았다. 마땅치 않았다. 손톱의 때만 한 풀씨 하나 살 곳이 서울에는 없었다. 가로수마다 밑동 근처에 아주 조금씩 흙이 있기는 했다. 하지만 주름조개풀이 거기서 싹을 틔우고 살아남기를 바라는 것은 물속에서 성냥을 그어 불을 피우려는 것과 다름없는 일이었다. 그뿐만이 아니었다. 서울에서는 모든 땅이 시멘트로 뒤덮여 있어 아예 흙을 보는 일

자체가 힘들었다.

아쉬웠다. 어딘가 빈 땅이 있고 거기에 주름조개풀의 씨앗을 묻어 둘 수 있다면 서울을 생각할 때마다 그 풀이 생각이 나며 나는 기뻤으리라. 휘황찬란하고 으리으리한 서울에 그와 정반대인, 지지리도 못난, 키도 작고 잎도 볼품이 없는, 그러나 달라붙는 재주 하나만은 발군인, 작지만 가까이서 보면 나름 예쁜 꽃도 피우는 주름조개풀이 자라고 있다고 생각해 보라. 거기서 주름조개풀이 햇살을 받고 바람에 흔들리며 여리나마 온 힘을 다해 살고 있다고 생각해 보라. 그 작은 풀 하나가 있어 서울은 내 마음의 도시가 됐으리라.

결국 서울 어디에서도 나는 그 씨앗을 떼어 낼 곳을 찾지 못하고 말았다. 집으로 돌아와 바짓가랑이를 보니 씨앗 수가 반으로 줄어들어 있었다. 반은 서울을 오가는 사이에 떨어졌다는 뜻이었다. 모두 스무 알은 되리라. 그 가운데 한 알이라도 어딘가에서 살아남기를!

남은 것은 아직도 바짓가랑이에 붙어 있다. 다시 그 바지를 입어야 하는 날에는 그 풀씨들을 떼어 내야 하리라. 그날에, 그 풀씨들을 떼어 어딘가 빈 터를 찾아 뿌려 두리라. 가을이 되면 그 풀씨들로 또 고생을 하겠지만 봄에 그 풀씨가 싹을 틔운 것을 보면 반가우리라. 가을 나들이 길에는 그 풀씨가 어린 딸아이처럼 또 바짓가랑이를 잡고 따라나설지 모르고, 그렇다면 나는 그 풀씨를 버스나 기차를 기다리며 보고 웃으리라.

만 년 동안 반복되는 일이다. 만 년 전에도 주름조개풀 같은 풀이 있었을 것이다. 발이 없는 식물이 동물을 이용해 자신의 씨앗을 퍼트리는 이 전략을 버리기는 어려울 테니 말이다. 진득찰, 도깨비바늘, 그령, 짚신나물, 도둑놈의갈고리 따위가 주름조개풀과 같은 방법으로 자손을 퍼뜨리는데, 혹시 그것이 바짓가랑이를 붙잡고 그대의 여행을 따라나서더라도 화내지 말 일이다. 식물은 우리에게 자신의 모든 것을 다 내어 주며 살지 않는가? 동물인 우리는 그들이 있어 살 수 있지 않은가?

콩 여섯 알

우리 집에는 세 종류의 배추밭이 있다. 하나는 사람을 위한, 다른 하나는 배추흰나비를 위한, 또 다른 하나는 산토끼를 위한 배추밭이다. 집토끼가 아니다. 산토끼다. 일부러 그렇게 한 것이 아니라 어쩌다 보니 그렇게 됐는데, 그 이야기를 지금부터 나는 하려고 한다.

보통 김장용 무 씨앗은 바로 밭에 뿌리고 배추는 모판에서 모를 길러 밭에 옮겨 심는다. 나 또한 올해는 그렇게 했다. 모든 게 순조로웠다. 한 구멍도 빠짐없이 싹이 고르게 잘 텄다. 아무 탈 없이 무럭무럭 잘 자랐다. 그렇게 끝까지 가면 좋았을 텐데 그렇게 되지 못했다.

곧 밭에 옮겨 심어도 될 만큼 모가 다 자랐을 무렵의 어느 날 아침이었다. 이것이 무슨 일인가!? 간밤에 무슨 일이 있었는지 모판에 배추가 단 한 포기도 남아 있지 않았다. 놀라웠다. 단 한 포기가 아니라, 단 한 장의 잎도 보이지 않았다. 남아 있는 것이라고는 줄기뿐이었다.

하루 사이의 일인 것을 보면 벌레 짓은 아니었다. 집 뒤 비닐하우스 속으로 모판을 옮겨 놓은 것이 일을 그르친 것 같았다. 아마도 그곳까지를 활동 무대로 삼는 어떤 산짐승의 짓인 것 같았다. 바로 짐작이 가는 동물이 있었지만, 확실히 알게 된 것은 그로부터 여러 날이 지난 뒤였다.

난감한 일이었다. 서둘러 모판에 씨앗을 다시 뿌렸다. 앞서보다 씨앗의 양을 늘렸다. 수로 양을 해결하자는 전략이었다. 늦어 버린 만큼 배추의 수확량은 줄어들 것이 뻔했고, 부족분을 채우자면 그 길밖에 없었다.

앞서의 실수를 반복하지 않기 위해 이번에는 처음부터 끝까지 앞마당에서 배추 모를 길렀고, 밤에는 망을 씌워 동물의 피해를 막았다. 다행히 아무런 피해 없이 배추 모는 잘 자라 주었다.

모가 다 자란 뒤에 나는 그것들을 세 곳에 옮겨 심었다. 집 앞과 옆, 그리고 뒤. 이렇게 여러 군데 심은 까닭은 앞에서 썼지만 수로 양을 해결하기 위함이었는데, 앞밭을 뺀 나머지 두 밭은 작았다. 봄부터 이미 자라고 있는 곡식과 야채 사이의 자투리땅을 얻은 것이어서 크기가 얼마 안 됐다.

배추를 심고 나니, 기다렸다는 듯이, 바로 배추흰나비들이 날아와 배추에 알을 낳기 시작했다.

땅을 갈지 않고 심을 곳만 조금 열고 배추 모를 심는 우리 배추밭에는 배추만이 아니라 여러 가지 풀이 있다. 그런데도 배추흰나비는 다른 풀은 풀도 아니라는 듯이 배추에만 알을 낳았다. 여러 날에 걸쳐 하루 종일 이어진 이 일은 배추 한 포기에 알이 네다섯 개씩은 됐을 때야 끝났다. 얼마 뒤 그 알들은 애벌레로 부화해서 배춧잎을 갉아먹으며 자라기 시작했다.

배추흰나비 애벌레로부터 배추를 지키는 길은 두 가지다. 하나는 농약을 쳐서 죽이는 길이고, 다른 하나는 손으로 잡는 방법이다. 앞의 것은 처음부터 생각조차 안 했던 길이다. 뒤의 방법도 마음이 편치 않아 몇 해 전부터 나는 배추흰나비 애벌레를 위한 배추밭을 정하고, 그곳에 애벌레를 잡아 옮겨 주어 왔다.

해마다 배추흰나비 애벌레가 생기는 것은 아니다. 해마다 다르다. 지난해에는 수가 적어 단 한 차례도 벌레를 잡지 않았다. 그래도 됐다. 있기는 했지만 몇 마리 안 돼 그냥 먹게 둬도 됐다.

올해는 애벌레가 많이 생긴 편인데, 달리 길이 없었다. 해마다 그렇게 해 왔듯이 올해도 집 옆에 있는 배추밭의 배추 몇 포기를 배추흰나비 애벌레 몫으로 정하고, 애벌레들이 보이면 보이는 대로 잡아서 그 배추들로 옮겨 놓았다. 그렇다. 애벌레들은 거기서 산다. 고맙게도 다른 배추로 옮겨 가지 않는다.

그 정도에서 끝났으면 좋았는데, 그렇게 되지 않았다. 어느 날이었다. 집 뒷밭의 배추에 대규모 피해가 발생했다. 누굴까? 뭉텅뭉텅

배춧잎을 잘라 먹었다. 크기로 보아 이번에도 벌레 짓은 아니었다. 아무리 먹성이 좋은 벌레라도 그렇게 많은 양을 한꺼번에 먹을 수는 없었다. 거기다 그곳에는 그런 짓을 할 벌레도 없었다.

산토끼가 한 짓이 분명했다. 그 밭 뒤로 바로 숲이 이어져 있으니 무리도 아니었다. 그곳에서 나는 자주 산토끼를 보았고, 어떤 날에는 낮잠을 자는 토끼도 보았지 않은가! 하지만 낮에 자고 밤에 활동하는 산토끼를 막을 길이 내게는 없었다. 망을 둘러치는 방법 따위를 생각해 볼 수도 있었지만 나는 아예 그 밭을 산토끼에게 내주기로 했다.

다행히 산토끼는 앞밭에는 얼씬도 하지 않았다. 앞밭까지 입을 댔다면 정말 곤란했으리라. 함께 사이좋게 사는 게 불가능했으리라. 생각해 보면 어디고 갈 수 있을 뿐만 아니라 달리기 선수이기까지 한 산토끼가 뒷밭에만 머물러 준 것이 오히려 고마웠다. 산토끼는 앞밭만이 아니라 옆밭에도 가지 않았다. 그것이 마치 배추흰나비 애벌레의 밭임을 알고 있기라도 하단 듯이!

평화는 좋지만 사람 먹을 것이 모라라지 않느냐는 의문이 남는다. 어떻게 하면 좋을까? 다행히 배추흰나비 애벌레는 덩치가 워낙 작아서, 산토끼는 배추 말고도 먹을 것이 많아서 배추를 다 먹지 않는다. 남기는 것이 있다는 것이다. 그것까지 뽑아 김장을 담그면 된다. 그래도 괜찮다. 더럽지 않느냐고? 그렇게 보지 않아도 된다. 물에 씻고, 소금에 절인다. 만에 하나 배추흰나비 애벌레나 산토끼의

타액이 그때까지 남아 있다 하더라도 그때 씻기지 않겠는가.

그것이 다가 아니다. 한겨울에 배추흰나비 애벌레와 산토끼의 입 자국이 나 있는 그 김치를 먹는다고 생각해 보자. 그때 나는 한여름부터 초겨울에 걸친 그들과의 추억을 떠올리며 마음 흐뭇한 한때를 보낼 수 있을 게 아닌가! 사실, 이것은 그저 하는 소리고, 고춧가루와 그 밖의 양념에 묻혀 산토끼나 배추흰나비 애벌레의 입 자국은 보기조차 어려우리라. 정 그것이 마음에 걸리면 그 부분만을 뜯어내고 김장을 하는 길도 있다.

여기 사람들이 바람직한 농업을 이야기할 때 자주 써먹는 유명한 말이 있다.

콩 세 알을 심는다.
한 알은 새를 위해.
한 알은 벌레를 위해.
나머지 한 알은 사람을 위해.

사람의 몫은 세 알 가운데 한 알이다. 대단한 양보다. 그렇게만 된다면 사람만이 아니라 새와 벌레까지, 이 세상의 모든 것이 서로 가진 것을 나누며 사이좋게 사는 새로운 세상이 펼쳐지리라.

하지만 실제는 어떨까? 정말 인간은 세 알 가운데 두 알을 흔쾌히 다른 동물에게 주고 있는가? 다 아시다시피 인류는 그렇게 하고 있지 않다. 농약이 그것을 말해 주고 있다. 농약을 뿌리는 것은 세 알 중 두 알을 지키려는 행동이다. 그렇다면 농부만 나쁜가? 그렇지 않다. 새나 벌레에게도 문제는 있다.

나는 올해 때맞춰 두 되쯤 되는 땅콩을 심었다. 혼자 먹을 것이라면 그보다 적어도 됐지만 새나 쥐가 먹을 것도 계산에 넣다 보니 그 정도는 돼야 했다. 물론 이것이 얼마나 낭만적인 기대인지는 그 전부터 잘 알고 있었다.

새는 자기 몫인 하나를 지키지 않는다. 100평쯤 옥수수를 심었던 어느 해, 새는 한 알도 남기지 않았다. 싹까지는 잘 텄다. 하지만 그 뒤에 일이 벌어졌다. 새는 옥수수 싹을 보고 알갱이를 찾아 먹었다. 새가 옥수수를 한 알도 안 남기고 먹을 수 있었던 것도 그 싹 때문이었다. 새들은 옥수수 싹을 찾아 부리로 물어 뽑은 뒤, 싹은 버리고 옥수수 알갱이만 떼어 먹었다. 한 포기도 남기지 않았다. 떼를 지어 몰려다니길 좋아하는 어치라는 새였다.

한 해는 콩으로 같은 일을 당했다. 바로 심기直播를 하면 옥수수와 똑같은 일이 벌어질 것 같아 모를 키워 내기로 했다. 집 앞밭에 모판을 설치하고 씨앗을 뿌렸다. 문을 열면 보이는, 방에서 10미터쯤 되는 곳에 있는 텃밭이었다. 하루에도 열 번씩, 스무 번씩 그 곁을 지나다니는 밭이었다. 아무리 날쌘 새도 그 사이를 틈타 콩을 훔쳐 먹기는 불가능했다. 그런 곳이었다. 그런데 여러 날이 지나도 싹이 트지 않았다. 이상하다 싶어서 모판을 파 보았다. 씨앗이 없었다. 벌써 새들이 잔치를 끝내고 난 뒤였다. 그해 콩을 한 되는 뿌렸는데 싹이 튼 것은 열 포기가 채 되지 않았다.

그러므로 올해 땅콩을 심을 때는 앞서의 실패를 생각하지 않을 수 없었다. 다른 방법이 필요했다. 그렇게 해서 생각해 낸 것이 풀 속에 씨앗을 심는 방법이었다. 말하자면 풀 속에 씨앗을 숨기는 방법이었다. 풀 속에 씨앗을 심고, 싹이 터서 더 이상 새가 덤비지 않을 때쯤 풀을 베어 내면 되지 않을까, 생각했다. 하지만 이것 또한 뜻대로 되지 않았다. 이번에는 새 대신 쥐가 먹어 치웠다. 어떻게 알고 그렇게 모조리 파먹었는지 놀라웠다. 싹이 튼 것을 하나도 볼 수 없었다.

이처럼 새들이나 쥐들도 3분의 1을 지키지 않는다. 거기다 쥐는 새도 아니고 벌레도 아니다. 그렇다면 세 알로도 부족하다. 콩 세 알을 네 알로 고쳐야 한다.

여기서 끝이 아니다. 산짐승의 피해 또한 계산에 넣어야 한다. 올해는 새들보다 고라니 피해가 더 컸다. 콩 싹이 10센티쯤 자랐을 때 콩밭 일부를 고라니가 뜯어 먹었다. 20분의 1쯤 될까. 다행히 지금까지는 거기서 그친 상태지만 아직 안심을 할 수 없다. 아직 거둬들이지 않았기 때문이다.

벼에는 고라니, 새, 메뚜기가 덤빈다. 고라니가 바랐던 것은 벼가 아니라 논 속의 돌미나리였지만 들고 날 때 벼가 많이 망가졌다. 새는 벼 이삭이 익기 시작할 때부터 떼로 몰려와 논에서 산다. 논가에서는 사방으로 튀어 달아나는 메뚜기들의 모습을 볼 수 있는데, 그 메뚜기들도 벼 잎을 꽤나 갉아먹는다.

고추에는 이렇다 할 피해가 없다. 굳이 따지면 100분의 1, 혹은 500분의 1쯤이라고 할까. 토란, 토마토, 오이, 부추, 상추, 파드득나물, 당근, 갓, 파 같은 것들은 거의 피해가 없다.

새, 벌레, 쥐, 산짐승 말고도 또 한 집단이 있다. 채소나 과일에 시듦병, 잘록병, 탄저병, 풋마름병 등을 일으키는 곰팡이, 세균, 바이러스의 세계가 그것이다. 육안에는 안 보이는 이 미생물들이 입히는 피해는 엄청 커서 경우에 따라서는 수만 평의 넓은 밭에 심은 채소나 과일이 그대로 다 망가지는 일도 있다.

이렇게 보면 농부는 콩을 심을 때 사실은 세 알이 아니라 여섯 알을 심어야 한다. 한 알은 새에게 주고, 한 알은 벌레에게 주고, 한 알은 쥐에게 주고, 한 알은 산짐승에게 주고, 한 알은 미생물에게 주기 위해. 그렇다면 이론적으로는 인간의 몫은 6분의 1인데, 실제는 어떨까? 정말 인간의 몫은 그것밖에 안 되는가?

아니다. 농가마다 조건이 달라 한마디로 잘라 말할 수는 없겠지만 내 경우는 3분의 1이 지켜진다. 새나 쥐가 다 먹어 버리는 것도 있지만 전체적으로 보면 3분의 1이 지켜진다. 농약이나 총으로 막지 않아도 그 이상이면 이상이지 그 이하는 아니다.

지금 인류는 생태 농업이라는 이름 아래 다른 생명체들과 평화롭게 함께 사는 길을 조금씩 익혀 가고 있다. 벌레만 죽고 인간에게는 아무런 피해도 없는 그런 농업은 없다는 것을 비로소 깨닫기 시작해 가고 있다. 모든 것은 하나로 이어져 있다는, 폭력은 폭력을 부른다는, 준 대로 받게 된다는 자연의 섭리를 인류는 자각해 가고 있다.

물이 좋은 예다. 육안에는 아래로 흐르는 모습밖에 안 보인다. 마음의 눈으로 봐야 비로소 내가 버린 물이 돌고 돌아서 다시 내게도 오는 것이 보인다. 하지만 사람들은 물이 아래로만 흐르는 줄 알고 온갖 더러운 것을 물에 아무 거리낌 없이 버린다. 그것이 영원히 자신을 떠나가 버릴 줄 아는 것이다.

벼농사를 짓는 기쁨

벼 타작을 하는 날, 고맙게도 날씨가 좋았다. 하늘은 구름 한 점 없이 맑았고 바람도 잤다. 아주 가끔 산들바람이 불 뿐이었다.

나는 발탈곡기로 벼 타작을 한다. 발탈곡기는 20년쯤 전에 주로 사용되던, 이제는 아무도 거들떠보지 않는 기계다. 요즘은 베면서 동시에 털어 자루에 담아 주기까지 하는, 그래서 실어다 창고에 쌓기만 하면 되는(사실은 그 전에 건조기에 넣어 벼를 말리는 과정을 거친다) 콤바인이라는 매우 편리한 복합 탈곡기가 나와 있지만 마을에서 멀리 떨어진 곳에 사는 내게는 손에 닿지 않는다. 아니, 콤바인이 올 수 있다고 해도 나는 그 기계를 내 논에 들일 생각이 없다.

물론 발탈곡기를 쓰면 일이 많다. 낫으로 베어야 하고, 단을 지어 묶어야 하고, 묶은 벼를 탈곡기가 있는 곳까지 날라야 하고, 털어야 하고, 턴 뒤에는 알곡만 남도록 검불을 걷어 내야 하고, 그런 뒤에야 겨우 벼를 자루에 담을 수 있다.

이렇게 불편하기는 하지만 좋은 점도 많다. 발탈곡기는 그래도 세상과 자연에 덜 미안한 물건이다. 기계라는 점은 다를 게 없지만 다른 것에 견주어 자연환경에 피해가 적다. 발탈곡기는 사람의 힘으로 돌리기 때문에 석유를 쓰는 콤바인과 달리 공기를 더럽히지 않는다. 소음 또한 석유를 써서 돌리는 기계들이 내는 것에 견주면 아무것도 아니다. 들어 줄 만하다.

둥근 통을 발로 밟아 돌려 가며 벼를 턴다고 하여 발탈곡기다. 발로 밟아 통을 돌리며 동시에 두 손으로 볏단을 쥐고 터는데, 이때 볏단을 허술하게 쥐면 빠르게 돌아가는 탈곡 통에 휘감겨 들어가 버린다. 꽉 움켜쥐어야 하고, 동시에 알뜰하게 털기 위해 볏단 속을 뒤집기도 해야 한다. 처음에는 이 두 가지 일을 동시에 하기가 쉽지 않다. 손에 마음을 두면 밟는 일이 소홀해지고, 밟기에 힘을 쏟다 보면 손 쪽이 어설퍼진다.

발탈곡기의 둥근 통을 돌리자면 체중을 실어 발에 힘을 콱콱 주어야 한다. 발판은 오르내리기를 반복하는데, 내려갈 때 힘껏 밟고 올라올 때는 힘을 빼야 한다. 여기서 그치지 않는다. 벼를 털 때는 둥근 통이 볏단에 부딪쳐 잘 안 돌아가므로 이때는 힘을 더 줘 밟아야 한다. 특히 새 볏단을 받아 들고 털기 시작할 때가 그렇다. 잔뜩 달린 벼 이삭이 둥근 통의 철사에 걸리며 부하를 겪기 때문이다. 그때는 힘차게 밟아 통이 벼 이삭을 이겨 내며 돌아가게 해야 한다. 속도가 떨어지면 안 된다. 익숙해지면 때맞춰 가속도를 낼 수 있다.

이웃집 형님과 둘이 하다가 우연히 날짜를 맞춰 온 방문객 두 분의 도움으로 일찍 일을 끝낼 수 있었다. 물론 털기를 끝낸 것이지 그 뒤의 일까지 모두 마친 것은 아니었다. 그 뒤로도 일이 많다. 탈곡기 안으로 휘말려 들어간 벼 이삭을 걷어 내 털어야 하고, 털 때 알곡만 털리지 않고 볏짚의 검불까지 떨어지기 때문에 그것을 골라내야 하는데, 그런 뒷일들이 더 어렵고 시간도 더 걸린다. 해가 남아 있어 바람에 검불을 날려 보았지만 세기가 부족했고 또 계속해서 바람이 불어 주지도 않았다. 그 바람에 키에 알곡을 담아 들고 서서 바람이 불어오기를 기다리고 섰다 다시 내려놓기를 몇 번이고 거듭해야 했는지 모른다. 바람은 내 바람을 들어주지 않았다. 결국 나는 다음 날을 기약하고 일을 놓을 수밖에 없었다.

불행하게도 다음 날은 날이 흐렸고, 얼마 안 되지만 한때는 비까지 내렸다. 뛰어다니며 비설거지를 마치고 하릴없이 날이 좋아지기를 기다리자니 속이 탔다. 날이 계속해서 궂으면 가마니에 담아 놓은 벼가 습기를 못 이기고 떠 버릴지도 모르기 때문이었다. 그렇게 되면 한 해 농사가 한순간에 날아간다.

용케도 다음 날 오후부터 날이 갰다. 만사를 제치고 벼를 말리고 검불을 날리는 일에 달려들었다. 고맙게도 그날은 바람도 전날보다 나았다. 일정한 방향으로 불지 않는 것이나 불다 그쳤다를 반복하는 것은 같았지만 세기는 적당하여 바람이 불 때는 검불들이 잘 날아갔다. 그 일을 3분의 2쯤 마쳤을 때 아래 절의 스님이 와서 키질을 하지 그러냐며 손수 시범을 보였지만 서툴러 바람에 날리느니만 못했다.

"농사짓는 사람들 야단났어요. 뭘 해도 돈 되는 게 없으니!"

스님의 이 말을 시작으로 우리는 한바탕 농부의 어려운 현실에 대한 이야기를 주고받았다. 돈으로 따지면 내 농사도 정말 허망하다. 벼 타작을 도와준 방문객 한 사람은 앉아 쉴 때 손수 셈을 해 보고 이렇게 잘라 말했다.

"벼농사 짓지 마세요. 품삯도 안 나오잖아요? 다른 일을 하는 게 나아요."

물론 나도 잘 알고 있다. 돈으로 따지면 어리석은 일이다. 그래도 나는 앞으로도 해마다 벼농사를 빼먹지 않을 것인데, 그 이상의 기쁨이 그 속에 있기 때문이다. 나 역시 수입에 관심을 두지 않을 수 없지만 벼농사만은 예외다. 물론 이것은 자급 규모의 농사를 짓고 있는 내 경우에만 해당되는 말인지도 모른다.

봄부터 여름까지 늘 왁자한 개구리 울음소리를 들을 수 있는 것도, 여름 내내 밤마다 반딧불 구경을 할 수 있는 것도 논농사 덕분이다. 개구리와 반딧불이가 논에 기대어 살림을 꾸린다는 것도 논농사를 지으며 알게 됐는데, 그런 것을 어디서 돈을 주고 살 수 있으랴!

싱싱하게 자라는 벼는 또 얼마나 내 눈길을 사로잡았나! 푸른 벼

속에서 어김없이 벼 이삭이 팰 때, 그리고 그것이 고개를 숙이며 누렇게 익어 가는 모습을 보며 나는 또 얼마나 흐뭇했던가! 그런 것을 어떻게 돈을 주고 살 수 있으랴!

논에 미꾸라지를 사다 넣던 날 내 가슴은 또 얼마나 설레었던가? 그 뒤로 논을 볼 때마다 저기 그 미꾸라지들이 살고 있겠지 하는 생각에 나는 행복했는데, 그런 기쁨을 어떻게 돈을 주고 살 수 있으랴!

어느 해부터인가 논에 돌미나리가 절로 와서 산다. 돌미나리는 사람도 좋아하지만 고라니도 좋아한다. 그 밭으로 돌미나리를 뜯어 먹으러 온 고라니들이 들고 나며 꽤 많은 양의 벼를 쓰러뜨린다. 쓰러진 벼를 일으켜 세우며 그때마다 내 삶의 한 바탕인 '사물에 말 걸기'는 점점 깊어졌다. 아직 성공은 못했지만, 고라니와 사이좋게 지내려면 새로운 소통 방식이나 이해에 도전을 해야 했는데, 이런 경험을 어떻게 돈을 주고 살 수 있으랴!

알곡 속에 섞인 검불을 날리며 바람 고마운 줄을 깊이 배웠다. 간절하게 바람을 기다렸던 그 순간들도 좋았다. 새로운 체험이었다. 그때까지 나는 그렇게 절실하게 바람을 기다려 본 일이 없었다. 그 덕분에 바람과 전보다 훨씬 더 친해졌는데, 이런 일을 어떻게 돈을 주고 살 수 있으랴!

쌀은 주곡이다. 그만큼 스스로 농사지어 먹는 보람이 크다. 시장에서 사 먹는 것과 손수 길러 먹는 것은 차이가 크다. 벼농사를 지을 때 비로소 농사를 짓는 느낌이 드는 것도 그 때문이다. 야채 정도를 자급하는 텃밭 농사와는 다르다. 비로소 조심스럽게 자급자족이라는 큰 보람에 다가설 수 있는데, 이와 같이 땅에 단단히 뿌리를 둔 기쁨을 어떻게 돈을 주고 살 수 있으랴!

벼농사에는 이런 기쁨이나 즐거움, 보람 같은 것이 있다. 벼농사의 마지막 며칠은 또 얼마나 특별했나. 나는 하늘 앞에 선 어린아이 같았다. 어린 자식이 어버이에게 의지하듯 그런 심정으로 나 또한 하늘에 매달려 햇살과 바람을 부탁했다. 그 체험은 대자연을 향한 나의 시선을 훨씬 다소곳하게 만들어 주었다.

우리 집에서는 탈곡이 끝나는 대로 바로 볏짚을 논에 되돌려준다. 맨땅이 보이지 않도록 훌훌 뿌린다. 해마다 그렇게 한다. 그러므로 우리 집 논은 1년 내내 옷을 입고 있다. 벌거숭이가 되는 일이 없다. 있다면 벼를 베고 탈곡을 마칠 때까지의 하루나 이틀, 혹은 사나흘 쯤이고, 그 나머지 기간에는 늘 옷을 입고 있다. 그 모습이 보기 좋다. 아름답다.

내가 볼 때 논/땅은 여성이다. 옷을 벗긴 채로 둬서는 안 된다. 맨몸으로 두면 수줍음으로 메말라 버리거나 추위나 더위로 몸이 상한다.

가을 잔치

해마다 가을걷이를 끝낸 뒤에 '추수감사제'라는 이름으로 작은 잔치를 하고 있다. 추수감사제라고 하지만 농사짓는 사람들만 모이는 것은 아니다. '추수'를 농산물을 거두어들이는 것으로만 해석할 필요는 없지 않겠는가. 무슨 일을 하든 사람은 누구나 수확이 있다. 일자리를 잃었거나 얻지 못해 일 없이 지낸 사람조차도 한 해 살이 속에는 어떤 행태로든 수확이 있게 마련이고, 우리가 먹고 마신 것 또한 모두 다 넓은 뜻에서는 수확이다. 그러므로 한 해가 질 무렵에는 누구나 감사의 날을 갖는 게 좋다. 그렇게 생각하고 마련하는 잔치였다.

누구에게 감사하는가? 여러 사람이 모이므로 어느 하나로 고정을 시킬 수는 없다. 내게는 작게는 내가 사는 골짜기가, 크게는 온 우주가 대상이다. 왜 그런가? 나는 이 안골이라 불리는 산골짜기에서 올 한 해를 살았다. 이곳에서 나는 풀과 나무 잎사귀를 뜯어 먹었고, 골짜기 사이로 흐르는 냇물을 마셨다. 그리고 이 골짜기의 공기를 마셨다. 그것들이 있어서 살 수 있었다. 그런데 이 골짜기에 물과 공기가 있으려면 주변의 산과 마을이 있어야 한다. 마을과 산 또한 그 주변의 산과 들이 있어야 존재할 수 있다. 이렇게 가다 보면 사람은 누구나 온 우주가 있어야 비로소 존재할 수 있다는 것을 알게 된다. 그러므로 내가 감사할 대상은 이 세상의 일체 존재, 곧 삼라만상이 된다. 우리는 거기서 왔고, 거기로 돌아간다.

잔칫상은 각자 한 가지씩 해 온 요리로 차려진다. 이 방식의 특징은 잔치를 하는 집에 부담이 적다는 데 있다. 각자 한 그릇씩 해 오는 요리로도 잔칫상은 풍성하다. 꼭 요리가 아니라도 된다. 집에서 딴 과일도 좋고, 직접 만든 떡도 좋다. 과자나 빵을 사 올 수도 있다. 자신이 마실 음료수나 술 또한 자신이 준비해 온다.

한 집에 하나씩이지만 한군데 모아 놓으니 상 위에 다 놓을 수 없을 만큼 많았다. 막걸리를 여러 병 들고 온 이도 있었다. 식품 가공업을 하는 한 참가자는 자기 회사의 생산물을 상자째 들고 왔다. 강원도로 귀농한 한 참가자는 일본식 냄비 요리를 상에 올렸다. 재료를 가져와 요리는 여기서 했다. 안동 간고등어를 두 손이나 가져온 사람이 있었으나 그것은 시간이 없어 굽지 못했다. 멸치를 한 박스 들고 온 사람도 있었다. 사과, 감, 귤 같은 과일을 가져온 사람도 있었다. 김치, 날오징어 무침, 고추 장아찌, 고들빼기 무침, 북어포 무침, 총각김치, 멸치조림, 몇 가지 산나물 무침……. 우리 집에서는 떡과 밥을 준비했다.

어제 아침부터 내리던 비는 고맙게도 오전에 그쳐 밖에서 판을 벌일 수 있었다. 지난해에도 그랬듯이 올해도 장소는 논이었다. 집에서 가깝고, 산이 바로 이어져서 잔칫상을 놓기에 적당했기 때문이다. 평평하다는 것도 그곳을 택한 이유의 하나였다. 밤부터 아침까지 내린 비로 조금 춥게 느껴져 큰불을 피웠는데, 그것이 잔치 분위기를 북돋웠다. 다 같이 절을 했고, 서로 처음 보는 사람도 있어 자기 소개의 시간을 갖기도 했다.

술잔은 세 사람이 드렸다. 첫 잔은 참가자 가운데 가장 나이가 어린 초등학교 3학년 학생이 올렸다. 그것은 참가가 가운데 가장 나이가 많은 사람이 여러 사람의 권유를 물리치며 제안한 것에 따른 것이었다. 두 번째 잔은 가장 먼 곳에서 온 사람으로 하자 하여 미국에서 온 사람이 드렸다. 최고 연장자는 마지막 차례가 돼서야 사람들의 권유를 받아들였다.

이렇게 추수감사제를 마치고 그 자리에서 상을 헐어 잔치를 벌였다. 다양하고 푸짐한 밥상이 차려졌다. 술 권하는 사람도 있어, 얼마 뒤에는 추위도 다 잊었다. 여기저기서 웃음소리가 터져 나오기 시작했다. 추수감사제 때 읽지는 않았지만 전전날 밤에 나는 글 한 통을 썼다. 이런 글이었다.

한울님께

올 한 해도 우리는 당신 품 안에서 잘 살았습니다. 고맙습니다. 제가 이곳을 들고 날 때, 혹은 아침 같은 때 당신을 향해 고개 숙여 인사하는 것을 보고 계시지요? 오늘만이 아닙니다. 늘 당신에게 감사하고 있습니다.

저는 올 한 해 진정한 뜻에서 행복한 사람이 되고 싶었습니다. 그래서 생각한 것이 다음 세 가지였습니다.

첫째는, 제가 이미 부자인 것을 아는 것이었습니다. 진짜 부자는 많이 가진 사람이 아니라 가진 것과 상관없이 벌써 충분하다는 것을 알고 큰 평화 속에서 사는 사람인데, 저는 그런 사람이 되고 싶었습니다. 가진 것이 많더라도 충분한 줄 모르면 거지가 아니고 무엇이겠어요.

둘째는, 남을 위하는 것이 저 자신을 위하는 길임을 분명히 알고 그렇게 사는 것이었습니다. 돌이켜 보면 부끄러운 일이 많았지만 그런 방향에서 고민하고, 고통을 받았던 것만은 틀림이 없습니다. 지금도 그것이 잘 안 돼 자주 마음고생을 하고 있습니다.

마지막은 만물 속에서 신을, 한울님을 뵙는 것이었습니다. 살아 있는 것은 물론 바위나 공기, 바람이나 물처럼 언뜻 보기에는 죽어 있는 것처럼 보이는 것에서도 신을 만날 수 있기를 저는 꿈꿨습니다. 집이나 불, 그릇, 농기구, 쓰레기와 같이 사람이 만든 것에서조차도 한울님을 뵙는 것입니다. 사람이야 말할 것도 없지요.

이제 채소밭을 빼고는 논밭이 다 비었습니다. 곧 겨울이 시작됩니다. 농사가 다시 시작되는 내년 봄까지 농부에게는 제법 긴 휴식의 날들이 주어집니다. 그 기간 동안 올 한 해 당신의 품 안에서 살며 배운 것이 제 가슴속에서 한 그루의 나무로 커 갈 수 있기를 꿈꾸어 봅니다.

만물 속에 계시는 한울님, 오늘 여기 감사의 뜻으로 당신을 위한 작은 상을 차렸습니다. 부모의 은혜를 모르는 자식처럼 때로 당신을 잊을 때가 있었습니다. 그래도 당신은 제가 찾아가면 한 번도 나무라는 일 없이 늘 반겨 주고, 기꺼이 선물까지 내어 주시고는 했지요. '찾아가면'이라고 했지만 당신을 만나기 위해 어디로 갈 필요는 없었어요. 당신은 어디에나 계시니까요. 요즘의 논밭처럼 저 자신을 비우기만 하면 어디서나 저는 당신을 만날 수 있으니까요.

만물 속에 계시는 한울님. 올해 제게는 잘된 일보다 그렇지 않은 일이 더 많았습니다. 그래도 당신에게 감사합니다. 당신이 아니라 제 탓이었고, 그 일로부터 배우는 것도 많았기 때문입니다. 고맙습니다.

그랬다. 올해 내게는 잘 안 풀리는 일들이 많았다. 그러나 누굴 원망할 일이 아니었다. 거기다 우리가 받는 고통은 대개 우리에게 일어난 일 자체로부터라기보다 그 일에 대한 우리의 생각에서 오는 일이 많지 않은가. 흐린 날이 있는 것처럼 잘 안 되는 시기가 누구에게나 있는 법이다. 바람 불고 비 오는 날도 즐길 수 있는 것처럼 힘들고 어려운 일이 닥쳐와도 마음 자세에 따라서는 편히 겪어 낼 수 있고, 감사하며 넘어갈 수 있는 것이다.

이번 일을 치르며 내년 추수감사제에는 다음과 같은 것을 곁들이면 더 좋겠다는 생각이 들었다.

첫째는, 물물교환이다. 쓸 수 있으나 쓰지 않는 물건이 있다면 가져와서 나누는 자리를 마련하는 일이다.

둘째는, 추수감사제 내용의 다양화다. 예를 들면 노래, 춤, 시 낭송, 악기 연주 등을 비롯하여 무엇에 우리는 감사해야 할지 이야기해 보는 시간을 갖는 것도 좋지 않을까 하는 생각이었다.

끝으로는, 시간이 되는 사람은 하루 일찍 와도 좋겠다는 제안이었다. 올해는 대학생 한 명과 어른 둘이 먼저 와서 일을 거들고 밤늦게까지 대화를 나눴다. 그 시간이 좋았는지 그 셋 중의 한 사람이 안을 냈다.

"더 많은 사람이 하루 먼저 왔으면 좋겠어요."

어디까지 내 집인가?

처음 여기에 와 이웃집에 인사를 다닐 때였다. 가까이 있는 절에 시력이 아주 안 좋은 여든이 훨씬 넘은 듯 보이는 보살님이 살고 계셨다. 그 절을 세운 분이었는데, 그분은 내 인사를 받고 이런 말씀을 했다.

"무엇보다도 도량을 깨끗하게 청소하며 사세요."

도량이라니!? 불교에서는 '도장道場'이라 쓰고 '도량'으로 읽는다. 도장이든 도량이든 도를 닦는 곳, 곧 수도를 하는 장소라는 뜻인데, 자신이 사는 곳을 도장, 혹은 도량으로 보는 그 눈길이 마음에 와 닿았다. 사찰이야 당연하지만 속가에서도 우리는 그런 자세로 살 수 있는 것이다.

그렇다. 사람은 누구나 수행이 필요하다. 우리의 마음 상태, 혹은 마음 자세가 우리의 인생에 미치는 영향은 매우 크기 때문이다. 그런 점에서 자신이 사는 공간을 도량이라고 보는 보살님의 시각은 귀했다.

그분 말씀이 없었더라도 대청소를 해야 했다. 치워야 할 쓰레기가 너무 많았기 때문이다. 집 안팎보다도 논밭 주변의 숲에 치울 것이 더 많았다. 앞서 살던 분이 버린 농업용 비닐, 농약병과 봉지들이 그곳에 산처럼 쌓여 있었다. 대단한 양이었다.

그것들을 치우는 데 꼬박 한 달 이상이 걸렸다. 길도 없고, 차도 없어서 소쿠리를 건 지게에 담아 지고 차가 다니는 곳까지 옮겨야 했다. 참으로 엄청난 양이었다. 그것들이 모두 풀이나 벌레를 죽이는 데 쓰던 물건들이라는 사실이 놀라웠다.

날마다 흙투성이가 돼서 일했다. 가장 많은 것은 풀의 번식을 막기 위해 쓴 멀칭용 비닐이었다. 밭가에 버려진 그것들이 풀이나 나무뿌리와 뒤엉켜 쌓여 있었다. 그것을 캐내어 지게로 져서 나르다 보면 흙과 먼지로 온몸이 더러워졌다. 흙가루는 옷 속까지 흘러 들어왔다.

숲이나 산속에서 사람이 버리고 간 물건을 보면 그것이 어떤 것이든 보기 싫다. 소주병이든, 음료수 팩이든, 비닐봉지든, 스티로폼이든 사람이 만든 것은 숲과 어울리지 않는다. 게다가 그런 것들은 자연이 소화해 내는 데 너무나 많은 시간이 걸린다. 그 기간 동안 그것들은 자연의 골칫덩이다. 그렇게 주변의 천덕꾸러기가 되어 있는 것들을 치우고 나면 세수를 한 것처럼 주변 풍경이 환해지고는 했다. 막혀 있던 것을 뚫고 있는 기분이기도 했다. 트럭으로 두 차 분량이었다. 자루에 담아 높이 쌓아 올려 두 차였다. 그것이 빠져나가며 골짜기는 눈에 띄게 생기가 돌기 시작했다.

한편 우리는 여기서 어디까지를 나의 도량으로 여겨야 하느냐는 문제와 부딪치지 않을 수 없다. 예를 들어 집 안의 쓰레기를 모아서 집 바깥으로 내다 놓았다 하자. 그것으로 된 것일까? 아니다. 그것을 누가 치워 주지 않는다면 그것은 거기서 언제까지고 보기 흉한 모습을 하고 있을 것 아닌가? 집 안만 치운다고 되는 일이 아닌 것이다.

우리는 대개 분리수거 봉지에 담아 내놓으면 그것으로 쓰레기 문제는 다 끝나는 줄 안다. 쓰레기차가 다 해결해 줄 것으로 안다. 나라에서 다 처리해 줄 것으로 믿는다. 정말 그럴까? 아니다. 나라는 그 쓰레기를 땅에 묻거나 태우고 있는 것으로 알고 있다. 얼른 보면 감쪽같다. 그것으로 끝일 것 같다. 쓰레기의 양이 얼마 안 된다면, 혹은 어느 선에서 그치고 더 이상 쓰레기가 생기지 않는다면 땅이 어떻게든 소화를 해낼지 모른다. 하지만 쓰레기는 점점 늘어나고 있고, 끝도 없다. 언젠가는 땅이 배겨 낼 수 없을지도 모른다.

어떤 곳에서는 사찰에서도 같은 일이 벌어지고 있다. 쓰레기가 나오면 보이지 않는 곳에 묻는다. 비닐이고 스티로폼이고 플라스틱이고 마구 태운다. 일주문 안의 경내만 도량이다. 그 바깥은 아무래도 괜찮다는 것일까. 그렇다면 제집만 생각하는 속인과 다를 바가 없다.

원자력발전소를 가진 나라에서도 같은 일이 벌어지고 있다. 바다나 다른 나라에 갖다 버릴 궁리를 하다 안 돼 이제 우주에 버릴 생각을 하고 있다. 머지않아 세상에 독비가 내리는 날이 올지도 모른다.

이렇게 보면 온 세상이 우리의 도량이다. 내가 피운 연기가 돌아서 내게 오고, 내가 물에 버렸던 독극물이 돌아서 나한테 온다. 내가 한 행동이 돌아서 내게로 온다.

그것이 육안으로는 보이지 않는다. 연기는 피어올라 가며 사라지는 모습만을 우리에게 보여준다. 다시 돌아오는 모습을 보여 주지 않는다. 이제 아무도 빗물을 마시지 않게 됐지만 오염된 그 빗물이 자신이 버린 물이 돌아오는 것이라고는 아무도 생각하지 않는다. 물 또한 흘러내려 가는 모습밖에 보여 주지 않기 때문이다.

물론 다 그렇게 사는 것은 아니다. 쓰레기 제로 운동을 펼치고 있는 곳도 있다. 그 단체에서는 두루마리 화장지도 절대도 사용하지 않는다. 용변을 본 뒤에는 화장지 대신 물로 씻고 늘 가지고 다니는 손수건으로 닦는다. 가게에서 먹거리 재료를 살 때도 비닐이나 스티로폼 따위로 싼 것은 사양한다. 대신 장바구니를 들고 가서 포장이 안 된 것을 산다.

도량 청소는, 이렇게 보면, 쉬운 일이 아니다. 그러므로 배우는 것도, 깨우치는 것도 많지만 지구는커녕 내가 사는 곳 하나조차 제대로 해 나가기가 아득하다.

환경 문제는 어느 일부분의 사람들이 만들어 내는 것이 사실 아니다. 우리 모두가 공범이다. 공해 물질을 만들어 내는 공장도, 거기에 동참하고 있는 과학자도, 그것을 새로운 방향으로 풀어 가지 못하는 정부도, 그것을 사서 쓰는 소비자도 잘못이다. 누굴 탓할 일이 아니다. 사서 쓰는 사람이 있기 때문에 만들어 낸다. 그러므로 '저놈이 나쁘다'라는 방식으로는 안 된다. '저도 사실은 이렇게 잘못된 것이 있더군요'라는 식의 자기 성찰이 중심이 되어야 한다.

고발은 쉽고 고백은 어렵기 때문에 대부분의 사회에서는 고발의 방식이 많다. 하지만 고발이 능사가 아님을 세상은 우리에게 보여 준다. 고발과 고백은 차원이 다르다. 고발은 적을 만들지만, 고백을 통해서는 서로 친구가 된다. 고백은 자기를 열고 상대방을 연다. 먼저 자기 생활을 돌아보고 혼자서 할 수 있는 일부터 시작하는 것이 좋을 것이다. 그리고 때때로 만난 그것을 고백, 혹은 공유하며 서로 정보를 나누고 함께할 수 있는 일을 생각해 보면 좋을 것이다. 그 위에서 우리는 인류 사회의 방향과 틀을 자연에 이로운 쪽으로 바꿔 가야 한다. 쉽지 않아 보이지만, 그렇더라도 그 길을 찾고, 그 길로 나아가야 한다. 인류는 지금 지구를 너무 더럽히며 살고 있다.

별이 키우는 풀

봄눈이 내리고 있다. 어제부터 기온이 뚝뚝 떨어지더니 시냇물이 간밤에 살얼음 속으로 다시 몸을 감췄다. 눈은 점심때부터 내리기 시작했다.

처마 밑에서 부엌으로 장작을 나르며 보았다. 여기저기 모습을 드러내고 있는 들풀의 새싹을. 벌써 몸을 많이 드러낸 산괴불주머니를 비롯하여 이제 겨울 얼굴만 내민 달래, 소루쟁이, 뱀딸기, 개망초, 애기똥풀, 꽃다지 등을. 지금은 눈이 내리지만 이제 곧 온 세상이 풀들로 뒤덮이게 될 것이다. 그 풀들은 내 친구이기도 한데, 얼마 만인가! 그들의 이름을 불러 보고 싶다.

별꽃, 오이풀, 뚝새풀, 짚신나물, 고추나물, 졸방제비꽃, 방동사니, 꿀풀, 등골나물, 억새, 톱풀, 뺑쑥, 산쑥, 쇠서나물, 산부추, 하늘말나리, 털중나리, 미나리괭이, 뱀무, 참나물, 앵초, 산박하, 바랭이, 쥐오줌풀, 며느리배꼽, 쇠별꽃, 냉이, 괭이밥, 미나리, 머위, 진득찰, 닭의장풀, 원추리, 그령, 고마리, 돌나물, 메꽃, 질경이, 민들레, 개망초, 엉겅퀴, 왕고들빼기, 쇠뜨기, 강아지풀, 쑥부쟁이, 산국, 무릇, 씀바귀, 명아주, 비름, 기린초, 물레나물, 제비꽃, 까치수염, 솔나물, 주름조개풀, 초롱꽃, 산마, 어성초, 뚱딴지, 야생 당귀, 들콩, 지칭개, 야생팥, 방가지똥, 벼룩나물, 익모초, 갈대, 구릿대, 밀나물, 청가시덩굴, 청미래덩굴, 인동덩굴, 머루, 으아리, 속새, 동자꽃, 피, 여뀌, 투구꽃, 사위질빵, 할미꽃, 미나리아재비, 새모래덩굴, 현호색, 노루오줌, 향유, 이고들빼기, 도깨비바늘, 좁쌀풀…… 등. 이 모든 풀들과 나는 한 곳에 살고 있다. 그들은 모두 아름다운 꽃과 잎사귀를 갖고 있다.

그런데도 이 풀들은 사람들이 사는 곳에서는 마땅히 살 곳이 없다. 잡초라는 이름으로 뽑히거나 제초제 세례를 받아야 한다. 가혹하게도 그런 일이 모든 논밭과 집에서, 모든 거리와 공원에서 벌어지고 있다.

이 풀들이 마음 편히 살려면 단 두 가지 길밖에 없다. 어디 사람의 손길이 닿지 않는 땅을 찾거나 사람에게 야생화로 선택이 되는 길이 그것이다.

야생화로 간택이 된 풀은 좁은 땅이나마 화단에 자신의 거처를 마련할 수 있는데, 이때도 자유는 제한적이다. 자신을 선택한 사람의 관리를 받아야 한다. 그 사람이 바라는 대로 예쁜 꽃을 피워야 하고, 잎사귀는 항상 싱싱해야 한다.

도시를 벗어나면 되지 않느냐고? 그곳에서도 사정은 크게 다르지 않다. 도시를 벗어나면 논밭인데, 그곳에서의 대우도 못하면 못했지 더 나을 것이 없다. 미운 오리 새끼가 따로 없다.

이것은 지구 어디를 가나 예외가 없다. 예를 들어 아시아의 어느 나라엘 가도 마찬가지고, 유럽에 가도 다를 게 없다. 아메리카 대륙에서도 똑같고, 아프리카도 다르지 않다. 수도원에 가도 있을 곳이 없고, 사원에 가도 환영을 받지 못한다. 잘사는 사람과 못사는 사람이 유일하게 힘을 합치는 것도 이것이다.

세계의 모든 곳에서 모든 사람들이 온갖 방법을 동원하여 어떻게든 잡초를 없애려고 애를 쓴다. 인간에게 선택받지 못한 풀은, 곧 잡초는 모든 곳에서 생존 자체를 위협받는 엄청난 수난을 끝도 없이 겪어야 한다. 사람이라는 동물의 등쌀에 잡초는 정말 살 곳이 없다. 있다면 다음 네 군데 정도다.

첫째는 산이고, 둘째는 한국의 남북한 군사분계선의 비무장지대이고, 셋째는 버려진 땅이고, 넷째는 정말 그 숫자가 얼마 안 되지만, 풀과의 공생, 곧 풀과 함께 살기를 바라는 사람의 논밭이나 정원이다.

사람들은 나무를 베어 내고 그곳에 집을 짓고 목장이나 논밭, 혹은 과수원을 만든다. 그렇게 여러 해가 지나가면 그곳에는 메마른 땅만 남는다. 사람들이 살다 떠난 시골집 주변의 논밭을 보면 그 사실을 잘 알 수 있다. 남아 있는 것은 정이 가지 않는, 야윌 대로 야윈 땅뿐이다. 사람들이 기르던 식물들은 사람과 함께 떠나 버린다. 그들은 혼자서는 살아남지 못한다. 벼, 수수, 조, 콩, 배추, 무, 상추, 호박, 가지, 수박, 오이, 당근 등등 어느 것 하나 다시 볼 수 없다.

이렇게 사람 때문에, 혹은 홍수나 산불이나 사태 등으로 속살이 드러난 헐벗은 땅을 잡초는 찾아온다. 쑥, 바랭이, 민들레, 엉겅퀴, 개망초, 억새 등이 찾아온다. 그들은 그 척박한 땅에 뿌리를 내리고 다시 조금씩 메마른 땅을 비옥하게 가꾸는 일을 시작한다. 먹을 것 하나 없는 그곳에서 바람과 비가 가져다주는 얼마 안 되는 식량으로 겨우 목숨을 이어 가면서도 그때마다 최선을 다하며 땅을 되살리는 작업을 남 모르게 해 나가지만, 놀랍게도 이 사실을 아는 사람이 별로 없다. 잡초가 없었다면 지구는 벌써 벌거숭이가 되었을 것이 틀림없다. 그렇다. 잡초는 지구의 외과의사다.

아시다시피 인류의 역사는 어느 순간부터 수렵과 채취에서 목축과 농경 중심으로 생활 방식이 바뀌었다. 그것은 곧 더 이상 자연이 주는 대로 먹고살지 않고 내가 바라는 것을 손수 길러 먹겠다는 뜻이었는데, 그때부터 지구의 식물은 재배 작물과 잡초라는 두 가지 세계로 나뉘게 됐다.

재배 작물이란 인류가 바라는 곡류, 야채류, 과일류, 그리고 원예용의 풀과 나무를 말한다. 그것을 한곳에서 집약적으로 재배하는 방식으로 인류는 지구 위에서 크게 번성하는 데 성공한 것이 사실이지만, 그때부터 풀과 벌레와 짐승의 일부를 잡초, 해충, 해수라 부르며 그들과 싸움을 벌여 온 것도 사실이다. 먹을 것을 주는 식용 식물과 아름다움을 선물하는 꽃을 위해 인류는 풀과 벌레와 짐승들과 싸우고 있는 셈인데, 그 전쟁에 사용하는 농약과 화학비료라는 이름의 화학 병기는 풀이나 벌레에 그치지 않고 인류는 물론 그 모든 것의 바탕인 공기와 물과 땅까지 더럽히고 있다.

눈은 아직도 그치지 않고 내리고 있다. 기온이 떨어진 탓일까? 눈이 쌓이기 시작한다. 그새 내린 눈으로 이제는 맨땅이 보이지 않는다. 나무에도 눈꽃이 피어 꼭 눈의 꽃밭에 있는 것 같다.

얼마 전부터 이제까지와는 다른 방식으로 잡초를 생각하는 사람들이 생기기 시작했다. 그 길에서 대표적인 사람이 후쿠오카 마사노부다. 그는 이렇게 말한다.

"자연에는 온갖 풀이 있다. 그것이 원래의 자연이다. 따라서 잡초란 인간의 힘으로 없앨 수 있는 것이 아니다. 그런 것을 없애려는 데서 고생의 씨도 끝이 없이 이어지게 되는 것이다."*

그는 풀을 적으로 여겨서는 안 된다고, 더불어 잘 사는 공존공영의 길을 모색해야 한다고, 이제 풀과의 싸움을 그만둬야 한다고 말한다. 모든 원주민 부족도 같다. 세계 어느 원주민 부족의 언어에서도 잡초라는 말을 발견할 수 없다고 한다.

---

* 농사에서 잡초를 어떻게 보고 대해야 하는지에 관해 알고 싶은 분은《자연농법》(후쿠오카 마사노부, 2018, 정신세계사)이라는 책을 보시기 바랍니다.

그들에게 지구는 살아 있는 하나의 거대한 생명체다. 죽어 있는 무기물 덩어리가 아니다. 또한 지구는 인류가 만들어 내는 수많은 상처를 잡초의 힘으로 치료하며 건강을 유지해 간다고 본다. 잡초란 쓸모없는, 없어도 되는 어떤 것이 아니다.

이와 같은 이유로 정원이나 논밭은 건전한 농산물의 생산지, 혹은 꽃밭인 동시에 지구에서 인류가 어떤 방식으로 살아야 하는지를 모색하고 배우는 도장이 될 수 있다고 그들은 본다. 그들은 그곳에서 땅, 하늘, 바람, 비, 해, 식물과 같이 우리가 살아가는 데 없어서는 안 되는 그 소중한 것들에 대한 경외감을 되찾을 수 있다 여긴다. 그곳에서 대자연과 하나가 되는 체험을 할 수 있다 여긴다. 그곳에서 지구 혹은 자연의 섭리를 깨닫고 거기에 참여하며 사는 천인합일의 삶을 살 수 있다 여긴다.

당연한 일이겠지만, 그들은 '나'에 관해 보통 사람들과 다른 견해를 갖고 있다. 그들은 '나'를 지구와 무관한 것으로 보지 않는다. '나'는 지역 생태계의 일부에 지나지 않는다는 것이 그들의 생각이다. 그들에게 지구는 나와 둘이 아니다. 여기 좋은 예가 있다.

한 초등학교에서 아이들에게 초상화를 그려 오라는 숙제를 내주었다고 한다. 모든 아이들이 종이에 가득 자신의 얼굴만을 그려 왔는데, 한 아이만은 달랐다. 그 인디언 아이는 산과 나무와 물과 동물 따위를 크게 그리고 그 안에 작게 자기를 그렸다. 그 아이는 자신이 산, 나무, 물, 동물 등과 나누어질 수 없는 존재인 것을 알았던 것이다.

이 일화에서처럼 그들은 자신의 논밭이나 정원에서 지역, 혹은 지구를 나로 여기는 감각, 혹은 소양을 연마해 갈 수 있기를 꿈꾼다. 그들에게는 그러므로 자신의 정원이나 논밭은 물론 자신이 사는 지역이 곧 교회이자 사원이 된다. 그들은 그곳에서 신을 볼 수 있기를, 에덴을 복원할 수 있기를 꿈꾼다. 그것과 하나가 되어 살 수 있기를 바란다. 또한 '이 세상에는 필요 없는 것이 하나도 없는 것처럼 소용없는 사람 또한 없는 게 아니냐, 모두 소중하지 않느냐'는 눈길로 모든 것과 평화롭고 조화롭게 살아갈 수 있기를 꿈꾼다. 잡초란 그런 점에서 그들이 그 세계로 접어들 수 있는 문 가운데 하나인 셈이다.

하와이에서는 낚시질을 하러 가는 사람에게 고기 잡으러 가냐고 묻지 않는다 한다. 누군가 그 규칙을 깨고 낚시질을 하러 가냐고 물으면 그는 차에 싣던 낚시 가방을 도로 내린다. 그 사람의 말을 듣고 물고기들이 모두 물속 깊은 곳으로 숨어 버리리라는 것을 알기 때문이다.

이 이야기에서 나오는 사람들처럼 그들은 삼라만상이 모두 인간의 말과 행동을 보고 듣는다고 생각한다. 그러므로 그것이 나무든 물이든 새든 돌이든 별이든 땅이든 그 앞에서 말과 행동을 조심한다.

꽃은 사람도 좋아하지만 바위도 좋아하고 땅도 좋아하고 별도 좋아한다. 꽃은, 곧 이 세상의 모든 풀과 나무들의 꽃은 땅과 하늘과 바위와 별이 화합해서, 나아가 온 우주가 힘을 합쳐 낳은 그것들의 자식이기 때문이다. 사람이 그런 것처럼 꽃도 하늘의 독생자인 것이다.

별은 하늘에서 하늘과 함께, 바위는 땅에서 땅과 함께 꽃을 지켜보며 행복하다. 그런데 누가 그 꽃을 꺾으면 바위와 별과 땅은 가슴이 아프다. 장난삼아, 혹은 일없이 꽃을 꺾는 사람도 있다. 그럴 때 별이나 바위는 가슴에 깊이 상처를 입는다. 이렇게 별이나 바위의 가슴을 건드리지 않고는 꽃 한 송이 꺾을 수 없다고, 그들은 믿는다. 꼭 꺾어야 할 때는 그 까닭을 말하고 사과하는 시간을 가져야 한다고 믿고, 그렇게 한다.

그들은 만물과 맺는 사이좋은 관계를 사랑한다. 그들은 그런 관계를 자신의 정원이나 논밭에서 이루어 내고 싶어 한다.

자급자족

모를 심고 있다. 무경운, 곧 갈지 않은 땅에 손모내기라 시간이 걸린다. 꼭 어린 화초를 심는 것과 같다. 구멍을 내고 한 포기 두 포기 심어 나간다.

농사일은 다음 두 가지를 무시할 수 없다. 첫째는 속도다. 바쁜 때라 세월아 네월아 할 수 없다. 때가 있다. 번개처럼 심어야 한다. 동시에 제대로 심어야 한다. 그보다 더 잘 심을 수 없을 만큼, 한울님도 그보다 더 잘하기 어려울 만큼 잘 심어야 한다. 이 두 가지를 첫 모에서 끝 모까지 놓치지 않아야 한다.

땅을 갈지 않은 지 올해로 10년째다. 수많은 시행착오가 있었다. 끊임없이 새로운 시도를 하고 있다. 그 속에서 나의 벼농사는 하나 둘 자리를 잡아 가고 있다.

모를 심어 보면 땅이 보인다. 어떤 곳은 딱딱하고, 어떤 곳은 부드럽다. 낮은 곳이 있는가 하면 높은 곳이 있다. 비옥한 곳이 있고, 그렇지 않은 곳이 있다. 흙도 다르다. 질 좋은 논흙이 있는가 하면 모래뿐인 곳도 있다. 또한 논에 쌓여 있는 부엽토층을 보면 논의 역사가 보인다.

10년!

많이 변했다. 다른 논이 됐다. 10년 전의 모습만을 본 사람이라면 몰라보리라. 앞으로의 10년도 어떻게 바뀌어 갈지 기대가 된다. 거기서 그치지 않고 100년, 혹은 1,000년을 이제까지의 10년처럼 무경운으로, 달리 말해 땅을 갈지 않고 벼농사를 짓는다면 이 논은 어떤 모습이 될까?

벼농사를 지으며 비로소 나는 실감하고 있다. 벼 베기를 마침으로써 다음 1년 동안의 주식이 확보되면 '하늘이 뒤집어져도 살아날 수 있다'는 묘한 안심감이 느껴진다. 실제로 쌀만 있으면 나머지는 별것 아니다.(중략)

나는 수입을 위한 일은 하루 네 시간밖에 하지 않는다. 그러므로 내 수입은 내 또래의 절반에도 못 미치리라. 그런데도 우리 집 살림이 결코 가난하게 느껴지지 않는 데는 이러한 자급 농가의 안심감이 작용을 하고 있기 때문이리라.

섬에서 사는 한 남자가 그의 책《물의 찬가》에서 하는 말이다. 정말 그렇다. 논이 주는 풍요는 특별하다. 가족이 먹을 정도의 논농사라면 그다지 어렵지도 않다. 출근 전이나 뒤의 시간, 토요일과 일요일을 이용하면 된다.

논밭 농사를 다 짓기가 어렵다면 야채 정도만 자급할 수 있는 텃밭 농사에 도전해 보는 것도 나쁘지 않다. 이삼백 평도 좋고, 그보다 작게 한 삼십 평도 괜찮다. 더 작아도 된다. 두세 평이라도 좋다. 아무리 작아도 텃밭이 주는 풍요는 생각보다 크다.

도쿄에 살 때 내가 마련한 텃밭은 채 한 평이 안 됐다. 두 건물 사이에 낀 빈 터를 주인의 허락을 얻어 일군 정말 손바닥만 한 밭이었다. 작았지만 그 밭은 내게 참 많은 것을 주었다. 그때 나는 어디에 살든 사람에게는 땅이 있어야 한다는 걸 알았다. 뜰이 있어야 한다는 걸, 텃밭이 있으면 더욱 좋다는 걸 알았다.

내가 사는 이 산골짜기에서는 산괴불주머니가 제일 먼저 꽃을 피운다. 그 꽃을 시작으로 이제 곧 꽃다지, 머위, 제비꽃, 뱀딸기 같은 풀이 밭과 그 주변에서 꽃을 피울 것이다. 그리고 씨앗을 받기 위해 땅속에 저장했다가 밭에 심은 무에서 장다리꽃이 피기 시작할 것이다. 무는 봄의 원예작물로도 손색이 없다. 땅속에서 겨울을 난 무를 밭가에 심어 두면 싹이 나고, 얼마 뒤에는 꽃대가 자라기 시작한다. 어른 키만큼 자란다. 덩치도 한 아름이 넘는다. 거기 하얀 꽃이 무리를 지어 핀다. 아름다운 모습이다. 물론 무만 꽃을 피우는 것은 아니다. 아욱도 꽃을 피우고, 당근도 꽃을 피운다. 쑥갓도 피우고 상추도 피운다. 무꽃만큼 사람의 눈길을 끌지는 못해도 그것들도 그것들 나름대로 아름답다. 이렇듯 텃밭이 있으면 밭에서 푸성귀도 얻고 꽃도 볼 수 있다. 채마밭이자 꽃밭이 되는 것이다.

그뿐이 아니다. 음식 쓰레기는 모두 이 텃밭이 처리해 준다. 밥알 하나 바깥으로 내지 않아도 된다. 땅으로 환원이 되는 것은 모두 밭에 내서 거름이 되도록 한다.

또 있다. 아이들에게는 이 텃밭이 훌륭한 자연 학습장이다. 아이들은 이 텃밭에 직접 씨앗을 뿌리며 곡식과 야채가 어떻게 자라는지 배운다. 잎을 뜯고 열매를 따며 몸과 마음이 튼튼해진다.

식비가 절약되는 것은 물론이다. 한 집 야채 정도는 작은 텃밭에서도 어렵지 않게 길러 낼 수 있다. 한창 날 때는 한 집에서 다 못 먹는다. 작은 밭에서도 매일 다른 집에 나누어 줄 수 있는 만큼 많은 양의 채소가 난다. 뉴질랜드에 살 때 나는 정원에 작은 텃밭을 만들었다. 대여섯 평쯤 되는 작은 텃밭이었다. 그때 쓴 일기의 한 대목을 보자.

여름이 되면서부터 정원 안의 얼마 안 되는 텃밭에서 여러 가지 야채가 나고 있다. 열무와 배추는 이어서 솎아 먹고 있는데도 얼마 지나지 않아 또 솎아 내야 한다. 그 속도가 놀랍다. 텃밭가로 심은 오이도 길쭉길쭉 잘도 열리고 있다. 호박은 어찌나 자주 열리고 빨리

자라는지 이삼 일에 하나씩이다. 세 포기가 있어 하루 하나씩은 딴다. 브로콜리, 상추, 케일, 부추, 아욱 등 이 모든 야채들이 요즘 모두 먹고 남아 밖으로 내지 않을 수 없다. 남의 집에 갈 때 한 봉지 뜯고 따서 가고, 또 우리 집에 오는 손님들에게 한 봉지씩 뜯고 따서 드린다. 그 숫자가 적지 않건만 그때마다 한 봉지를 채울 수 있는 양이 나온다. 텃밭의 생산성이 놀랍다.

물론 많은 양은 아니다. 대개는 호박이나 오이가 한두 개, 거기에 고추 열서너 개를 보태는 정도다. 딸 오이가 없을 때는 호박과 고추만을, 딸 호박이 없을 때는 오이와 한 끼 국을 끓일 수 있는 아욱 한 줌을, 고추가 없을 때는 오이나 호박에 상추를……. 이런 식이다.

사람들로부터 한 줌의 씨앗을 얻는 것도, 또 그들에게 내가 모은 씨앗을 나누어 주는 것도 즐겁다. 만약 그대가 누군가에게 서너 알의 나팔꽃 씨앗을 선물했다고 하면 그것은 그대가 그에게 한여름 내내 수백 송이의 나팔꽃을 선물한 것과 다르지 않다. 그렇다. 매우 신나는 일이다.

이런 일이 있었다.

지난겨울이었다. 토란 씨 열두 알이 소포로 왔다. 한 친구가 보냈다. 나는 그 토란을 하수구 근처에 심었다. 토란은 습지를 좋아하고 개숫물을 정화하는 식물로도 유명하기 때문이었다.

토란이 처음 싹을 틔운 날이었다. 그 소식을 친구에게 엽서로 알렸다. 그런 일은 이메일보다 편지가, 편지보다는 엽서가 어울린다는 생각 때문이었다. 그 토란이 자라는 것을 보며 나는 앞으로 몇 번 더 그 친구에게 엽서, 혹은 편지를 쓸지 모른다.

"토란잎이 우산으로 써도 될 만큼 크게 자랐다. 키가 아마 너보다 더 클걸."

"오늘은 그릇 대신 토란잎으로 식탁을 차렸다. 얼마나 보기 좋았는지!"

긴 글이 아니어도 되리라. 서툴더라도 그림까지 그려 넣으면 엽서는 더 보기 좋으리라.

섬의 사내는 앞의 글에 이어 이렇게 말했다.

> 현금 수입을 위한 일과 아울러 가족이 먹을 농사를 병행하는 사람이 늘어나면 늘어날수록 세상은 살기 좋은 곳이 될 것이다. 그런 삶은 먼저 현금 수입을 위한 일 그 자체에 여유를 줄 것이고, 어려움이 있더라도 정말 자신이 하고 싶은 일, 자신에게나 세상에나 바람직한 일을 긴 안목에서 해 나갈 수 있는 힘을 우리에게 주기 때문이다.

뉴질랜드에서 만났던 어느 대학의 수학 교수였던 로버트가 생각난다. 그도《짚 한 오라기의 혁명》을 읽었다고 했다. 같은 책을 읽고 감동했다는 것이 우리를 가깝게 만들었다.

그의 집은 시내에서 자동차로 20분쯤 걸리는 교외에 있었다. 너른 평야에 집들이 띄엄띄엄 떨어져 자리를 잡고 있었고, 그의 집은 그 가운데 하나였다. 첫 인상은 황량했다. 목초지만으로 이루어진 들이 그렇게 보이게 만들었다. 오래 버려져 있던 집을 사서 직접 수리를 했다고, 부지가 1헥타르라고 했다.

그의 안내를 받으며 둘러보았다. 이사 온 지 이제 2년밖에 안 됐다고 했는데, 그 1헥타르, 곧 3천 평의 땅에는 벌써 수십 그루의 나무들이 자라고 있었다. 다양한 종류의 나무를 한 줄로 심은 곳도 있고, 둥그렇게 돌려 심은 곳도 있어 궁금했다.

"이 나무가 어른이 됐을 때를 상상해 보며 심었다. 철로처럼 두 줄로 줄을 맞춰 심은 곳은 앞으로 산책로가 될 것이다. 둥글게 심은 나무들은 작은키나무들인데, 앞으로 그곳에는 화단을 만들고 주위로는 벤치를 놓으려고 한다. 20년, 아니 10년쯤 뒤에는 이곳이 몰라보게 달라질 것이다. 그때를 생각하면 나는 가슴이 설렌다."

틀림없이 그럴 것이다. 그때는 그곳도 그때의 황량한 모습을 벗어던지고 사막 속의 오아시스처럼 푸른 숲으로 바뀌어서 그곳에 사는 사람에게나 그곳을 지나가는 사람에게 안식과 평화를 주게 될 것이다. 어떻게 그걸 아나? 내가 사는 곳이 그렇기 때문이다. 지금 내가 사는 곳도 정말 아무것도 한 일이 없는데 10년이 지나자 놀랍도록 건강해졌다. 아름다워졌다.

그것이 텃밭이든 정원이든 땅이 있는 삶이 주는 여유는 크다. 몸이 무겁게 느껴진다면, 작은 일에도 짜증이 난다면, 밥맛이 없다면,

잠을 푹 잘 수 없다면 그대와 땅과의 거리를 살펴볼 일이다.

땅이 있는, 곧 정원이나 텃밭이 있는 삶은 오늘날의 물질 만능, 과잉 소비사회로부터 몸을 빼고 싶은 사람들에게도 좋은 수단이 된다. 자신의 힘으로 자신이 먹을 것을 길러 먹으면 농약, 석유, 화학 첨가물, 포장, 그리고 그 값까지 소비자가 지불을 해야 하는 과잉 광고와 같은 지속 불가능한 중앙집권적 식품 유통 시스템에서 발을 뺄 수 있는 것이다. 그곳에서 조용히 내면의 소리에 귀를 기울이며 마음고생을 덜하며 살아갈 수 있는 것이다.

바닷가에서 텃밭을 가꾸며 그림을 그리고 글을 쓰는 화가 미야사코 치즈루가 내게 보내 준 그녀의 시화집에는 이런 시가 있다.

가정이란
집家과 뜰庭로 이루어진 것이란 걸 알았을 때
내 영혼은 노래하기 시작했다
집이란 부엌과 거실과
침실과 욕조, 그리고 화장실 같은
살아가는 데 없어서는 안 되는 것들이 있는 곳
뜰이란 식물이나 동물과 만나는 장소
무엇인가 심어 가꾸거나
함께 살며 배우는 곳
(후략)

그녀의 다른 책에는 그녀의 친구가 그녀에게 보냈다는 시가 실려 있었다.

> 깊이 살기 위해서는 텃밭을 마련할 것
> 햇살을 쏘여 가며
> 마음을 비, 바람, 태풍에 맡길 것
> 씨앗은 늘 새로운 시작
> 막 싹이 튼 어린 작물 곁을 고양이가 노래하며 지나간다
> 텃밭은 작은 파라다이스
> 누구나 거기서는 길가의 풀처럼 시인이 된다
> 기도하며 비를 기다리고
> 미소 지으며 수확한다

똥오줌 살리기

장마 틈틈이 지난겨울 주변 산에서 손수 솎아 베어 놓았던 나무들로 개울 건너 밭가에 뒷간 한 채를 지었다.

뒷간, 변소, 화장실. 모두 용도는 같으나 구조나 짓는 방식에 따라 이름이 달라진다. 뒷간은 그 가운데 가장 오래된 방식이지만, 이번에 지은 것은 지금 쓰고 있는 것에 견주면 그래도 현대식이다. 달랑 돌 두 개를 놓았을 뿐인 지금 쓰고 있는 것과 달리, 새로 지은 뒷간은 판자로 마루를 깔고 구멍을 냈다. 자신이 싼 똥이 보인다는 점에서는 같지만 훨씬 기분이 낫다는 게 사용해 본 사람들의 공통된 느낌이다.

개울 건너에 또 한 채의 뒷간을 지은 까닭은 무엇일까? 그곳에 있는 집 때문이다. 누군가 짓고 살다 떠난 그 집을 나는 손님방으로 쓰고 있다. 사방이 넓게 트여 있는 곳이어서 별이나 달을 물리도록 보고 싶은 밤이면 나도 가끔 그 집에 간다.

그곳에 뒷간 한 채를 지으며 일이 많았다. 그중 가장 큰 사건은 새가 와서 둥지를 튼 일이었다.

일이 있어 여러 날 뒷간 짓기를 멈춰야 했는데, 그사이 일이 벌어졌다. 딱새였다. 그 새가 와서 기둥과 처마 사이의 공간에 둥지를 틀고, 어느 새 알을 낳고 그 알을 품고 있었다. 그것을 알고는 달리 길이 없었다. 모든 일을 뒤로 미루고 그 새가 새끼를 쳐서 나갈 때까지 기다려야 했다. 그러다가 장마철을 만나 일이 더욱 어려워졌지만 어쩔 수 없었다. 속절없이 장마가 지나가길 기다려야 했다. 그렇게 생각지 못한 일들로 여름이 갔다. 초가을에야 다시 시작한 뒷간 짓기는 앞서와 달리 순조롭게, 빠르게 나아갔다.

그 뒷간의 마룻대, 곧 상량을 올리는 날에 나는 글 한 편을 지었다.

대통신大通神이시여

여기에 당신을 모시는 집 한 채를 지었습니다. 저희는 먹어야 사는 한편 싸야 삽니다. 먹는 일만큼 싸는 일도 귀합니다. 싸면 살고, 못 싸면 죽습니다.

대통신이시여.

사면 중 한 면의 윗부분을 튼 것은 일 보는 사람들의 전망을 위해서고, 아래로 흙 없이 돌담을 쌓은 것은 당신의 자유를 위해서입니다. 돌 틈 사이로 들고 나는 공기가 당신을 행복하게 만들어 주리라는 기대 때문이었습니다.

앞으로 이 뒷간에 모이게 될 똥오줌은 하나도 그냥 버려지지 않고 알뜰하게 논밭으로 나가게 될 것입니다. 거기서 당신은 벼, 보리, 옥수수, 콩, 고추, 들깨, 감자와 같은 그곳의 작물을 키우게 될 것입니다. 혹은 집 주변이나 논밭가에서 자라고 있는 밤나무, 살구나무, 배나무, 복숭아나무, 뽕나무와 같은 과실수를 키우게 될 것입니다.

사람들은 밥이 하늘이라고 합니다. 밥만이 아니라 당신도 하늘입니다. 아니 그 둘은 나뉘어 있지 않습니다. 한 몸입니다. 인연에 따라 겉모습이 바뀔 뿐이지요. 당신은 밥이 되었는가 하면 곧 똥이 됩니다. 똥인가 하면 곧 사과나무가 되어 있습니다. 당근이 돼 있습니다. 고구마가 돼서 밥상에 올라와 있습니다. 수박에서 당신을 봅니다. 딸기에서, 오이에서 당신을 봅니다. 당신은 대통신입니다.

당신을 경배합니다.

대통신은, 내가 지은, 똥 신의 다른 이름이다. 똥 신은 크게 통한다는 뜻의 대통이라는 이름에 조금도 부족함이 없다는 생각에서다. 날마다 똥오줌을 싸야 하는 사람으로서 누가 감히 이 사실을 부정할 수 있겠는가. 그런 이유로 큰 대大 자를 앞에 붙여 대통大通이라 하였다.

언젠가 문병을 가서 들었다. 그가 큰 수술을 받은 직후였다.

"방귀가 나와야 산다는데, 아직 안 나와 걱정입니다."

그와 같다. 먹어야 살지만 그 전에 싸야 먹을 수 있다. 살 수 있다.

뒷간!

가장 원시적인 이 뒷간이 사실은 가장 위생적인 용변 처리소인 것을 아는 사람이 뜻밖에도 얼마 안 된다. 사람들은 쌓여 있는 똥오줌이 보인다는 점에서 더럽게 여기고 그 나머지는 생각해 보지 않는다. 겉보기에는 가정이나 공공시설에서 쓰는 수세식 화장실이 가장 깨끗해 보인다. 용변을 보고 나서 손잡이 하나만 내리면 물이 모든 것을 끌어안고 흘러가 버리고 거기 깨끗한 물만 남는다. 거기까지만 보면 수세식 화장실은 깨끗하다. 아무런 문제도 없는 것 같다. 하지만 그 뒤에는 어떻게 되나? 변기를 떠난 똥오줌은 물과 함께 정화조라는 닫힌 공간에 갇힌다. 그 속에서 똥오줌은 숨도 제대로 못 쉬며 썩어 간다. 냄새가 지독하게 나지 않을 수 없는 구조다. 변소는 또 어떤가?

수세식 화장실이 나오기 전에는 어느 집에나 변소를 썼다. 기억이 나리라. 그 지독한 냄새, 엉덩이까지 똥물이 튀어 올라와 당황했던 일. 그 일에 얽힌 여러 가지 우스갯소리. 장난을 치다가 선생님에게 걸려 한 손을 쥐고 했던 변소 청소. 냄새가 지독했던 건 변소 역시 똥을 정화조에 가둬 두었기 때문이다. 똥오줌의 처지가 어려웠다는 점에서는 변소도 수세식 화장실과 다를 바가 없었다.

뒷간은 보기와 달리 역겨운 냄새가 거의 없다. 일을 본 뒤 재나 왕겨, 혹은 톱밥을 뿌려야 하는 일이 귀찮을 수도 있지만 그것도 곧 익숙해진다. 적어도 농사를 짓는 집에서는 가장 좋은 방식이다. 재나 왕겨, 혹은 톱밥을 뿌려 잘 삭이면 논밭 작물에 좋은 거름이 되기 때문이다. 그런 점에서 농가의 뒷간은 벼나 채소의 밥상을 차리는 논밭 작물의 부엌이라고도 볼 수 있다.

조선 시대에는 인근 농부들이 돈을 주고 서울 사람들의 똥을 사 갔다고 한다. '밥은 줘도 똥은 안 준다'거나 '먹기는 바깥에서 먹어도 일은 집에 와서 본다'는 말이 있다. 옛사람들이 똥을 얼마나 소중하게 여겼는지를 짐작해 볼 수 있는 말들이다. 일본에서도 열다섯 살이 되면 자신이 눈 똥오줌을 주기로 하고 농가로부터 1년에 무와 가지를 각각 50개씩 받는 지역이 과거에는 있었다고 한다.

가장 바람직한 길이다. 사람은 논밭에 자신의 똥오줌을 주고, 논밭은 사람에게 곡식과 채소를 준다. 그 속에서 땅도 사람도 평안하고 건강하다. 이처럼 아름다운 자연 순환의 문화를 현대의 농업과 도시 문명은 완전히 잃어버렸다.

똥은 나무와 풀을 키우고 싶어 한다. 그것이 똥의 천직이다. 똥은 땅으로부터 온 것이므로 땅에게 돌려줘야 마땅하다. 땅은 똥이 없으면 허약해진다. 척박해진다. 수천 년이나 농사를 지으면서도 옛사람들이 땅을 황폐화시키지 않을 수 있었던 것은 '밥은 줘도 똥은 안 주는' 환원의 실천에 있었던 것이다. 얻은 곳으로 되돌려줘야 한다.

폴리네시아의 사모아인들은 신이 자신의 똥으로 인간을 만들었다고 여기는데, 틀린 말이 아니다. 길고 넓게 보면 똥이 우리를 만든다. 왜 그런가? 우리는 먹어야 산다. 먹는 것이 내가 된다. 그렇다면 먹는 것, 곧 먹을거리는 누가 만드나? 똥이 만든다.

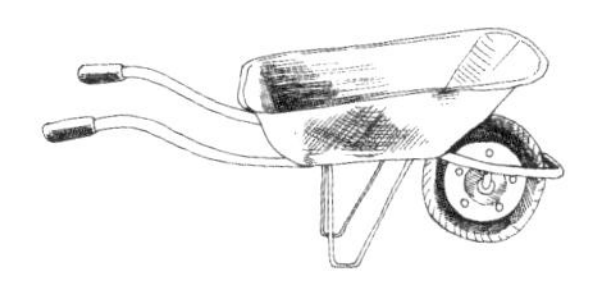

꿈은 하늘로부터

지난해 가을이었다. 미카미라는 이가 여행을 목적으로 한국에 왔다. 그녀는 우리 집을 베이스캠프로 15박 16일 동안 한국 여기저기를 여행했다. 그 기간 내내 나는 통역과 안내를 하며 미카미와 함께 했다.

미카미는 나보다 두 살이 위인, 그래서 내가 누님이라 부르는 일본인으로 홋카이도에 산다. 그녀는 그곳에서 작은 가게를 운영한다. 세계 각국의 전통문화용품을 파는 가게다. 한편 그녀는 일본의 원주민인 아이누의 권익 보호 운동 단체의 실무자로 오래 일해 오고 있다. 그 과정에서 세계 여러 나라의 원주민과도 자주 만나야 했던 그 일이 그녀를 키웠으리라. 그녀는 나라에 갇히지 않았다. '나는 재일 지구인이다'이란 말을 자주 했다. 원주민, 자연 의학, 영성, 대안 문화, 생태계, 기공…… 등 그녀의 눈길은 넓고 깊었다.

자주 만나지는 못했다. 이번 만남도 11년 만이었다. 그 대신 1년에 서너 차례 주고받았던 편지로 우리는 사이좋은 친구가 되었다. 마치 한 별에서 온 것이 아닐까 싶을 만큼 우리는 서로에게 끌렸다.

언젠가 미카미는 이런 편지를 내게 보냈다.

> 달을 볼 때마다 늘 그대를 생각하고 있어요. 무슨 일이 있으면 부디 달에게 이야기를 해 주세요. 그렇게 하면 반드시 달님이 내게 전해 주실 테니까요.

그는 정말 그렇게 믿었을까? 충분히 그럴 사람이다. 그에게는 나 말고도 한국 친구가 몇 명 더 있다. 그가 그들에게도 10년간 편지를 썼다는 것이 이번 여행에서 밝혀졌다. 궁금했다. 나도 아는 그 한국 친구들은 일본어를 모르고, 미카미는 한글을 모른다.

"이쪽 사람들이 일본어를 모른다는 걸 알고 있잖아요. 그런데 왜 10년이나 계속 편지를 썼어요?"

"물론 알고 있었지요. 그러나 뭔가 보내고 싶은 마음이, 연락을 하고 싶은 마음이 더 컸어요. 그 마음 앞에서 언어는 그다지 문제가 안 됐어요. 그 마음만 전해지면 되니까요. 그리고 그 마음은 편지 내용을 읽지 못해도 전해지리라 믿었어요."

이런 미카미였다. 그이라면 내가 달을 통해 보내는 편지를 읽을 수 있었을 것이다.

특이한 여행이었다. 관광지에는 눈길 한 번 안 주고, 오로지 미카미가 만나고 싶어 하는 사람들만을 찾아다니는 인물 중심의 여행이었다. 광주, 화순, 승주, 산청, 서울과 같은 곳을 돌았다,

그 가운데 어느 한 곳에서는 꿈이 화제가 됐다. 그때 미카미가 한 말을 나는 잊을 수 없다. 미카미는 확신에 찬 목소리로 말했다.

"꿈은 말하는 것이 좋아요. 그래야 꿈에 날개가 생기고, 싹이 틉니다."

시와 같은 말이었다. 표현 형식 때문이었을까? 아니면 그 자신감 때문이었을까? 나를 포함하여 그곳에 있던 사람들이 모두 감동했다.

"속에만 담아 두면 꿈은 씨앗이나 새가 그런 것처럼 죽어 버리고 말아요. 그러므로 꿈은 주변 사람들에게 말하는 게 좋아요."

그날 밤, 모든 일정이 끝나고 둘이 걷던 산책길에서 나는 미카미에게 물었다. 하늘에는 열사흘 달이 떠 있었다.

"누님, 꿈 이야기를 다시 하고 싶어요. 꿈이란 잘 간직하고 홀로 이루어 가는 게 좋을 수도 있지 않을까요? 꺼내 놓으면 햇볕에 말라 죽는 씨앗 꼴이 될 수도 있지 않겠어요?"

"그것은 진정으로 자신이 소망하는 꿈이 아닐 때나 그래요."

망설임 없는 대답이었다.

"그보다는 어른과 아이의 차이에 대해 먼저 말하고 싶어요. 자유롭게 꿈을 꾸는 아이들과 달리 어른들은 현실을 이유로 자신을 찾

아오는 꿈을 저버립니다. 하지만 꿈은 우리 모두의 고향인 하늘나라에서 오는 거랍니다. 그냥 가게 두지 않는 것이 좋아요."

"예를 들어 설명해 주실 수 있어요?"

"저는 어려서부터 글을 써 보고 싶었어요. 벌써 20년이 넘게 1년에 네 번 '가정통신문'을 내고 있는 것도, 이번에 제가 갖다 드린 책들에 글을 쓰게 된 것도 다 그 꿈이 시키는 일이었지요."

"저에게는 아주 가끔 그림을 그려 보고 싶다는 꿈이 찾아와요. 그렇다고 화가가 되고 싶은 것은 아니고, 삽화 정도의 그림이라도 그릴 수 있으면 참 행복할 것 같다는 아주 작은 꿈입니다. 그런데 절실하지 않은 걸까요, 저는 지금까지 그 꿈에 등을 돌리고 살고 있어요."

"좀 더 기다려 보세요. 아직은 당신에게 더 중요한 다른 꿈들이 있기 때문일 겁니다."

하늘에서는 달이 구름 사이로 들고 나며 뛰고 있었다. 사실은 구름이 빠르게 움직이고 있기 때문에 그렇게 보였는데도 눈에는 달이 뛰고 있는 것처럼 보였다. 나는 구름이 뛰게 하려면 시선을 어디에 둬야 하는지를 찾아보며 미카미에게 물었다.

"사람들은 여러 가지 꿈을 안고 살아갑니다. 한 가지가 아니지요. 그 가운데 자기에게 가장 중요한 꿈이 무엇인지 어떻게 알 수 있어요? 많은 사람들이 '무슨 일을 하면 좋을지 모르겠다'며 고민을 하잖아요?"

미카미도 하늘을 보고 있었다.

"그것을 일본에서는 '생애의 일'이라고 해요. 자신의 평생을 바쳐서 하고 싶은 일을 그렇게 말합니다. 쉽지 않지요. 그래서 많은 사람들이 이게 아닌데 하며 자신이 하는 일에 집중을 못하며 살고 있지요.

그 점에서 우리는 인디언들에게 배워야 한다 싶어요. 인디언들은 통과의례의 하나로 어른이 되기 전의 청년들에게 숲이나 자연 속에서 '소망 찾기'란 것을 하도록 한다잖아요.

그때 인디언 젊은이들은 먹을 것을 갖고 가지 않는답니다. 무엇을 먹으면 그것이 집중을 방해하기 때문이겠지요. 그리고 홀로 갑니다. 아무도 없는 곳에서 홀로 지냅니다. 그 누구의 도움도 받지 않고 홀로 지내며 자신에게 묻거나, 혹은 그 안에 자신도 들어 있는 자연의 소리를 듣는 것이지요. 누가 있으면 방해가 되지 않겠어요. 거기다 침낭 하나밖에는 아무것도 갖고 가지 않습니다. 오두막 따위를 지어 놓고 거기서 지낸다거나 하지 않고, 인적 없는, 벽 없는 자연 속에서 지냅니다. 그것들이 모두 다 자연의 소리를 더 잘 듣기 위한 조치랍니다."

'그 안에 자신도 들어 있는 자연의 소리'라는 표현이 맛있게 느껴졌다.

"얼마 동안 그렇게 하나요?"

"보통 일주일, 경우에 따라서는 그보다 더 길게요. 스스로 의심이 들지 않을 때까지 한다고 들었어요."

"만약 마을 젊은이들이 똑같은 소망을 갖게 된다면 그건 문제가 아닐까요? 모두 추장이 되고 싶다거나, 청소부는 아무도 안 하고 싶어 한다거나?"

미카미는 웃으며 대답했다.

"그렇지 않을 거예요. 왜냐하면 꿈은 우리의 고향에서, 하늘나라에서 오는 것이기 때문이지요. 꿈과 욕망은 다릅니다."

"그것을 어떻게 알 수 있어요. 꿈인지, 욕망인지?"

"조금 전에 말했듯이 인디언은 뱃속을 비우고, 거처의 도움 없이 있는 그대로의 자연 속에서 홀로 오랜 시간 지낸다고 하잖아요? 그런 특별한 시간이 필요하겠지요."

"꿈에는 작은, 사소한 꿈도 있잖아요? 그런 것도 고향에서, 하늘나라에서 오나요?"

"그래요. 꿈은 전체와 어긋나 있는 우리의 어떤 부분을 교정하기 위해, 바람직한 삶에서 벗어나 있는 우리의 삶 전체를 바로잡기 위해 하늘나라가 보내는 메시지라고 보면 틀림없어요. 숟가락을 적당할 때 놓지 못한 날은 바로 듣잖아요? '과식이다. 다음부터는 부디 알맞게 먹어라'라는 목소리를."

그의 표현이 재미있어 우리는 함께 웃었다.

"건강과 관련해서 저는 이런 소리를 자주 들어요. '무슨 일이 있어도 하루 한 시간 이상 걸어라'라는."

핑계를 대고 빼먹는 날이 많았다. 하지만 어떤 때는 석 달 동안 하루도 빼먹지 않을 때도 있었다. 그때의 체험을 바탕으로 말하면, 걷기는 몸과 마음의 만병통치약이었다.

"저와 같네요. 걷기를 통해 자랐다고 할 만큼 저도 그것으로부터 많은 것을 배우고 깨우쳤거든요. 걷기를 게을리하면 금방 압니다. 바로 몸이 무겁고 머리가 복잡해지니까요. 하루라도 빼먹으면 꿈이 알고 바로 와서 일러 주지요."

물론 미카미처럼 꿈에 귀를 기울이며 살기는 쉽지 않다. 나 또한 '걸어라'라는 꿈을 얼마나 많이 배반했는가. 모든 병의 원인은 과식과 운동 부족이다. 감기 몸살로 앓아누워 지낼 때 우리에겐 이런 꿈이 찾아온다.

'그래, 그동안 몸 생각을 너무 안 하고 살았어. 이 병이 나으면 일터까지 걸어서 다니자. 왕복으로 하루 세 시간쯤 걷게 되니 운동량은 충분할 테지. 그렇게 해서 체력이 좋아지면 휴가 때 지리산 종주 여행을 떠날 수도 있을 거야. 이야, 생각만 해도 신나네.'

하지만 병원 정문은 '각오의 문'이고, 후문은 '망각의 문'이라는 말이 있듯이, 병이 나으면 우리는 이런 다짐이 무색하게 우리를 찾아왔던 꿈을 잊는다.

하품이 났다. 이제 쉴 시간이라는 메시지였다. 마지막으로 궁금한 게 하나 더 있었다.

"꿈을 이야기하면 날개가 달리고, 씨앗에서 싹이 튼다 했지요? 그 언저리 이야기를 좀 자세히 듣고 싶어요."

"꿈을 이야기하면 사람들이 듣고 그 꿈에 물을 주거나 그 꿈을 다른 사람에게 전해 주지요. 그렇게 해서 꿈에 날개가 달리고 싹이 트는 거지요.

예를 들어 볼까요. 여기 겉으로는 식당을 하지만 속으로는 아무도 없는 데 가서 조용히 수행을 하며 살고 싶어 하는 사람이 있다고 해요. 그 사람이 그 꿈을 그대로 두면 식당 일도 제대로 안되고, 그 꿈 또한 피우지 못하게 되겠지요. 하지만 일단 꺼내 놓으면 어떻게 될까요?"

흥미로웠다. 나는 그녀의 다음 말이 기다려졌다.

"그 이야기를 듣고 누군가가 생활 속에서 할 수 있는 간단한 명상법을 일러 줄 수도 있습니다. 그 사람에게 도움이 될 수 있는 경전을 소개해 줄 수도 있고요. 혹은 온갖 손님의 비위를 맞춰 가며 먹고살기 위해 애를 써야 하는 식당 그 자체가 가장 좋은 수행터임을, 그러므로 어디 갈 필요가 없음을 일러 줄 수도 있지요. 이렇게 싹이 트는 것이지요.

물론 이렇게 말하는 사람도 있을 테지요. '무슨 소릴 하는 거야. 자네에게 딸린 식구가 몇이야. 배부른 소리 하지 마.' 이렇게 여러 가지 반응이 있겠지만 그 가운데 몇 개에서는 싹이 트고 날개가 달립니다."

동의하지 않을 수 없었다. 아울러 참 좋은 이야기를 들었다 싶었다. 사실 그날만이 아니었다. 내내 그랬다. 원주민 공부 덕분인지 미카미의 세계는 깊고 넓었다. 옮겨 적어 두고 싶었던 말들이 한둘이 아니었다.

밤이 깊었다. 우리는 숙소를 향해 발길을 옮겨야 했다.

달은 여전히 바삐 뛰어가고 있었다. '꿈은 하늘에서 온다'는 말이 내 가슴에 한 송이 꽃처럼 피어 있는 것이 보였다. 그것은 모든 것은 하나로 이어져 있다는 뜻이기도 했다. 멀리 떨어져 있더라도 달을 통해 서로를 느낄 수 있는 것처럼.

지게질 명상

동장군이 한반도를 뒤덮은 채 여러 날 움직일 줄 모르고 있다. 어제는 시냇물이 얼음 속으로 모습을 완전히 감췄다. 낙차가 큰 곳조차 그렇다. 어디에서도 물이 보이지 않는다. 온통 얼음뿐이다. 마당가에 둔 고무 함지의 물은 밑바닥까지 다 얼었고, 물 묻은 손은 문고리에 쩍쩍 달라붙는다. 장갑을 끼고 일을 해도 손이 곱고, 입이 얼어 말조차 어둔하게 나온다. 오줌이 나오는 대로 얼어붙어 볼일을 볼 때는 망치를 준비해야 성기에서 얼어붙은 오줌 줄기를 떼어 낼 수 있다는 북극의 추위와는 비교가 안 되지만 요즘 이곳의 날씨도 만만치 않다.

이렇게 날이 차도 나는 하루에 서너 시간쯤은 꼭 바깥에서 몸을 쓰는 일을 하고 있다. 그것이 내 살림은 물론 몸과 마음을 건강하게 만들어 주기 때문이다.

겨울에 하는 바깥일은 여름과 달리 햇살이 좋은 한낮에 하는 것이 좋다. 이때는 아무리 날이 차도 햇살 덕분에 지낼 만하고, 또 처음에는 춥더라도 일을 하다 보면 추위가 가신다. 겨울 일은 주로 나무와 관련이 있다. 나무 베기는 나뭇잎이 진 뒤부터 다시 나기 전에 해야 하는 데다, 그 일 말고는 하고 싶어도 얼어 있어 할 수가 없다. 겨울에 할 수 있는 일이란 이를테면 다음과 같은 것들이다.

- 집 지을 일이 있다면 거기에 필요한 목재 마련
- 다음 해 농사에 쓸 말뚝, 버팀목, 지지대, 농기구 자루와 같은 것들 준비해 놓기
- 사다리, 장대, 벌통 만들기
- 땔감 모아들이기
- 나무 심을 터 닦기
- 버섯 재배용 나무 구하기

집 주변에 오래 묵혀 잡목으로 우거진 논이 있다. 올겨울에 나는 그곳을 다시 논으로 바꾸기 위한 준비를 하고 있다. 그곳에 있는 나무들을 베면서 먼저 목재, 말뚝, 버팀목, 장대, 농기구 자루와 같은 생활 용재를 찾아내고 난 나머지는 모두 땔감이다. 그렇게 용도에 따라 달리 나무를 자른 다음 지게질로 집까지 옮긴다.

이 일을 나는 톱, 도끼, 낫, 지게와 같은 수동 도구를 써서 하고 있는데, 그 가운데 추위를 이기기에는 지게질이 가장 좋다. 무겁게 한 짐 짊어지고 걷다 보면 금방 추위가 가신다. 콧김이 코끝의 수염에서 서리 모양으로 얼어도 몸에서는 땀이 난다.

심호흡이 절로 되는 것도 지게질의 장점이다. 무거운 것을 옮기자면 몸도 에너지를 많이 써야 한다. 그만큼 공기도 더 필요하고, 그 바람에 들고 나는 숨이 절로 깊어진다. 콧구멍이 있는 대로 열리며 맑은 공기가 몸 구석구석까지 퍼져 간다.

지게질에서 어려운 것은 지고 다니기보다 짐을 꾸리는 요령 쪽이다. 한쪽으로 기울지 않도록 좌우로 균형을 맞춰 짐을 꾸려야 하는데, 생각하기에는 쉬워 보이는 이 일이 초보자에게는 좀처럼 잘 안 된다. 길이가 가지런한 짐이라면 또 모른다. 양쪽 무게가 똑같으면 또 별문제다. 길이가 서로 다르고, 무게도 양쪽이 다른 나무를 한 짐 가득 균형을 맞춰 짊어지려면 꽤 오랜 시행착오, 혹은 숙련이 필요하다. 통나무는 그래도 쉽다. 나뭇가지는 훨씬 어렵다.

먼 거리 지게질은 힘이 든다. 어서 빨리 목적지에 닿았으면 하는 마음이 굴뚝의 연기처럼 일어난다. 그럴 때는 목적지를 잊는 게 좋다. 목적지에 얼른 닿기를 바라는 그 마음이 또한 짐이 되기 때문이다. 아무 생각 없이, 마음을 발에 두고, 한 발 한 발 걷는 게 가장 좋다. 그렇게 하는 것이 힘도 훨씬 덜 든다.

일터에서 집까지 이어진 산길은 좁고 거친 데다 비탈까지 심하다. 지게를 지고 그런 길을 걷자면 딴생각을 못한다. 한눈을 팔다가 얼음판이라도 밟으면 큰 사고로 이어질 수도 있기 때문이다. 한 발 한 발 디딜 곳을 찾아가며 천천히 조심스럽게 걷지 않으면 안 된다. 걷는 데만 마음을 둬야 한다.

지게질이 좋은 것은 느린 속도에 있다. '지게의 속도'는 그 어느 것보다도 느린데, 그 느림 속에 지게질에서만 맛볼 수 있는 묘미가 숨어 있다.

차를 타고 다니던 길을 걸어 본 사람은 알 것이다. 같은 길인데도 걸어 보면 차를 타고 다닐 때는 안 보이던 것이 보인다. 같은 원리로서 지게질을 할 때는 걸을 때 안 보이는 것들이 보인다. 그 맛에 취해 뒷산을 보며 이런 생각으로 가슴이 뜨거워지기도 했다.

'언제 저 산을 성지순례를 하는 티베트인처럼 오체투지로 올라가 보면 좋을 거야.'

현대사회에서는 모든 것이 빠르지 않으면 안 된다. 느림은 발붙일 곳이 없다. 그로 인해 잃는 것이 많은데도 사람들은 속도를 좇기에 바쁘다. 하지만 강이나 들, 혹은 산길을 한가로이 걸어 본 사람이라면 두 발로 걷기를 예찬하지 않을 수 없으리라. 내가 지게질을 마다하지 않는 것은, 일도 일이지만 그 느린 걷기를 통해 나 자신이 맑게 정화되는 것이 좋기 때문이다. 조심스럽게 한 발 한 발 걸어야 하는 겨울 산길의 지게질은 저절로 나를 특별한 시간으로 이끈다. 굳이 명상을 하지 않더라도 자연스럽게 명상 상태로 들어가게 된다.

이런 까닭으로 머릿속이 복잡한 때는 지게를 지고 나선다. 묵직하게 한 짐 지고 걷는다. 그렇게 한나절을 지내면 어느새 몸에 땀이 흐르고, 그 땀과 함께 정신의 탁한 찌꺼기도 빠지며 마음이 개운해진다. 몸도 역시 군더더기를 빼낸 듯 가벼워진다.

그럴 때 바람은 내게 이른다.

'잠자리에 들기 전에 단 1분이라도 조용히 앉아 하루를 돌아보라. 그리고 그날 하루가 일깨워 준 것을 가슴에 적어 두라.'

달리 수가 없다 싶다. 그날 하루의 일들에서 겸손하게 배우며, 다음 날은 온 힘을 다해 전날 배운 것을 실천해 가는 길밖에.

하루는 얼마나 자비로운가! 어제의 일을 묻지 않는다. 잘난 놈 못난 놈 가리지 않는다. 누구에게나 공평하게 24시간이 주어진다. 하루이틀이 아니다. 무엇을 그리든 자유인 1440분이라는 화폭을 하루는 죽을 때까지 우리 앞에 가져다 놓는다. 그 하루에 우리는 우리의 인생을 걸 수밖에 없다.

아무리 무거운 짐을 져도 지게질은 쉽다. 어쨌든 한 발 한 발 걷다 보면 목적지에 닿는다. 하지만 어제보다 나은 오늘을 살기는 쉽지 않다. 그 한 발 내딛기가 잘 안 된다. 그것이 더 많은 수입이거나 더 높은 지위가 아니고 삶의 질이거나 인격일 때는 더욱 그렇다.

아이누와 자연

외국 여행길에 만난 한 일본인은 자신을 내게 이렇게 소개했다.

"나는 일본인이 아니다."

무슨 소린가?

"나는 오키나와 사람이다."

그는 이어 말했다.

"일본은 여러 개의 섬으로 이루어진 나라다. 남쪽에 있는 섬 가운데 오키나와라는 섬이 있고, 이 섬은 옛날에는 류큐라는 독립된 한 왕국이었다. 오키나와에도 사람마다 생각이 다르지만, 그중에서는 일본인이 아니라 류큐인, 혹은 오키나와인으로 살고 싶어 하는 사람이 있는데, 나도 그중 하나다."

거기서 끝이 아니다. 북쪽에도 또 하나의 민족이 일본에는 있다.

일본 원주민 아이누가 그들이다. 일본은 이처럼 단일민족이 아니라 서로 다른 세 민족으로 이루어진 나라다.

일본인은 아시다시피 우리와 다를 데가 거의 없는 얼굴과 몸매를 갖고 있다. 한편 아이누족은 한눈에도 우리와 다른 모습이다. 얼굴이나 체격만이 아니다. 생각 또한 다르다.

아이누의 세계관에 따르면 이 세상은 세 가지로 이루어져 있다. 하나는 '카무이'라고 불리는 신들의 세계이고, 다른 하나는 아이누, 곧 인류이고, 마지막 하나는 제3의 그룹으로 인간이 만든 물건들이 여기에 속한다. 아이누의 세계에서는 신이 하나가 아니다. 그들은 다신교 민족인데, 아이누에게는 사람이 맨손으로 대항할 수 없는 존재는 모두 신이다. 이를테면 비, 바람, 물, 벼락, 천둥, 나무, 풀, 땅, 산과 같은 것들이 그렇다. 자연 만물은 신들이 모여 만든 것이고, 거기에는 각각의 신이 내재해 있다고 아이누는 본다.

다른 하나는 인간이 만든 것으로 그것이 없으면 인간의 생활 자체가 불가능한 것들이다. 집이 그렇고, 입는 옷이 그렇다. 그 가운데 집을 예로 들면, 집 또한 신으로 그 성별은 여성이다. 그러므로 집에 산다는 것은 집이라는 신의 옷자락 안에 안겨 산다는 뜻이다. 신의 치마 속에서 우리는 땡볕과 비바람을 피하고 벌레와 짐승으로부터 몸을 보호받는 것이다.

옷이나 집만이 아니다. 사람이 만든 것은 모두 마찬가지다. 만들어지는 그 순간부터, 예를 들어 그것이 책상이라면 책상의 신이 거기 깃드는 것으로 아이누는 믿는다. 그것이 어떤 것이든 같다. 농기구든 가구든 생활용품이든. 이렇게 모든 물건에는 영혼이 깃들어 있다고 보기 때문에 아이누는 쓰고 난 물건을 처리하는 방식 또한 특이하다.

예를 들어, 구멍이 뚫려 쓸 수 없게 된 그릇이 있다고 하자. 이때 아이누는 뜰에 만들어 놓은 제단에 그것을 올려놓고 이런 기도를 드린다.

"그릇의 신이여. 오랜 기간 우리를 위해 일해 주신 당신에게 정말 깊이 감사드립니다. 여기 당신을 위해 우리가 마련한 선물이 있습니다. 당신의 나라로 갈 때 가져가십시오."

이런 기도의 말과 함께 주로 좁쌀이나 피稗나 담배와 같은 것들을 선물한다. 그리고 그릇은 그곳에서 저절로 썩어 가도록 둔다.

이렇게 보면 아이누족에게는 신이 아닌 것이 없다. 왜 그런가? 세상은 신이 만든 자연과 인간이 만든 물건으로 이루어져 있는데, 아이누는 그 두 가지를 모두 신으로 여기고 있기 때문이다.

아이누가 생각하는 신의 나라는 우리가 사는 세상 위에 있는데, 신들은 본래 몸이 없다. 그것이 신의 특징이다. 신들은 인간의 눈에는 보이지 않는 스피릿spirit, 곧 영혼으로 존재한다. 그런 신들이 인간 세상에 올 때는 바디body, 곧 몸을 걸친다. 우리가 밖에 나갈 때 옷을 입듯이 신들도 이 세상에 올 때는 몸을 옷처럼 입고 온다.

곰을 예로 들자. 곰은 인간세계로 올 때 벽에 걸린, 우리가 알고 있는 곰 모양의 옷을 벗겨 입고, 거친 발톱이 있는 신발을 꺼내 신고 온다는 것이다.

그 밖의 것들도 다 같다. 쌀은 쌀의 신이 쌀 옷을 입고 오는 것이고, 배추는 배추의 신이 배추 모양의 옷을 입고 오는 것이다. 그것은 나무도 같다.

사람은 나무나 풀이나 짐승 없이는 살아갈 수 없다. 살아가는 데 없어서는 안 되는 그런 것들을 아이누는 신들이 가져다주는 것으로 알았다. 그래서 아이누는 신들에게 늘 감사했다. 푸성귀 한 조각 함부로 하는 일이 없었는데, 사랑으로 대하지 않으면 그것들이 다시 인간의 세계에 오지 않는다고 여겼기 때문이다. 이런 세계관이 가장 잘 나타나 있는 것이 아이누의 '이요만테'라는 축제다.

'이요만테'의 '이'는 '그것'이라는 뜻이고, '요만테'는 '가게 하다', 혹은 '돌려보내다'라는 뜻이다. 여기서 그것이란 곰의 신을 말하므로 '이요만테'란 곧 '곰의 신을 다시 신의 나라로 돌려보낸다'는 뜻이 된다.

이요만테 날짜가 정해지면 마을에서는 젊은이들을 시켜 그 사실을 널리 알리는 동시에 축제 준비를 시작한다. 여자들은 음식을 준비하고, 남자들은 축제에 쓸 장신구를 만든다.

이요만테는 사흘에 걸쳐서 벌어진다. 그 가운데 전야제에 해당하는 첫날은 '불의 신'을 향한 기도로부터 시작된다. 의식을 주관하는 제주는 불의 신에게 '지금부터 시작되는 의식이 무사히 끝나도록 지켜봐 주세요'라는 내용의 기도를 올린다.

기도 뒤에는 잔치를 벌인다. 밤이 깊도록 춤을 추고 노래를 부르며 즐겁게 논다. 그것은 다음 날 신의 세계로 떠나는 곰에게 인간세계는 즐겁다는 인상을 심어 주기 위함이다.

둘째 날 또한 불의 신에게 바치는 기도로부터 시작된다. 제단에는 화살, 활, 말린 연어, 칼, 떡, 종이로 만든 꽃 등이 놓인다. 곰의 신에게 주는 인간의 선물이다.

이렇게 준비를 마치면 마을의 장로가 활을 쏘아 곰을 죽이는데, 이때부터 곰은 선물로 가져온 고기와 가죽을 사람들에게 넘기고 영혼으로 존재한다. 몸은 인간에게 선물로 주기 위해 입고 온 것에 지나지 않는다. 곰의 신에게는 몸이 필요 없다. 그러므로 우리의 눈에는 곰이 죽는 것으로 보이지만 그것은 몸의 차원에서만 그렇고 영혼, 곧 곰의 스피릿은 여전히 살아 있다. 곰의 영혼은 인간이 죽이거나 없앨 수 있는 것이 아니다.

아무튼 이 시점부터 곰은 영혼으로 존재하게 되는데, 아이누는 그 영혼이 귀와 귀 사이에 있다고 여기며 죽은 곰을 제단 앞에 놓고 이렇게 기도한다.

"곰의 신이시여. 부디 본래 살던 당신의 나라로 무사히 돌아가기를 바랍니다."

그 뒤에는 곰을 해체한다. 가죽을 벗기고, 고기는 크게 가르고, 내장을 꺼낸다. 동시에 불의 신에게 경과를 보고하는 기도를 드리고, 전야제 때와 마찬가지로 참가자들은 춤을 추고 노래를 부르고, '유-카라'라는 이름의 재미있는 영웅 서사시를 읊조리는데, 반드시 도중에 이야기를 그친다. 왜 그럴까? 곰이 궁금하게 여기도록 하기 위함이다. 그다음 이야기가 듣고 싶어 곰이 다시 인간 세상으로 돌아오게 하기 위한, 말하자면 '이야기의 덫'이다. 그렇다. TV 연속극과 같은 트릭이다.

마지막 날에는 제단의 물건을 정리하고 조상에게 제사를 드린다. 이때 조상은 물론 이름을 아는 모든 고인의 이름을 불러 가며 '이번 이요만테가 무사히 끝난 것은 여러분 덕분입니다. 감사합니다'라는 축원 기도를 하는 것을 마지막으로 이요만테는 모두 끝난다.

이런 세계관을 갖고 있기 때문에 아이누는 그것이 무엇이든 존중하는 자세로 대해야 한다고 믿었다. 업신여김을 당한 사람이 발길을 끊는 것처럼 소중하게 취급되지 않은 것들은 서운하게 생각하고 인간세계에 다시 오지 않는다고 여겼다. 그렇게 되면 인간은 곤란을 겪지 않을 수 없다. 그 가운데 하나가 먹을 것이 없어 겪는 기근이다. 아이누는 기근을 가장 두려워했다.

한국은 엄청난 음식 쓰레기를 만들어 내는 것으로 유명한 나라다. 한국의 식당처럼 낭비가 심한 곳도 없다. 도저히 다 먹을 수 없는 양이 나오고, 그것을 당연하게 여긴다. 누구나 먹다 남길 수밖에 없다. 그렇게 먹고 남지 않게 차리면 손님이 줄어든다고 음식점 주인은 말한다. 아이누가 보기에는 도저히 있을 수 없는 일이다.

바다와 친해지는 길

《애들레이드 포스트》라는 호주의 한 신문에 다음과 같은 놀라운 내용의 기사가 실렸다.

호주 남부의 바다 애들레이드에서 파도타기를 즐기던 닉 피터슨이라는 청년이 5미터쯤 되는 백상어에게 물려 죽는 일이 발생했다. 경찰과 관계 당국은 비록 상어가 보호해야 할 동물이기는 하지만 사람에게 피해를 입힌 이상 사살하지 않을 수 없다는 판단 아래 곧바로 헬기와 쾌속선을 애들레이드로 보냈다. 하지만 청년의 가족은 그들과 생각이 달랐다.

"내 아들의 죽음은 물론 슬픈 일이다. 그러나 이번 일이 상어의 영토인 바다에서 일어난 만큼 모든 것을 상어의 잘못으로 돌릴 수는 없다. 우리는 상어를 죽이려는 당신들의 행동에 동의할 수 없다."

청년의 아버지인 필립 피터슨의 말이었다.

"내 아들은 다른 모든 동물이 그런 것처럼 상어 또한 그 존엄성을 인정받아야 하고, 찬미되고 존경받아야 한다고 생각했다."

이런 놀라운 말에 이어 이렇게 덧붙였다.

"죽이는 게 다는 아니다. 그보다는 상어가 들어오면 바로 알 수 있도록 전기 표식 같은 것을 설치하는 것이 좋을 것이다. 죽이는 것보다는 그쪽이 더 바람직한 대책이라고 우리는 본다."

자신의 아들을 죽인 상어를 용서하라는 놀라운 내용의 뉴스였다. 내게는 지난 한 해를 통틀어서 가장 기억에 남는 사건이었다. '자랑스러운 인류'라는 상을 만들어 이 분에게 드려야 하지 않을까? 왜냐하면 참다운 뜻에서 방생放生, 곧 죽어 가는 생물을 살린 분이기 때문이다. 전 세계 불교인은 이 분에게 '대자비상'을 수여해야 하리라.

방생이란 곧 '사람에게 잡혀 죽게 된 생물을 놓아준다, 살려 준다'는 뜻인데, 무엇을 우리는 방생이라고 할 수 있을까? 동물원 문을 활짝 열고 그 안에 갇혀 있던 동물들을 모두 다 산으로 돌려보낸다면 그것을 우리는 방생이라고 할 수 있으리라. 비록 죄를 지었다고 하더라도 그 사람이 처한 환경을 고려하지 않은 비난만으로는 세상이 결코 바뀔 수 없다는 것을 알고, 그를 위해 나는 무엇을 해야 하는지를 생각해 보고 실천한다면 방생을 하는 사람이라고 할 수 있으리라. 산에 가서 산나물을 뜯거나 캘 때 작은 것은 남기고, 씨앗을 퍼뜨릴 풀을 충분히 남기는 사람이라면 방생을 실천하는 사람이라고 할 수 있으리라. 도로를 건설할 때 동물들이 다닐 수 있는 길도 같이 만드는 나라는 방생을 실천하는 나라라고 할 수 있으리라. 내 자식이라도 때리거나 욕하거나 잔소리를 할 수 없다는 것을 알고 그렇게 실천하는 사람은 방생을 하고 있는 사람이라고 할 수 있으리라. 어디 한군데라도 자물쇠를 채우는 것은 세상 사람을 모두 도둑으로 여기는 행동임을 알고 그렇게 안 하는 절이나 교회는 방생을 실천하고 있다고 할 수 있으리라. 그것은 개인도 마찬가지다. 세제, 자동차, 비닐 사용을 자제하고 틈나는 대로 풀과 나무를 심어 가꾸는 사람은 방생을 실천하고 있는 사람이라고 할 수 있으리라.

전에 캐나다 동부 해안에는 대구가 발에 밟힐 만큼 많았다고 한다. 그러던 것이 유럽 이주민들이 들어오면서부터 보기가 힘들 만큼 줄어들었는데, 마구잡이 어업의 결과였다. 대구를 보이는 대로, 있는 대로 잡아들이며 그렇게 됐다. 캐나다만이 아니다. 어느 나라 사람이고 다 같다. 지금 지구 위의 인류는 모두 그런 방식으로 살고 있다.

예전에 어디선가 읽었다. 한 어부의 말이었다.

"옛날에는 물고기가 많고 사람은 적었다. 요즘은 그 반대가 됐다. 사람은 많고 물고기는 적다."

사람들은 뉴질랜드를 '지구상에 남은 단 하나의 천국'이라고 말하지만 나는 이 말에 흔쾌히 동의할 수 없다. 뉴질랜드에는 숲이 적다. 특히 북섬이 그렇다. 남한보다 더 큰 땅 어딜 가나 목초지뿐이다. 원래부터 그랬냐 하면 그것은 아니다. 육식을 즐기는 유럽인들이 들어와서 소와 양을 키우기 위해 울창하던 나무를 모두 베어 내고 목초지로 바꾼 결과다. 목초뿐인 산은 흙을 붙잡지 못한다. 비가 내리면 빗물을 따라 많은 양의 흙이 흘러내린다. 크고 작은 산사태가 난다. 뉴질랜드에서는 벌겋게 속살을 드러낸 흉한 산을 어디서나 볼 수 있다. 마치 산이 울고 있는 듯하여, 뉴질랜드 여행을 할 때마다 나는 마음이 불편했다.

뉴질랜드 원주민인 마오리는 모든 유럽 이주민(뉴질랜드 인구의 75퍼센트를 차지하고 있다)을 통틀어서 '파케하(흰 얼굴의 사람)'라고 부르는데, 이 두 인종의 가장 큰 차이는 자연을 보는 시각이다.

다른 원시 부족이 그런 것처럼 마오리 또한 자연을 어머니로 여기고 섬긴다. 어머니 자연! 원시 부족과 관련된 책이나 웹 사이트 등에서는 반드시 만나게 되는 이 말. 무슨 뜻일까? 어떻게 사는 것이 자연을 어머니로 여기고 사는 것이라 할 수 있을까?

예를 들어, 야생 오가피나무가 필요하다고 하자. 그때 마오리는 야생 오가피나무의 번영에 영향을 안 주는 선에서 베거나 뽑아 온다. 가꾸고 보살피면서 얻어 온다. 야생 오가피나무의 세계를 존중하고 존경한다. 그러므로 그들에게는 닥치는 대로 뽑거나 꺾는 일이 있을 수 없다. 물고기를 잡더라도 당장 필요한 만큼만 잡는다. 물고기의 풍요를 지키며 잡는다. 잡아다가 창고나 냉장고에 넣으려고 하지 않는다. 강에 그냥 둔다. 거기서 번영하도록 보살핀다. 그렇게 하며 필요할 때마다 가서 가져오기 때문에 강을 더럽히는 행동을 할 수 없다. 강이나 숲은 그들에게 신성한 공간이었다.

- 개인에게 정해진 마릿수를 지킨다.
- 허락된 크기 이하의 물고기는 잡지 않는다.
- 잡은 물고기를 팔거나 다른 물건과 바꿔서는 안 된다.
- 정해진 크기의 마릿수를 초과한 물고기는 바로 놓아준다.
- 놓아줄 때는 물고기가 살아서 강이나 바다로 돌아갈 수 있도록 조심스럽게 다뤄야 한다.
- 허락된 크기나 개수를 초과한 어패류나 굴 등은 안전하게 원래의 자리로 되돌려주어야 한다.
- 죽은 물고기라도 마릿수를 초과하면 불법 어획에 속한다. 그때는 죽은 채로라도 강이나 바다에 돌려주어야 한다.

뉴질랜드 정부가 정해 놓은 고기잡이 법이다. 조개류에 대해서는 이런 법이 덧붙여져 있다.

- 어느 누구도 스쿠버 같은 잠수 장비를 동원하여 전복이나 홍합

등을 채취할 수 없으며, 또한 잠수 장비를 소지한 상태로 전복이나 홍합을 몸에 지녀서도 안 된다. 이 원칙은 차량 안에 있는 장비에도 똑같이 적용된다.

조개류는 개수만이 아니라 크기도 정해져 있다. 전복의 경우는 폭 12센티미터 이하의 것은 따지 못한다. 그런 것을 따면 벌금이 하나에 250불이다. 한화로 15만 원이 넘는 금액이다. 어떤 한 동양인이 이 법을 어기고 5,000불, 400만 원에 가까운 벌금을 물었다고 한다.

고백하건대 쉽지 않은 일이었다. 나 또한 뼛속까지 남획의 문화에 익숙해져 있다는 것을 전복 앞에서 깨닫지 않을 수 없었다. 나 역시 파케하였던 것이다.

마오리의 정신이 현대 뉴질랜드인에게도 전해진 덕분이었을까, 아니면 엄격한 법 덕분이었을까? 바다마다 풍성했다. 넓적한 돌 하나를 들추면 그 안에 전복이 서너 개에서 많게는 대여섯 개씩 붙어 있었다. 돌마다 바위마다 그랬다. 그러므로 전복을 따기 위해 바다 깊이 들어갈 필요가 없었다. 반바지를 적시지 않아도 됐다.

조개는 북섬 끝에 있는 바다에 많았다. 앉은자리에서 비닐봉지 하나 가득 캘 수 있었다. 모래 반 조개 반이었다. 게는 또 얼마나 많았나! 어찌나 많은지 발에 밟혔다. 탄성이 절로 나왔다.

지나침을 피하는 것이 열쇠다. 한두 번 그렇게 하면 거기서 욕심을 견제할 수 있는 힘이 생긴다. 욕심을 채우는 기쁨보다 이기는 기뿜이 더 크고 오래간다는 것도 알게 된다. 그것만이 아니다.

전복을 예로 들어 보자. 많이 있어도 한 끼 먹을 것만 따려고 하면 먼저 마음에 여유가 생긴다. 더 많이 따려고 덤비면 전복밖에 보이지 않지만 조금만 따려고 하면 전복은 물론 그 밖의 여러 가지가 물속 생명을 비롯하여 바다, 그리고 그것과 연관된 인류의 삶이 보인다.

그 모든 것이 겉으로는 각각 나뉘어 있지만 실제로는 하나로 이어져 있는 한 존재라는 것도 어느 한순간 깨우치게 된다. 마음의 눈이 열리는 것이다. 그때는 전복과 바다가 자신의 친구가 된다. 그 뒤로는 더욱 함부로 못하지만 대신 바다와 전복을 생각하면 기분이 좋아진다. 떳떳하다.

사람이 마구 훑어가지만 않는다면 바다는 늘 건강하다. 늘 풍요롭다. 언제든 하루 먹을 것 정도는 어렵지 않게 얻을 수 있다. 그때 우리는 새를 보면 손을 흔들고, 벌레를 보면 정답게 인사를 하게 된다. 비로소 어머니 자연이 무엇인지 깨닫고 그 안에 안겨 살게 된다. 그 뒤에는 함부로 하라고 해도 그렇게 안 한다.

사람들은 자기 몸 바깥의 것은 모두 남인 줄 안다. 육안에는 그렇게 보이는 것이 사실이다. 하지만 눈을 감고 마음의 눈으로 보면 세상은 하나다. '나'는 우주와 하나로 이어져 있다. 나 홀로는 단 1초도 살아갈 수 없다는 것이 그 증거다. 단 한순간의 생존을 위해서도 우리에게는 온 우주가 필요한 것이다. 이런 것이 마오리, 곧 원주민의 세계다.

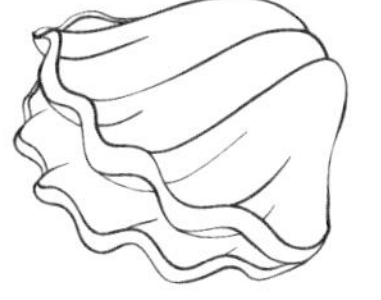

2

발에는 흙, 얼굴에는 미소

어머니 대지 위를 걸을 때 우리는 주의해 가며 발을 놓는다. 왜냐하면 지면 아래로부터 미래 세대가 올려다보고 있기 때문이다.

— 오논다 족 장노 오랜 라이온즈

'본래 고향'이라는 말이 어느 날 나를 찾아왔다. 산이 있고, 강이 있고, 바다가 있다. 그리고 그것과 인간이 조화롭게 사는 세상, 나는 그것을 본래 고향이라고 부른다. 사람은 고향을 버리고 도시의 주민이 될 수는 있어도 이 지구라는 본래 고향을 버리고 살 수는 없다. 과학과 공업은 인류의 행복에 일조는 할 수 있어도 마지막 목적은 도저히 될 수 없다.

— 야마오 산세이

산이 차리는 밥상

때는 5월 말, 좋은 계절이다. 산은 물론 집 주변이 온통 푸르다. 나무에 새싹이 날 때는 마치 산에 연초록 색깔의 연막탄이라도 터진 듯하다. 이 무렵에는 나뭇잎도 꽃처럼 아름답다. 나뭇잎은 어느 나무나 다 푸르지만 더 짙고 덜 짙은 것이 있어 그것만으로도 하늘에서 본 바다처럼 곱다. 거기에 붉거나 희거나 노란 색깔의 꽃들이 섞이면 보는 이는 감탄을 하지 않을 수 없다. 그 모습이 마치 초록 바다에서 여러 가지 빛깔의 꽃이 피어나는 것 같다.

5월의 숲은 내게 노란색의 애기똥풀꽃과 흰색의 미나리냉이꽃을 선물하고 있다. 숲은 이 두 가지 풀꽃을 주로 하여 클로버와 참꽃마리와 나도냉이꽃 따위를 섞은 거대한 꽃다발을 만들어 내게 내밀고 있다. 꽃다발은 그것 하나가 아니다. 숲은 그 밖에도 아카시아, 고추나무, 고광나무, 쪽동백나무, 괴불나무와 같은 나무들의 꽃으로도 크고 아름다운 꽃다발을 만들어 내가 사는 골짜기 여기저기를 곱게 꾸미고 있다.

검은등뻐꾸기와 매사촌, 벙어리뻐꾸기 소리를 들으며 모내기를 마쳤다. 밤에는 호랑지빠귀 소리가 들린다. 요즘에는 쏙독새 소리도 자주 듣는다. 여기에 덩치가 작은 새들까지 합세하여 한밤중의 잠깐을 빼고는 새소리가 그치지 않는다.

밥상에 올리는 산과 들의 풀도 요즘이 가장 흔하다. 뽕잎, 돌미나리, 돌나물이 요즘 한창이다. 모두 절로 나 자라는 것들이다. 다 날로 먹는데, 거기에 소량의 쑥, 산초나무 잎, 질경이, 소루쟁이, 청가시덩굴 등, 그 때마다 주변에서 얻을 수 있는 것을 섞어 먹는다. 밥을 빼면 모두 절로 나 자란 것들이다. 대개 날로 무치거나 고추장에 비벼 먹고 있는데, 그래도 전혀 거칠게 느껴지지 않는다. 이런 것들로 밥상을 차려 정자에 놓고 앉으면 내가 사는 곳이 진실로 고맙게 느껴진다. 내가 사는 곳이 있어 나는 살아갈 수 있기 때문이다. 내가 살고 있는 산과 들이 내게 밥과 잠자리를 주고 있기 때문이다.

나는 다음과 같은 두 가지 방법으로 찬거리를 마련한다.

첫째는 논밭에서 얻는다. 농가에서는 누구나 논밭에서 먹을 것을 얻지만 다른 농가와 달리 나는 땅을 갈지 않고 농사를 짓기 때문에 논밭에도 여러 가지 풀이 자란다는 점이 다르다. 풀을 싹 뽑아 버리는 방식이 아니라 다른 집에서 김매기를 하듯이 적당한 때에 낫으로 풀을 베어 준다. 그렇다. 뽑지 않고 베어 준다. 벤 풀은 그 자리에 펴 놓는다. 그러므로 우리 집 논밭에는 벌거숭이 땅이 없다. 늘 풀이 나 있는데, 풀 가운데는 먹을 수 있는 것이 적지 않다. 지금은 꽃이 피어 버렸지만 한동안 쇠별꽃을 밥상에 올렸다. 무리를 지어 나기 때문에 금방 한 끼 먹을 양을 뜯을 수 있다. 그 전에는 달래와 냉이, 꽃다지, 개망초 같은 것들이 흔했다. 요즘은 돌나물이 한창이다.

풀에 따라 뜯어 먹을 수 있는 기간이 다르다. 긴 것이 있고 짧은 것이 있다. 질경이나 쑥, 돌미나리 같은 것들은 봄부터 여름까지 계속해서 뜯어 먹을 수 있다. 그에 견주면 고추나무나 회잎나무 따위의 새순은 금방 쇠어서 못 먹게 된다.

둘째는 골짜기와 의논하는 방법이다.

나는 숲으로 우거진 한 산골짜기에 산다. 어디나 그런 것처럼 이 산골짜기에도 산나물이 많이 난다. 어디에 어떤 풀과 나무가 있는 줄 훤히 알고 있기 때문에 밥때가 되면 가서 뜯어다 밥상에 올린다. 두릅나무 순처럼 깊은 산에 사는 것들을 먹을 만큼 따려면 조금 깊이 들어가야 하지만 취 정도라면 가까이도 꽤 있다. 회잎나무 순을 시작으로 먹을 수 있는 풀과 나뭇잎이 봄부터 줄을 서 있다. 이 가운데 몇 가지는 겨울 양식으로 쓰기 위해 조금 많이 따서 삶아 말려 둔다.

그런데 나는 왜 골짜기와 의논한다는 표현을 쓰는 것일까? 앞에서 '때가 되면 뜯어다'라고 썼듯이 산골짜기가 허락하지 않는 것은 뜯어 올 수 없다. 아무리 먹고 싶어도 때가 지났거나 아직 나지 않은

나물은 얻을 수 없다. 마침 먹을 때가 된 것이라야 되는데, 그러자면 어디 그런 것이 있는지 산골짜기와 대화를 나눠야 하는 것이다. 그러나 그것만도 다는 아니다.

산나물을 뜯을 때는 몇 가지 원칙이 있다.

- 들고 날 때 마음속으로 산골짜기에 그 사실을 알린다.
- 어느 것이고 절대 지나치게 따거나 꺾지 않는다.

이런 마음으로 산나물을 뜯으면 산에 있는 시간이 훨씬 즐겁다. 그럴 때는 풀과 나무가 같은 지역에서 함께 사는 동료가 된다. 모든 것을 시장에서 사다 먹을 작정이 아니라면 그들을 무시할 수 없다. 되도록 그들이 잘 자라도록 도와야 한다.

사람과 마찬가지로 나무나 풀도 내가 하는 대로 반응한다. 한 번 시험해 보라. 자신이 할 수 있는 가장 순결한 자세로 나무 앞에 서 보라. 나무가 거기에 반응할 것이다. 나무 또한 그 순간 그가 할 수 있는 최고의 상태로 그대를 맞을 것이다.

인류는 소나 코끼리처럼 식물을 뜯어 먹고 사는 동물이다. 그 사실이 바뀌지 않는 한 인류가 해야 할 가장 중요한 일은 숲을 가꾸고 보전하는 일이다. 나아가 식물의 식당인 땅을 헐벗게, 메마르게 만드는 일이 없어야 하고, 벌써 사막이 돼 있는 땅이 있다면 그 땅을 녹화해야 한다. 풀 한 포기, 나무 한 그루와 진심에서 친하게 지내야 한다. 지금 인류는 지구에서 자기밖에 모르는 매우 흉악한 도깨비로 살고 있다는 걸 알아야 한다. 이 극성스럽기 이를 데 없는 도깨비의 등쌀을 이기지 못하고 지금 지구에서 식물과 동물이 하루에도 여러 종씩 사라져 가고 있다고 하지 않는가. 인류는 다시 시작해야 한다. 새로운 길을 찾고, 그 길로 나아가야 한다.

여행하는 새의 가르침

올 4월 19일은 기쁜 날이었다. 오전이었다. 반가운 소리가 들려왔다. 벙어리뻐꾸기가 돌아왔다. 그의 노랫소리가 들려왔다.

벙어리뻐꾸기는 재작년인 2004년에는 4월 13일에, 작년에는 4월 22일에 돌아왔다. 이 3년으로만 보면 벙어리뻐꾸기는 4월 중순에서 하순에 걸쳐서 내가 사는 곳에 오는 셈이다.

벙어리뻐꾸기는 여기서 봄을 나고 가을에 떠난다. 그러므로 나는 이제부터 가을까지 거의 매일, 혹은 자주 그의 노랫소리를 듣게 되리라.

벙어리뻐꾸기가 돌아온 날 나는 반가운 마음에 일기장에 이런 글을 남겼다.

벙어리뻐꾸기여

다시 만나 반가워

어디서 겨울을 나고 왔니?

동남아시아니

아니면 아프리카의 어느 나라니?

너의 그 긴 여행 이야기를 듣고 싶어

거기서 무엇을 보았고

무엇을 만났는지

그리고 네가 깨우친 것은 무엇이었는지 내게 말해 줄 수 없니?

무엇에 의지해 바다를 건너고 산을 넘는지

먼 길을 나서는 데 필요한 것은 무엇인지

무엇을 버리고

무엇을 지녀야 하는지

힘들 때는 어떻게 하는지

무리와의 화합은 어떻게 이루는지?

벙어리뻐꾸기여

다시 오다니!

고맙고 반가워

정말 반가워

벙어리뻐꾸기는 노랫소리가 유별나서 한 번 듣고도 쉽게 새길 수 있다. 두 박으로 노래한다. '궝궝'을 끊임없이 반복할 뿐이다. 바뀌는 법이 없다. 오로지 그 한 곡뿐이다.

뻐꾸기는 어느 것이나(벙어리뻐꾸기, 검은등뻐꾸기, 뻐꾸기 등이 있다) 30 센티미터가 넘고, 노랫소리 또한 크다. 벙어리뻐꾸기 소리 또한 가까이서 들어 보면 그렇게 큰 소리가 새에게서 난다는 게 믿어지지 않을 만큼 크다. 마치 커다란 관악기에서 나는 소리와 같다.

늘 그렇듯 이번에도 첫 소절은 '궝궝궝궝'의 네 음절이었다. 벙어리뻐꾸기는 마치 발성 연습을 하듯 그렇게 시작한다. 올해의 첫소리도 그랬다. 나는 밭일을 하다가 그 소리를 들었다. 일손을 놓고 들었다. 이어지는 것은 '궝궝'이었다. 그 뒤로는 '궝궝 궝궝 궝궝……'하며 익숙한 두 박이 계속됐다.

한곳에 살면서도 숲이 깊은 탓인지 벙어리뻐꾸기는 내게 모습을 보여 준 적이 한 번도 없다. 봄부터 가을까지 벙어리뻐꾸기는 내게 노랫소리만을 들려준다. 다른 새들과 달리 벙어리뻐꾸기는 내 집 주변의 그 어떤 것도 탐내지 않는다. 고고한 새다. 늘 내 육안 바깥의 산꼭대기 어딘가에서 지낸다. 망원경으로도 볼 수 없다. 내 망원경의 성능을 알고 있기라도 하다는 듯이 벙어리뻐꾸기는 망원경의 가시거리 바깥에서 지낸다.

뻐꾸기 무리는 동남아시아를 비롯하여 인도, 멀게는 중부아프리카까지 가서 겨울을 나는 것으로 알려져 있다. 동남아시아도 먼데 뻐꾸기는 그 작은 몸으로 어떻게 인도나 아프리카까지 날아갈 수 있는지 놀랍다. 비행기를 타고 가는 것도 아니다. 나침반을 쓰지도 않는다. 어떤 장비도 없다. 누구의 도움도 받지 않는다. 맨몸으로 그 일을 해낸다. 그리고 또 그 먼 거리를 날아 벙어리뻐꾸기는 다시 내가 사는 곳에 온다! 생각해 보면 고마운 일이 아닐 수 없다.

철새의 이동은 어느 새를 보거나 신비 그 자체다. 태평양 전체를 활동 무대로 삼는 머튼버드도 그 가운데 하나다. 이 새는 해마다 10월 26일과 27일에 오스트레일리아 남동쪽에 있는 섬 태즈메이니아로 돌아온다고 한다. 가까운 곳에 갔다가 오는 것이 아니다. 그 새는 동해, 베링해(알래스카와 시베리아 사이의 바다), 캐나다 해안, 하와이 제도를 도는 광대한 여행 끝에 돌아온다. 그런데도 그들은 결코 25일이나 28일에 오지 않는다고 한다. 해마다 그 날, 26일과 27일에 온다고 한다. 두 손을 모아 빈다. 언젠가 꼭 태즈메이니아로 그 새를 보러 갈 수 있기를!

벙어리뻐꾸기는 대략 같은 시기에 올 뿐 머튼버드처럼 같은 날 돌아오지는 않았다. 13일, 19일, 22일. 열흘 정도의 차이다. 그렇더라도 벙어리뻐꾸기가 겨울을 난 곳을 생각하면 놀라운 일이다. 동남아시아만 해도 아득한데 인도나 중부아프리카라고 하면 얼마나 먼 곳인가! 중간에 인간세계처럼 돈만 내면 잠자리와 음식을 제공하는 주막이 있는 것도 아니다. 손목에 시계를 찬 것도 아니고, 달력을 등에 지니고 있지도 않다. 그렇게 존경하지 않을 수 없는 방법으로 벙어리뻐꾸기가 긴 여행에서 돌아왔다!

물론 한곳에 머물러 사는 것 또한 쉽지 않다. 멀리 가는 것에 못지 않은 어려움이 한곳에 정착해 사는 삶에도 있다. 한곳에서도 무수한 일들이 일어난다. 모든 것이 단 한순간도 머물지 않고 끊임없이 바뀐다. 그 속에서 우리는 수많은 일들을 겪으며 살아간다. 그 일들을 통해 우리는 벙어리뻐꾸기처럼 먼 곳을 가지 않고도 우리가 사는 곳에서 우리가 하기에 따라서는 깊고 아름다운 여행을 할 수 있다. 하지만 누구나 그렇게 할 수 있는 것은 아니다. 전제가 있다.

사는 곳에서 좋은 여행을 하려면 경계해야 할 것이 있다. 언젠가는 철새처럼 우리도 떠나야 한다는 사실을 잊지 말아야 한다. 그 사실을 잊을 때 우리의 삶은 썩는다. 우리도 언젠가는 육신을 버려야 한다. 떠나야 하는 것인데, 그 사실을 잊을 때 우리는 가진 것에 집착하게 된다. 소유로 애를 태우게 된다. 덕을 쌓기보다는 야박한 짓을 하기 쉽다. 사람보다 물질이나 돈을 더 귀하게 여기기 쉽다.

긴 여행, 예를 들어 100일간의 사막 걷기나 6개월간의 실크로드 횡단 여행 같은 장거리 여행을 떠나려는 자는 일정이 정해지면 몸에서 살을 빼는 작업에 들어간다고 한다. 긴 거리 걷기에는 몸의 살도 짐과 같아서 적은 것이 좋다. 일부에서 하고 있는 '유서 쓰기 운동'이랄지 곧 죽는다고 가정하고 자신의 삶을 정리해 보는 '죽음 명상' 같은 것도 말하자면 짐을 줄이는 작업의 하나라고 할 수 있다.

이제 곧 다른 철새들도 속속 도착할 것이다. 산솔새, 되지빠귀, 소쩍새, 휘파람새, 꾀꼬리, 매사촌, 호랑지빠귀, 두견이……. 그들이 돌아오는 것을 우리는 고마워해야 한다. 제비를 보라. 그렇게 흔하던 제비를 이제는 좀처럼 볼 수가 없다. 제비가 오지 않는다는 것은 그만큼 우리가 사는 곳이 더러워졌다는 뜻이다. 그것은 슬픈 일이자 부끄러운 일이다.

농사와 경전

요즘 내가 사는 곳에서는 네 시 반경부터 날이 밝기 시작한다. 1년 중 낮이 가장 긴 한여름이다.

오늘 아침에는 이슬에 바짓가랑이를 적시며 논둑의 풀을 깎았다. 이런 일을 할 때는 대개 낫질을 시작하기에 앞서 그곳에 난 풀 가운데 먹을 수 있는 것들을 뜯는다. 질경이, 왕고들빼기, 닭의장풀, 그리고 물도랑가로 난 돌미나리 같은 것들이 오늘 아침의 수확이었다.

깎은 풀은 언제나 어디서나 그 자리에 펴 놓아 그곳의 거름이 되도록 한다. 논둑의 풀베기를 마치고 나서는 논 속에 난 풀을 베었다.

하루 두 끼 가운데 한 끼는 아침 11시에서 12시 사이에 먹는다. 밥을 짓고 논에서 뜯어 온 풀로 반찬을 만든다. 간소한 밥상이다. 요즘에는 밥을 먹기 전에, 얼마 전부터 함께 지내는 한 방문객의 제안에 따라《반야심경》을 외고, 밥을 먹으며 한 대목씩 그 사람의 풀이를 듣고 있다.

그 뒤에는 두세 시까지 쉰다. 몸 상태, 날씨, 그 날의 일에 따라 두 시가 되기도 하고 세 시가 되기도 한다. 이 시간에 우리는《반야심경》의 해설서를 읽기도 한다. 일을 마치는 시간은 여섯 시나 일곱 시쯤이다.

자급자족 정도의 농사지만 농번기에는 일이 많다. 일이 힘에 부칠 때는 더러 일하는 것이 싫을 때도 있고, 모기나 등에, 파리매, 쇠파리 따위가 자꾸 피를 빨아 대는 날에는 괴롭기도 하다.

농사일은 대개 계속 낫질을 해야 한다든가, 도끼질을 해야 한다든가, 돌을 날라야 한다든가, 씨앗을 뿌려야 한다든가 하는 단순한 일의 반복이다. 나는 머리를 써서 하는 일은 길어야 반나절 정도에 그치고 그보다 더 오랜 시간 논밭에서 일한다. 하루에 절반 이상은 육체노동, 그것을 내 삶의 원칙으로 삼고 있다. 그 까닭은 그것이 내 몸과 마음을 튼튼하게 만들어 주기 때문이다. 무엇보다도 머릿속이 단순해져서 좋다.

하지만《반야심경》 공부는 일할 때도 이어진다. 일을 하며 그 날 몫의《반야심경》을 단순히 되뇌는 방식이다. 암송은 머리를 쓰지 않아도 되기 때문에 일과 함께할 수 있다. 밥을 먹을 때와는 달리 일할 때는 한 대목씩만 반복해서 암송한다.

《반야심경》은 600권이 넘는《대반야경》에서 핵심 사상만을 뽑아 만든 불교 경전이지만 한자로는 262자밖에 안 된다. 한 번 읽는 데 채 2분이 안 걸린다.

> 관자재觀自在라는 수행자가 있었다.
> 그는 반야바라밀다般若波羅密多를
> 진실하게 실천하고 수행하는 가운데
> 이 세상 모든 것이 공하다는 것을 깨닫고
> 모든 고통에서 벗어났다

이 짧은 글 속에 《반야심경》이 하고자 하는 말이 다 들어 있다. 이 뒤로 길게 이어지는 글은 이 부분에 대한 설명에 지나지 않는다. 《반야심경》에서 가장 유명한 '공空이 곧 색色이고, 색이 곧 공'이라는 구절조차 사실은 그 앞에 나오는 '이 세상의 모든 것은 사실은 공하다'를 설명하는 말에 지나지 않는다.

짧지만 이 한 대목을 공부하는 데 우리는 여드레를 썼다. 반야바라밀다에 엿새, '오온개공', 곧 '이 세상 모든 것은 공하다'에 하루. '모든 고통'에 하루. 그만큼 이 대목은 《반야심경》에서 중요하다. 그런 만큼 좀 더 자세히 읽어 보기로 하자.

관자재란 '자유롭게 본다'는 뜻의 한자어로 수행 시절의 석가모니를 뜻한다고 하기도 하고, 그냥 지어낸 이름이라는 말도 있다. 어쨌거나 그런 이름의 수행자가 있었다 하자. 그는 반야바라밀다를 진실하게 실천하고 수행하는 가운데 이 세상의 모든 것은 공하다는 깨달음을 얻었다.

'이 세상의 모든 것은 공하다'의 한자말은 오온개공五蘊皆空이다. 오온이란 색수상행식으로 이 세상 모든 것을 이른다. 왜냐하면 색은 모양 있는 것을 모두 가리켜 이르는 말이고, 수상행식이란 우리의 정신 활동 일체를 이르는 말이기 때문이다. 공하다는 것은 색수상행식 어느 것 하나 빼놓지 않고 끊임없이 바뀐다는 것, 홀로 존재할 수 없다는 뜻이다. 그 사실을 알고 관자재는 모든 고통으로부터 벗어났다.

그렇다면 여기서 중요한 것은 반야바라밀다이다. 왜냐하면 관자재는 반야바라밀다를 실천하고 수행하는 가운데 이 세상 모든 것은 공하다는 것을 깨달았기 때문이다. 자, 그렇다면 반야바라밀이란 무엇인가?

반야바라밀이란 진리나 행복으로 가는 가장 좋은 길이란 뜻으로 거기에는 보시, 지계, 인욕, 정진, 선정, 반야 등의 여섯 가지가 있다. 그래서 보통 그것을 불교에서는 육바라밀이라고도 하는데, 그렇다면 시간이 필요하다. 《반야심경》을 살기 위해서는 시간이 필요하다는 것이다. 하루이틀의 공부로는 《반야심경》을 살 수 없다. 오랜, 아니면 깊은 보시, 지계, 인욕, 정진, 성전, 반야의 실천과 경험이 있어야 하기 때문이다.

'오온개공'과 '육바라밀'은 나뉘어진 것이 아니다. '육바라밀'은

'오온개공'을 돕고, '오온개공'은 '육바라밀'을 깊게 만든다. 오후보림悟後保任이라고, 안다고 끝이 아니다. 안 것은 살아 내야 하는데, 그때는 다지는 성태장양의 시간이 필요하다.

농사일은 머리를 쓰지 않아도 되기 때문에 마음만 먹으면 경전 암송이 가능하다. 그렇기는 해도 계속 이어 가기가 쉽지 않다. 생각을 막지 못하면 자주 끊어진다. 뜻은 개의치 않는다. 되뇌는 데 주력한다. 그렇게 하다 보면 절로 뜻이 통할 때가 있다.

뜻풀이는 앞서서 해 둔다. 방법은 두 가지다. 하나는 해설서 읽기고, 다른 하나는 토론이다. 한 번에는 어림도 없다. 여러 번 다시 읽어야 하고, 때로는 조용히 앉아 마음속으로 뜻을 풀어 보는 시간도 가져야 한다. 한 권의 해설서로도 안 되는, 여러 권의 해설서를 보아야 하는 대목도 있다.

암송을 해 보면 안다. 그때 뜻이 바로바로 잡히지 않으면 아직 그 대목은 소화가 안 됐다는 뜻이다. '이 세상 모든 것이 공하다'를 예로 들자. 그것은 '오온개공'의 우리말 풀이로 읊조릴 때는 단 네 자에 불과하다. 하지만 그 뜻은 한평생 열심히 공부해도 부족할 만큼 넓고 깊다. 공하다는 말 한마디만 해도 얼마나 제대로 알기 어려운가! 우주에 존재하는 것은 어느 하나 홀로 존재할 수 없다는 것, 나 역시 나 아닌 요소의 결합체에 지나지 않는다는 것, 모든 것이 사실은 하나로 이어져 있다는 것 등을 깊이 제대로 깨우치지 못하고서는 백날 오온개공을 외쳐 봐야 소용이 없는 것이다.

여섯 가지 바라밀 가운데 하나인 보시 또한 그렇다. 그 뜻을 헤아리기가 쉽지 않다. 사람에 따라 그 이해가 다르다. 보시란 과연 무엇인가? 요즘 함께 《반야심경》을 공부하고 있는 이는 이렇게 말한다.

"보시란 알다시피 베풀다, 준다는 뜻인데, 주되 아무것도 바라는 것이 없이 주는 것이겠지요. 예를 들어 자신의 옷을 빨 때 곁에 남의 옷이 있으면 같이 빨고 그뿐이어야 한다는 거지요. 거기 '내가 왜 이래?'라든가, '저 사람은 아마 이렇게 안 할 거야. 그러면 나만 손해 아닌가?' 따위의 생각이 들면 안 된다는 거지요. 그런 생각이 들면 아직 멀었다고 보면 될 테지요.

바라는 것이 없는 주는, 이것만 돼도 살기 아주 편할 겁니다. 거기 '나'가 없어야만 그것이 가능할 테니까 말입니다."

햇살 거두어들이기

10월에 열리는 애호박은 늙은 호박을 만들기에는 적절치 않다. 늙은 호박이 되기 전에 된서리가 내리기 때문이다. 그러므로 구월이나 시월에 열리는 호박 가운데 먹고 남는 것은 따서 겨울용으로 썰어 말려 두는 게 좋다.

겨울에는 밭이나 들이나 산이 반찬거리를 주시지 않는다. 겨울에는 그분들도 문을 굳게 닫아걸고 쉰다. 그러므로 가을에는 틈나는 대로 겨울에 먹을 푸성귀를 거둬들여 말려 둬야 한다.

애호박 말려 들이기란 곧 호박에서 수분을 제거하여 저장하는 작업이라고 보면 좋다. 그러므로 그 일에는 해가 좋은 날이 필요하다. 해가 좋아도 하루로 부족하다. 적어도 이틀은 필요하다. 아무리 얇게 썰어 널어도 하루로는 안 된다. 그다음 날 날이 궂거나 비가 오는 날에는 일이 무척 성가셔진다. 습기가 끼면 상하는 것이 생기고, 빛깔이 망가진다. 맑은 날 잘 말려 들인 애호박은 손으로 한 번 쓸어 보거나 볼에 대 보고 싶을 만큼 때깔이 곱다. 그 예쁜 빛깔이 비를 조금이라도 맞거나 습기에 노출되면 탁해진다.

131번. 날씨를 알아볼 수 있는 번호다. 24시간 확인을 할 수 있다. 당일은 물론 사흘 단위의 예보도 하고 있기 때문에 이 전화를 이용하면 된다. 일주일 단위의 계획이 필요하다면 일주일 예보를 이용할 수도 있다.

이렇게 해서 날이 정해지면 해가 뜰 무렵에 호박을 썰어 두었다가 해가 뜨면 바로 널어야 한다. 햇살을 이용해 애호박을 말리자면 이런 순발력이 필요하다. 또한 밖에 그냥 두면 밤새 이슬에 젖기 때문에 해가 지기 전에 처마 안으로 들여야 한다. 들일 곳이 마땅치 않으면 비닐 멍석 같은 것을 덮어도 된다. 요는 이슬에 노출시키지 않는 것이다.

다음 날 오후쯤이면 썰어 넌 애호박이 바짝 마른다. 조금만 힘을 줘도 부서질 정도로 수분이 빠진다. 그 상태 그대로 저장할 수도 있으나 다른 것과 같이 저장해야 할 경우에는 부서질 염려가 있다. 그때는 해가 질 무렵에 끼는 습기에 잠깐 노출을 시켜 날카로움을 조금 죽인 다음에 봉지나 자루에 담는 것이 좋다. 이때 습기에 너무 오래 두면 얼마 뒤 곰팡이가 슨다거나 하므로 적당할 때 거둬들여야 하는데, 그것은 글로는 설명할 길이 없다. '습기가 없으나 눌러도 잘 부서지거나 꺾어지지 않는 상태'이므로 직접 경험해 보는 수밖에 없다.

이렇게 잘 말려 들이고도 먹을 수 없는 경우가 있다. 저장 창고나 용기에 습기가 끼면 그런 황당한 일이 벌어진다. 여러 해에 걸쳐서 문제가 없는 것이 확실하게 증명된 곳이 아니라면 가끔 확인을 해 봐야 '조기 발견, 조기 치료'를 할 수 있다. 때를 놓치면 '치료가 불가능'할 수 있다.

그 밖에도 가을에 말려 들일 수 있는 것이 몇 가지 있다. 풋고추와 고춧잎을 비롯하여 무청, 토란 줄기, 파드득나물 따위가 그것이다. 풋고추는 소금이나 간장에 절일 수도 있지만 슬쩍 삶은 뒤 물에 푼 밀가루를 입혀 말릴 수도 있다. 고춧잎은 된서리가 내리기 전에 따서 삶아 널어 말린다. 토란 줄기는 껍질을 벗긴 뒤 적당한 크기로 썰어 말린다. 파드득나물은 고춧잎과 같은 방법으로 하고, 무청은 김장을 할 때 거두어 날것으로 묶어 그늘에 걸어 말린다.

사실 겨울 준비는 여름이 아니라 봄부터 시작된다. 오뉴월에 취나 고사리, 고비, 다래 순 따위를 뜯어 말려 두는 것이 그것이다. 겨울이 떠난 지 얼마 안 됐는데, 벌써부터 겨울 준비인 셈이다. 겨울에 먹을 당근을 심은 것은 칠월이었다. 파 모종을 옮겨 심은 것은 팔월 초였다. 이 파 역시 김장에 쓰고 남는 것은 저장해 두고 겨우내내 먹는다. 팔월에, 뙤약볕 아래서 겨울에 먹을 무, 배추, 쑥갓 씨앗을 뿌렸다.

겨울 준비란 눈을 감고 보면 곡식과 야채의 형태로 한여름의 에너지를 거두어들이는 작업이다. 호박과 고추 모양으로 햇살과 땅을 거두어들이는 작업이고, 토란과 무청의 형태로 바람과 비를 담아 들이는 작업이다. 우리는 땔감이라는 이름의 땅과 햇살을 지펴 방을 따뜻하게 만들고, 쌀과 김치라는 이름의 햇볕과 비와 바람을 먹으며 겨울을 나는 것이다.

식물이건 동물이건 우리는 모두 해의 종족이다. 우리는 모두 다시 낮이 길어지며 햇살을 마음껏 받을 수 있는 날이 올 때까지 제 힘껏 갈무린 태양에너지로 추위를 견디며 겨울을 나야 한다.

간혹 눈보라를 헤치고 손님이 오면 그 또한 손님이라는 이름의 햇살이다. 그는 아궁이 불 앞에 앉아 그가 해 온 여행 이야기를 내게 들려줄 것이다. 그렇다. 햇살은 그를 통해, 우리를 통해 여행을 하고 있는 것이다.

벌레처럼

낮게 엎드려 살아야지

풀잎만큼의 높이라도 서둘러 내려와야지

벌레처럼 어디서든 한 철만 살다 가야지

남을 아파하더라도

나를 아파하진 말아야지

다만 무심해야지

울 일이 있어도 벌레의 울음만큼만 울고

허무해도

벌레만큼만 허무해야지

죽어서는 또

벌레의 껍질처럼 그냥 버려져야지

어느 시인의 시일까? 이 시를 내게 보내 준 이메일 친구도 모른다 한다.

'풀잎만큼의 높이라도 서둘러 내려와야지.'

겨울나무들, 얼음 속에서 낮은 소리를 내며 흐를 시냇물, 내리는 눈…. 겨울 손님인 그들에게 내가 듣게 될 말씀도 다르지 않으리라!

'남을 아파하더라도/나를 아파하진 말아야지.'

손 연장이 주는 기쁨

삽, 곡괭이, 지렛대, 낫, 도끼만 가지고 혼자서 100미터쯤 되는 길을 새로 냈다. 집 바로 뒤까지 이어지는 길이다. 그동안에는 차에서 내려 오 분쯤 걸어야 했는데 이제부터는 이 길로 무거운 짐도 바로 집까지 차로 나를 수 있게 됐다.

방문자들은 내가 삽과 곡괭이로 땅을 파고, 그러다가 큰 돌이 나오면 애를 써서 지렛대로 그 큰 돌을 옮기는 걸 보고 굴삭기를 하루만 쓰면 되는데 왜 그 고생을 하느냐고 다른 입을 가지고 모두 같은 말을 했다. 맞는 말이다. 포클레인, 곧 굴삭기를 하루 쓰면 길뿐만 아니라 주차장까지 바로 운동장처럼 만들 수 있었으리라. 길도 훨씬 번듯하게 낼 수 있었으리라.

언제부인가 시골에 집집마다 경운기와 트럭이 생기며 지게가 사라졌다. 이제는 시골 가서도 지게질하는 사람을 보기 힘들다. 지게질은커녕 지게조차 구경하기 어렵다.

톱도 동일한 변화를 겪고 있다. 기계톱이 나오며 수동 톱을 쓰는 사람이 사라졌다. 그거 언제 톱질을 하느냐며 간단한 일에도 기계톱에 시동을 건다. 이제 수동 톱을 쓰는 사람은 시대에 뒤떨어진 사람이 됐다.

나도 안다. 기계를 쓰면 속도가 열 배, 스무 배, 혹은 그 이상도 난다. 효율로 따지면 그쪽이 앞설지도 모른다. 그걸 알면서도 되도록 기계를 쓰지 않으려는 것은, 무엇보다도 조용한 것이 나는 좋기 때문이다.

삽질은 조용하다. 지게질도 조용하다. 수동 톱질도 조용하다. 효율도 중요하지만 조용함도 중요하다. 둘 중에서 하나를 선택하라면 나는 조용함 쪽에 손을 든다. 고요는 손해를 보면서도 얻을 만한 충분한 가치가 있다. 남의 집일이 아니라 자기 집일이라면, 그리고 그 일이 일정에 쫓기는 일이 아니라면 다소 시간이 걸리더라도 수동 도구를 쓰는 쪽이 좋다는 게 내 생각이다.

수동 도구라면 노래를 불러 가며 일을 할 수 있다. 새나 풀벌레 등 자연의 소리를 즐기며 일할 수 있다. 한껏 한가함을 누릴 수 있는 것이다. 하지만 전동 공구로는 그것이 불가능하다. 워낙 빠른 데다 소리가 커서 다른 일은 생각도 못한다.

이번에 길을 내며 가장 힘들었던 곳은 비탈이 진 10미터 가량의 머위밭 부분이었다. 자갈과 돌이 많이 섞여 있어서 삽질이 쉽지 않았다. 곡괭이를 많이 써야 했다. 곡괭이로 헐고 삽으로 퍼냈다.

머위밭이라고 했지만 사람이 만든 게 아니다. 머위는 어디서나 절로 무리를 지어 잘 자라는 야생성이 매우 강한 풀이다. 습기가 많은 곳을 좋아하여 샘가나 논밭의 둑, 도랑가 같은 곳에 흔히 난다. 그곳도 샘이 나는 곳이다. 오랫동안 사람 손이 닿지 않은 땅이다.

그 덕분이었으리라. 흙내가 무척 향긋했다. 허리를 굽히지 않아도 향기가 코로 스며들었다. 그만큼 진한 향기였다. 놀라웠다. 그 향기를 어떻게 표현해야 할까! 그 싱싱한 향기에 절로 호흡이 깊어졌다. 그것은 나처럼 사람의 손이 닿지 않는 땅에 사는 사람만이 경험할 수 있는 축복과도 같은 향기였다. 그랬다. 축복이라는 말을 써도 부족함이 없는 싱그러움이었다.

이것 또한 수동 도구의 덕분이었다. 전동 공구를 썼다면 석유 냄새만이 사방으로 진동했을 것이다.

삽이나 곡괭이, 지렛대와 같은 수동 도구는 사람의 힘으로 움직인다. 몸을 많이 써야 하는 것이다. 몸 움직임이 부족한 이에게는 그 점에서도 권할 만하다. 팔과 허리와 다리 힘을 써야 하므로 그곳에 힘이 붙는다. 군살이 줄어들고 노폐물이 빠진다. 병을 예방하는 수단으로도 좋다. 빠르다고 능사가 아니다.

서양에서는 이런 수동 도구의 세계를 통틀어 적정기술Appropriate Technology이란 말로 표현한다. 줄여서 AT라고도 하는데, 탈것을 예로 들면 자전거처럼 사람에게나 자연환경에게나 나쁜 영향을 적게 미치는 기술을 말한다.

날마다 수많은 사람과 여러 동물을 죽이고 상처를 입히고, 나아가 엄청난 소음과 대기오염을 일으키고 있는 자동차에 자전거를 견주면 그 뜻이 분명해진다. 자전거는 소음도 없고 서로 부딪쳐도 큰 상처를 입지 않는다. 넘어져도 무릎이 까지는 정도에서 그친다. 비싼 돈 내 가며 보험에 가입할 필요도 없다. 유지비도 거의 안 든다. 자동차에 비하면 거저먹기다. 그런가 하면 걷기에 비해 몇 배 빠르다. 낫이나 삽을 쓸 때처럼 자전거를 탈 때는 새나 풀벌레 소리를 들을 수 있다. 꽃향기를 맡을 수 있다.

도시나 마을 사람들이 시끄럽고 냄새가 나는데도 굳이 기계를 쓰게 되는 것은 시간도 시간이지만 이미 그곳에서는 마음 놓고 즐길 수 있는 맑은 공기도 고요도 새도 꽃도 사라졌기 때문인지도 모른다. 도시는 늘 악취와 소음으로 가득 차 있지 않은가? 이제 시골 마을도 온갖 기계로 어수선하다. 맑은 공기도 옛말이 됐다.

일을 마치며 보니 일터에서 나온 머위가 큰 바구니로 하나 가득했다. 여린 잎은 삶아서 저녁 밥상에 올리고, 나머지는 씻어서 항아리에 넣고 설탕을 뿌려 두었다. 그렇게 한동안 두면 설탕의 단맛과 머위의 쓴맛이 잘 섞인 발효 음료가 만들어진다.

그날은 생각지도 못했던 수확도 있었다. 잠자리 한 마리가 잠시 쉬고 있는 내 머리에 앉았다 갔다. 그 순간 짧은 시 한 수가 내게 왔다.

잠자리여, 그대에게도

농부는 사람같이 보이지 않는가?

거리낌 없이 앉았다 가는구나!

나무람이 아니었다. 감사였다. 그동안의 경험으로 보면 '사람'일 때는 잠자리도 나비도 잘 안 와 앉는다. 냄새나 생각에서 사람 같지 않을 때 온다. 나무나 바위처럼 무심할 때 온다. 이 큰 선물도 돌이켜 보면 수동 도구 덕분이었다.

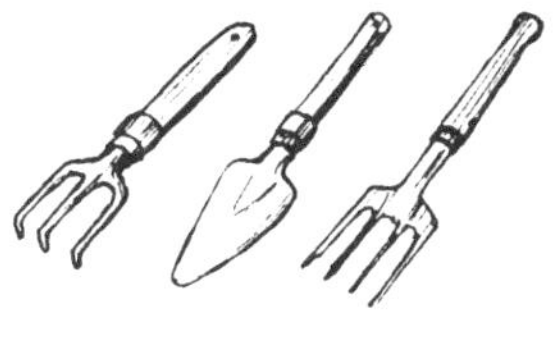

텃밭 힐링 센터

가까운 도시에 사는 분이었다. 여러 번 만났지만 아직 서로 이름을 모른다. 그분의 목적은 등산이었지 내가 아니었다. 언제나 내외가 함께였는데, 그날은 혼자인 것이 궁금했다.

"저 아래 오고 있어요."

건강이 좀 나아진 듯 보였다. 늘 그렇듯 이날도 그분이 먼저 이야기를 풀어 나갔는데 저번 것과 같았다. 이게 벌써 몇 번째이던가!?

그대로 몇 년 더 갔다면 재벌이 될 만큼 많은 돈을 벌고 있었다는 것, 그러다가 뇌경색으로 쓰러졌고, 뇌경색 가운데서도 8,000명 중 겨우 한 사람이 살아나면 다행인 어떤 병에서 자신이 살아났다는 것, 죽기를 각오하고 기어올라간 오대산의 한 암자에서 비로소 '아, 이제 살 수 있겠구나!' 하는 생각이 들었다는 것, 그 뒤로는 눈만 뜨면 늘 산을 찾았다는 것, 저 아래 산에서 산삼을 캐 먹고 많이 좋아졌다는 것, 지금은 시내 아파트에 살고 있지만 어서 빨리 여기 같은 산속으로 거처를 옮기고 싶다는 것까지는 같았다. 뇌경색의 후유증일까, 왜 이분은 전에 같은 말을 했다는 것을 모를까? 아니면 알면서도 모르는 척을 하는 것일까? 하지만 그 뒤로 이어지는 말은 그날이 처음이었다.

"돈 많이 가진 사람은 돈에 깔려 죽고, 재산 많이 가진 사람은 그 재산에 깔려 죽어요. 돈 벌려고 하지 말아요. 그냥 이렇게 살아요. 이렇게 사는 게 최고예요."

여기까지 듣고 나는 물 한 주전자를 떠 왔다. 차보다 물을 내는 일이 많다. 물맛이 좋아 좀처럼 차를 끓이게 되지 않는다. 그는 단숨에 물 한 잔을 다 비웠다. 나는 빈 잔에 다시 물을 채웠다. 그것을 보며 그는 내게 물었다.

"당신은 아마 모를 걸요. 이렇게 맛있는 물을 마시며 사는 게 얼마나 고마운 일인 줄을?"

때로 잊는 게 사실이다. 오히려 여기서보다는 일이 있어 도시에 나갔을 때 내가 참 좋은 곳에 산다는 것을 안다. 두 잔째의 물이 비어 갈 때 그의 아내가 도착했다.

"기어 다니던 이 양반이 이제는 저보다 더 잘 걸어요."

거칠어진 호흡을 가다듬는 부인의 얼굴에 땅벌이 날아와 덤볐다. 땀과 화장 탓이었다. 벌을 쫓으며 부인은 말을 이어 갔다.

"사실은 저도 관절염이 있었어요. 좀 심했지요. 의사들은 도진다고, 잘못하면 큰일 난다며 먼 길 걷기는 절대 하지 말라고 다짐을 하고는 했어요. 그래도 어떻게 이 양반을 혼자 다니게 할 수 있어요? 그래서 같이 다니다 보니 어느새 관절염이 다 나았어요."

가끔 산나물을 뜯으러 오는 송 아무개 씨도 같은 경우다.

"고혈압, 당뇨, 암, 동맥경화, 심장병 등의 이 5대 성인병이 왜 생기는지 알아요? 그게 모두 많이 먹고 기름진 것 좋아하고 움직이기를 싫어하는 과식과 게으름이 원인입니다. 가장 좋은 치료법은 적당히 먹고 자꾸 걸으면 돼요. 그 길밖에 없어요."

꼼짝도 못할 만큼 심하던 허리 디스크를 등산 하나로 말끔하게 고친 송씨가 잘라 하는 말이었다.

서론이 길어졌다. 오늘의 주제는 걷기가 아니라 사실은 텃밭이다. 텃밭의 가치와 효용에 대해 말하려 한다.

논밭, 혹은 텃밭이나 정원에서 우리는 몸과 마음의 건강을 위해 어떤 일을 할 수 있을까? 텃밭이나 정원을 자신의 힐링 센터라고 말하는 사람들이 있는데, 그것은 어떤 이유에서일까?

힐링 센터라면 심신의 건강을 되찾기 위해 가는 장소가 아닌가? 물론 내게도 논밭은 특별한 공간이다. 왜 그런가?

첫째, 우리는 그곳에서 햇빛 샤워를 즐길 수 있다. 햇살이 기분 좋게 느껴지는 날이 있다. 절로 끌리는 날이 있다. 그런 날에는 가벼운 옷차림으로 논밭에 나가 온몸에 햇빛을 받아들여 보라. 농사일을 하며 해도 되고, 잠시 멈춰 서거나 앉아서 해도 된다. 햇살에 나를 맡긴다. 이때 의식은 햇살의 움직임에 둔다. 햇살이 몸에 와 닿고 들어오는 것을 의식으로 지켜본다. 햇빛이라는 무공해 광선이 자신의 몸과 마음에 쌓인 노폐물을 쓸어버리는 장면을 상상과 함께 지켜봐도 좋다.

둘째는 바람 샤워다. 바람 역시 기분 좋게 느껴질 때라야 한다. 그럴 때라면 기꺼이 바람에 자신을 맡긴다. 바람이 자신의 몸을 훑고 지나가게 둔다. 바람이 우리 몸과 마음의 더러운 기운을 쓸어 가도록 둔다. 지나치는 일이 없도록 한다.

다음은 맨발 요법이다. 때로 맨발로 일한다. 발이 무척 좋아한다. 흙이 훨씬 가깝게 느껴진다. 흙의 향기와 기운이 느껴진다. 때로 땅에 엎드려 흙의 향기를 가슴 깊이 들이마셔 보는 것도 좋다.

제일 중요한 것은, 무슨 일을 하거나 같지만, 지금 여기에 마음을 두는 일이다. 마음을 논밭에, 그 순간에 둔다. 논밭에 있을 때는 논밭과 함께 한다. 논밭에서 서울 사는 임금을 그리워해서는 안 된다. 그렇게 하면 이조 시대의 선비들처럼 국무총리가 될 수 있을지도 모른다. 하지만 논밭과 함께 있으면 임금조차 하찮게 보이는 대안심의 세계를 얻을 수 있다.

땀 흘리기도 좋다. 여름에는 쉽게 땀이 나므로 어려울 게 없다. 텃밭 농사도 제법 일이 많다. 그 일을 열심히 하다 보면 온몸이 땀에 젖는다. 땀 흘리기란 몸을 정화하는 가장 무리가 없고 확실한 방법이다. 나는 도시에 살 때 얻은 가슴 통증을 이 땀 흘리기로 치료했다. 병원을 다닌다거나 약을 먹지 않고 그저 날마다 논밭 일을 통해 땀을 흘렸을 뿐인데 언제부터인가 그 통증이 싹 사라졌다.

다음은 대자연의 신비와 접하기다. 나는 논밭에서 무릎을 꿇고 일을 할 때가 많다. 그 자세는 일하기 편하고, 아울러 우리의 마음을 경건하게 만든다. 논밭 안의 작물이나 풀, 혹은 벌레가 훨씬 가깝게 느껴지도록 만든다. 일체감이 훨씬 강해진다.

때로는 누워 땅에 온몸을 다 맡기는 요가의 시체 포즈*도 좋다. 한없이 평화로운 느낌이 온몸을 찾아온다. 이때 문득 그때까지 몰랐던 새로운 소식이 오는 일도 있다. 직관을 통해 오는 대자연의 선물이다.

풀과 벌레 이름 익히기도 중요하다. 논밭이나 정원에 사는 풀과 벌레의 이름을 익혀 보라. 이름을 알 때와 모를 때의 차이는 뜻밖에 크다. 이웃 사람에게 물어도 되고 도감을 이용하는 길도 있다.

마지막은 즐거운 밥상 차리기다. 한 가족이 먹을 정도라면 작은 텃밭으로도 충분하다. 상추, 쑥갓, 당근, 파, 부추, 오이, 호박, 아욱, 배추, 무, 고추쯤이라면 어렵지 않다. 텃밭이기 때문에 싱싱하다. 먹기 바로 전에 뜯고 따고 뽑는다. 남지 않게 취한다. 냉장고에 두려고

* 팔다리를 벌리고 눕는다. 발과 다리를 90도 각도로 들어 올린다. 들어 올린 팔다리를, 힘을 완전히 빼고, 땅에 툭 떨어뜨린다. 땅에 모든 걸 다 맡긴다. 그러면 땅속으로 스며드는 느낌이 들며 깊은 평화감이 느껴진다. 이것을 시간을 두고 몇 차례 반복한다.

하지 말라. 밭에 두라. 그쪽이 더 좋다. 아니, 가장 좋다.

손수 기른 것인 만큼 느낌이나 맛이 각별하다. 고마운 마음으로 가슴이 가득해진다. 몸을 움직인 뒤라 밥은 더욱 달다. 밥맛은 재료나 요리에서 오기도 하지만 먹는 사람의 하루의 삶과도 연관이 깊다. 얼마나 움직였나, 어떻게 살았나, 배가 얼마나 고프냐에 따라 같은 밥이라도 맛이 다르다.

불목하니와 농부

그동안 다양한 방식으로 접해온 불교 이론을 정리하고 몸을 건강하게 만들겠다는 두 가지 목적을 갖고 한 후배가 한 달간의 예정으로 우리 집에 와서 지내고 있다. 그 후배는 아랫마을에 사는 한 아낙네의 몸을 치료하러 다니는 시간을 빼고는 대개 책을 읽고, 틈틈이 기공을 하고, 검술을 익히고, 소리 공부를 하며 지내고 있는데, 그 후배가 온 뒤 방문객이 늘었다. 열이틀 동안 열세 명의 방문객이 다녀갔다. 그 가운데 반이 하루를 묵어갔고, 한 사람은 나흘을 묵었다. 그것을 보고 그 후배는 이렇게 말했다.

"공부하는 사람은 밥걱정 따위는 안 해도 돼요. 사람들이 다 알아서 갖다주거든요. 봐요, 이렇게 사람들이 모이잖아요?"

다는 아니고 어느 정도는 그럴지도 모르겠다는 생각이 들었다.

방문객이 평소보다 많았던 것도, 그들이 여러 종류의 먹을거리를 가져온 것도 사실이었다. 빵, 건어물, 과일, 김치, 생선 등에서 술까지. 물론 먹을 것이 많다는 것이 좋은 것만은 아니다. 먹을 것이 많으면 과식을 하기 쉽고, 그렇게 되면 속을 비우고 지낼 때만 못하기 쉽다. 내 경험으로는 수행이든 생활이든 뱃속을 꽉 채워서는 안 된다.

그 방문객들은 우리와 같이 일도 했다. 힘든 일도 마다하지 않았다. 초보자였지만 그래도 성인이었다. 일의 양이 적지 않았다. 도움이 됐다. 거기서 그치지 않았다. 얼마 뒤였다. 어떤 이가 땔감을 해 주겠다며 기계톱과 그에 딸린 연장 바구니를 들고 나타나기조차 했다.

기계톱은 대단히, 대단히 시끄러운 물건이기는 했으나 그만큼 일을 잘했다. 손톱으로는 한나절이 걸릴 일을 한순간에 해치워 버렸다. 지게질에는 나도 자신이 있는 편인데, 그 방문객에게는 당할 수가 없었다. 일단 양에서 비교가 안 됐다. 장사라고 해도 손색이 없었다. 그런 힘과 기계로 그 방문객은 사흘 동안에 한 해 겨울 때고도 남을 장작을 장만해 주었다. 그가 떠나는 날이었다. 나는 감사의 뜻으로 얼마 안 되는 돈을 봉투에 담아 그에게 내밀었다.

"이러시면 저 못 가요. 저는 불목하니로 왔어요. 다른 말씀하지 마세요."

두 말을 못 붙일 만큼 완강했다. 그냥 보낼 수밖에 없었다. 그를 보내고 나니 '불목하니'라는 말이 남았다. 불목하니는 절에서 밥을 짓고 나무를 하는 사람을 말한다. 말하자면 절의 머슴이다.

한 달 동안 수행을 하겠다고 와 있는 후배는 마당에 산처럼 쌓인 나무를 보며 이렇게 말했다.

"야, 이거 정신 바짝 차려야겠어요. 이렇게 와서 도와주시는데…."

이것을 보면 불목하니는 수행자들의 어머니 노릇도 하고 있는 셈이다. 그 방문객은 부지런히 나무를 하고 갔을 뿐인데, 그것이 결과적으로는 이 후배의 수행을 독려하고 있지 않은가!

수행 승려는 좌선, 독경, 염불 등을 통해 공부한다. 그러므로 그들의 생활은 주로 선방이나 방 안에서 이루어지는 반면 불목하니는 바깥에서 대개의 시간을 보내게 된다. 청소, 심부름, 빨래, 밥 짓기, 나무하기, 채마밭 가꾸기, 망가진 곳 고치기……. 책 한 줄 읽을 새가 없다. 일을 끝내고 나면 몸이 고단하여 바로 곯아떨어진다. 농부의 삶과 비슷하다. 그래서 그런지 나는 이 불목하니가 마음에 든다. 만약 절에 가서 산다면 나는 불목하니가 되고 싶다.

똥을 푸고, 쌀을 씻고, 푸성귀를 다듬고, 씨앗을 뿌리고, 망치질이나 삽질을 하고, 손을 호호 불어 가며 빨래를 해야 할 것이다. 승진도 없을 것이다. 승려가 될 수도, 주지가 될 수도, 방장이 될 수도 없을 것이다.

불목하니와 농부는 어차피 낯 안 나는 자리, 어머니 노릇이다. 아버지 자리를 탐내서는 안 된다. 승려를 부러워해서는 안 된다. 아버지를 봉양하는 것을 기쁨으로 알아야 한다. 승려들의 공부가 깊어지는 것을 보람으로 삼아야 한다.

괜찮다. 바라지 않으면 오줌독을 나르면서도 깊은 행복 속에 있을 수 있다. 아궁이에 불을 지피면서도 법열 속에 있을 수 있다. 지게질을 하면서《금강경》을 욀 수 있고, 마당을 쓸면서 염불을 할 수 있다.

그 방문객이 불목하니라는 말을 남겨 놓고 간 뒤 나는 밥상을 차릴 때마다 불목하니의 자세로 살아야 한다는 새로운 경험을 하고 있다. 후배의 수행을 위해 그 뒷바라지를 기꺼이, 고마운 마음으로 해야 한다는 것이 그것이다.

남을 이기려고 하는 마음, 남 앞에 서고 싶은 마음을 내려놓는 데는 궂은일만큼 좋은 것이 없다. 청소, 빨래, 설거지, 밥 짓기 등이 그런 점에서 좋은 수행의 방편이 되는 것이다. 조금도 낯이 안 나는, 남들이 싫어하는 일들을 하면서도 큰 기쁨 속에 있을 수 있으면 된다. 굳이 승려가 되려고 할 필요가 없는 것이다. 수행 승려의 옷을 빨며, 그들의 신발을 닦으면서도 우리는 자신을 성장시켜 갈 수 있는 것이다.

어떻게 떠나야 하나?

누구나 언젠가는 떠나야 한다. 아무도 계속해서 자신의 육신 안에 머물러 있을 수 없다. 그때 우리는 우리의 육신을 어떤 방식으로 이 지구라는 별에 되돌려주는 것이 좋을까?

《연애소설 읽는 노인》에 따르면, 아마존의 원주민인 수아르족이 죽음을 맞는 방법은 대단히 독특하다. '이제 그만 떠날 때가 됐다'고 느껴지면 노인은 밥 대신 치자와 나테아라는 식물로 만든 즙만을 마신다. 그 즙으로 노인은 내세의 문을 통과한다. 그렇게 노인은 스스로 죽음을 받아들인다. 존엄하게 이 세상을 하직한다.

노인이 생명을 다하면 마을 사람들은 노인의 시신을 마을에서 멀리 떨어진 곳으로 옮겨 놓는다. 그곳에서 마을 사람들은 만가를 부르며 시신에 달콤한 종려나무 꿀을 칠해 놓고 돌아온다. 그리고 며칠 뒤에 가서 보면 시신의 살은 곤충과 새와 짐승이 다 먹어 치우고 뼈만 남아 있다.

수아르족은 이렇게 자신의 몸을 동물의 밥으로 주고 간다. 그렇게 하는 것은 수아르족만이 아니다. 세계 각지의 원주민들이 대개 이와 같은 풍장의 방식으로 이 세상을 떠난다. 그들은 식물과 동물을 먹고 살았으니 죽은 뒤에는 자신들의 몸을 그들에게 줘야 한다고 보고, 그렇게 실천한다.

그것이 가장 올바른 방법이다. 그것을 나는 어느 날 밭에서 경험했다. 콩밭의 풀을 베던 날로 기억한다. 낫을 놓고 잠시 쉴 때였다. 그때 문득 깨우쳐지게 되는 게 있었다. 어머니 대지의 입장에서 보면 우리는 우리의 주검을 논밭에 되돌려주어야 하는 것이 마땅하지 않을까 하는 일별이었다. 밭에서 난 것은 모두 밭으로 다시 돌려줘야 하는 것처럼 우리의 육신 또한 온 곳으로 돌려보내야 하지 않겠느냐 하는 소식이었다.

우리의 몸은 쌀과 여러 가지 곡류, 그리고 야채의 변환체라고 볼 수 있다. 우리는 소화기관을 통해 날마다 음식물을 인간으로 바꾸는 작업을 하고 있다고 말해도 되지 않나. 인간의 몸이란 논밭, 그리고 과수원의 온갖 작물이 변해서 된 것으로 봐도 틀리지 않지 않은가? 논밭은 그런 점에서 사람의 고향이다.

지난해에 있었던 일이다. 아랫마을에서 주인을 따라 올라온 개가 쥐 한 마리를 물어 죽인 일이 있었다. 개는 죽이기는 했지만 먹지 않았다. 그 쥐를 나는 밭에 묻었다. 한참이 지난 뒤였다. 6개월이었을까, 아니면 1년이었을까? 기간은 정확하지가 않다. 어느 날 나는 문득 그 쥐 생각이 나 그 자리를 파 보았는데, 놀랍게도 흔적도 없었다. 나는 땅을 가는 법이 없기 때문에 그 자리가 바뀌었을 리도 없었다. 밭이 먹었다고 볼 수밖에 없었다.

논밭은 생명을 다한 동물과 식물의 몸을 밥으로 삼는다. 벼로 말하면 볏짚과 왕겨와 등겨가 거기에 해당한다. 콩으로 말하면 콩대와 콩잎이 그것이다. 고추로 말하면 고춧잎과 고춧대가 그것이다. 더 넓은 뜻에서 보면 쌀이나 콩, 고추를 먹고 싼 사람의 똥 또한 그것이다. 그것을 제대로 돌려준 논밭은 건강한 반면 그것을 거둬 내버린다거나 불에 태워 버리고 화학비료를 주는 논밭은 척박해진다. 그런 논밭은 비료 없이는 풀 한 포기 못 키워 낸다.

화학비료는 인간의 음식으로 말하면 패스트푸드이자 가공식품이다. 부드럽고 소화가 빠르게 되지만 건강을 해친다. 한편 볏짚은 슬로푸드이자 자연식이다. 거칠지만 오히려 건강에 이롭다. 논밭도 사람과 다를 바가 없다.

계속해서 볏짚와 왕겨, 똥오줌을 낸 논과 그렇지 않은 논은 차이가 많다. 앞의 논은 점점 더 건강해지고, 뒤의 것은 점점 더 쇠약해진다. 논밭이 건강해진다는 것은 사람의 고향이 튼튼해진다는 뜻이다. 이런 생각에 이어서 다음과 같은 새로운 소식 하나가 그날 나를 찾아왔다.

"그래, 나 또한 사실은 논밭 작물과 다를 것이 없지 않은가!"

나 역시 볏짚이나 왕겨나 콩대나 옥수수대처럼 논밭으로 돌아가야 하지 않겠느냐는 깨우침이었다. 땅도 밥을 먹어야 한다. 지구 위의 모든 생명붙이는 땅을 먹고 살고, 땅은 그 생명붙이를 먹고 산다. 우리는 서로서로를 먹으며 살아간다. 우리는 서로에게 밥이다. 그것이 제대로 이루어질 때 지구는 건강해진다.

현대 인류는 대개 화장이나 매장 가운데 한 가지 방법을 택하고 있다. 화장과 매장, 곧 태우거나 깊이 파묻는다는 것인데, 왜 그렇게 하는 걸까? 그것은 벌레나 짐승으로부터 시신을 지키기 위한 조치다. 한국에서는 풀이나 나무뿌리가 시신을 파고들거나 벌레나 동물이 시신을 건드리는 것을 아주 흉한 일로 여긴다. 그렇다. 풍장을 해왔던 원시 부족들과는 생각이 매우 다르다.

하지만 아무리 깊이 묻어도 주검은 무엇엔가 먹힌다. 사실 땅 혼자서는 아무것도 먹지 못한다. 땅은 땅속의 작은 동물이나 미생물의 도움 없이는 무엇 하나 소화시키지 못한다. 미생물이나 벌레의 도움이 필요하다. 이런 까닭에 깊이 묻어도 그 시간이 오래 걸릴 뿐 무엇엔가 먹힌다는 점에서는 다를 바가 없다.

무덤은 땅을 많이 차지한다는 점에서도 나는 그동안 화장 쪽이, 그렇게 무덤을 갖지 않는 쪽이 좋지 않겠느냐고 생각했다. 화장을 한 뒤 고인이 생전에 좋아하던 산이나 바다에 뿌리면 되지 않겠느냐고 생각했다. 그리고 그 산과 바다를 무덤으로 생각하면 되지 않겠느냐고, 제사는 적당한 곳에서 그 산이나 바다를 향해 비닐 멍석 한 장을 깔고 지내면 되지 않겠느냐고, 산이나 바다가 무덤인 셈이니 그것이 더 좋지 않겠느냐고, 그것을 자연장이라는 이름으로 사람들에게 권하기까지 해 왔다.

하지만 그날 뒤로 생각이 바뀌었다. 화장은 대지의 영양 순환이라는 관점에서도 다시 생각해 보지 않을 수 없는 방식이다. 인간은 크고, 수가 많기 때문에 지구 전체에서 볼 때, 이런 표현을 해도 좋을지 모르지만 엄청난 유기질 자원이다.

앞에서 보았듯이, 수아르족은 자신의 육신을 동물의 밥으로 주고 가는 풍장을 택하고 있다. 새에게 자신을 주고 가는 조장이라는 방식도 있다. 육안으로는 참혹해 보일지 모르지만 사실은 가장 고결하며 조화롭고 지구에도 이로운 방식이 풍장이 아닐까?

옛사람들은 벌레나 새, 짐승, 나무, 풀 등과 이야기를 나눌 수 있었다고 한다. 서로 종이 다르고 말이 다른데도 의사소통을 했다는, 현대 인류로서는 상상도 할 수 없는 일이 그 당시에는 가능했다 한다. 어떻게 그럴 수 있었을까? 다른 이유도 있을 테지만 자신의 몸을 기꺼이 남의 밥으로 주는 풍장도 한몫을 했을 것이 틀림없다. 자신의 몸을 그렇게 할 수 있다는 것은 자신 또한 새나 짐승과 벌레 따위와 똑같은 지구의 일부라는 세계관이 설 때 가능해진다. 모든 것은 순환하고 있고, 자신 또한 그 순환의 일부분임을 자각하고 있을 때만 가능한 일이다.

현대 인류가 행하고 있는 화장이나 매장에는 이런 사고가 결여돼 있다. 그것은 인류만 생각하는 방식이다. 현대 인류는 땅을 자신의 소유로 경험한다. 자신이 땅의 일부가 아니라 땅이 자신의 일부다.

하지만 쉬운 일이 아니다. 풍장이 좋다지만 어떤 방법으로 할 것인가? 마땅한 방법이 떠오르지 않는다. 한국에서는 풍장 자체가 무리다. 그럴 만한 공간이 없다. 나무 아래 묻어 달라고 할까, 후손이 혐오스럽게 여기지 않는다면 논이나 밭에 묻어 달라고 할까, 깊이 묻지 말고 농사일에 거치적거리지나 않을 깊이로 묻어 논밭의 거름이 되도록 해 달라고 할까? 이런저런 생각을 해 보지만 이것이다 싶은 방법을 아직 나는 찾지 못하고 있다.

산에 사는 벗들에게 물어보는 수밖에 없는지 모른다. 신비롭게도 산에서는 동물의 주검을 볼 수 없다. 작은 동물이면 또 모른다. 고라니나 멧돼지처럼 덩치가 큰 동물이 어떻게 자신의 사체를 조금도 보이지 않고 이 세상을 떠나는지 나는 궁금하다. 그것은 토끼나 족제비나 너구리도 같다. 어떻게 흔적 하나 남기지 않고 가는지 놀랍다.

매장이되 흔적을 남기지 않고, 흔적을 남기지 않으면서도 화장을 하지 않는 방식이면 좋겠는데, 아직 좋은 방안이 떠오르지 않는다. 최근에는 화장을 한 뒤 나오는 분골을 나무 주위에 뿌리고 그 나무에 고인의 표식만을 거는 수목장이 생태 장례식으로 주목받고 있는 것으로 알고 있다. 하지만 수목장 역시 화장을 한다는 문제가 남는다.

손님으로 오시는 한울님

내게 처음으로 사람이 곧 한울(天 혹은 神)임을 일러 준 이는 톨스토이였다.

〈사랑이 있는 곳에 신도 있다〉라는 단편소설이었다. 읽은 사람은 기억하리라. 창문이 하나밖에 없는 지하의 작은 방에서 구두 수선을 하며 사는 구두장이 마르틴 아부제이치, 그가 한울님을 친견한 구두 수선소의 작은 창을. 오가는 사람의 발밖에 안 보이는 그 작은 창을.

'좋은 재료를 쓰는 데도 삯전이 싼 데다 약속을 또박또박 지켰고 정성스러웠기 때문에' 손님이 끊이지 않았으나 하나 남은 아들마저 병으로 죽은 뒤로는 자살을 생각할 만큼 실의에 빠졌던 마르틴. 이 소설에서는 그런 마르틴이 낙망에서 벗어나 모든 사람에게서 한울님을 경험하는 이야기가 아름답게 그려져 있다.

마르틴은 말한다.

"손님은 누군가? 다름 아닌 하나님이 아닌가!"

동학의 제2대 지도자였던 해월 최시형도 일러 주었다. 그는 이렇게 말하고 있다.

"사람이 바로 한울이니 사람 섬기기를 한울같이 하라."

이렇게도 말한다.

"그대의 집에 누가 오거든 사람이 왔다 하지 말고 한울님이 강림하셨다 말하라."

이런 가르침의 영향으로 나는 오래전부터 다른 사람은 몰라도 내 집에 오는 손님만이라도 한울님으로 경험할 수 있기를 꿈꾸어 왔다. 누군가를 한울님으로, 혹은 하나님으로 대할 수 있으면 나는 그렇지 않을 때보다 훨씬 질 높은 시간을 보내게 됐다. 그렇게 그것은 손님은 물론 나를 구원하는 길이기도 했다. 그래서 나는 손님이 오기로 되어 있는 날 아침이면 이렇게 다짐을 하고는 한다.

'오늘 한울님이 오신다. 허울에 속지 말자.'

이렇게 마음에 새기는 시간을 갖는 이유는 한울님의 변장술이 매우 뛰어나기 때문이다. 보통 사람과 다른 데가 하나도 없다. 어떤 한울님은 어리석게 굴기도 하고, 욕심을 부리기조차 한다. 술에 취해 비틀거리기도 하고, 승복을 입고도 서너 시간 남의 험담만 하다 가기도 한다. 겉보기에는 보통 사람과 한 올도 다른 곳이 없다. 그래서 이런 생각이 들 때도 있다.

'뭔 한울님이 이런가?'

그만큼 한울님의 연기는 빈틈이 없다. 마치 나를 속여 먹기 위해, 그걸 즐기러 오신 듯하다. 그래서 처음부터 끝까지 겉모습에 속고 마는 때도 많다.

'아, 오늘도 못 보았구나!'

대개는 떠나신 뒤에야 아는데, 그렇게 속고 만 날은 부끄럽다. 한울님에게 뭔 짓을 했나 싶다. 허울에 속게 되면 시답지 않은 짓을 하기 쉽다. 흰소리를 하며 온갖 건방을 다 떨게 된다.

하나님은 내게 와 이렇게 말한다.

"정말 훌륭하십니다. 이렇게 한적한 산골에서 자유롭게 사시니 얼마나 좋습니까. 정말 부럽습니다. 그런데 저는 뭘 얼마나 잘 먹겠다고 도시에서 복작거리며 그 난리를 치며 살고 있는지 모르겠어요."

이런 말을 하는데 어떻게 그 손님을 하나님으로 볼 수 있겠는가? 당신도 속아 넘어가기 쉽다.

때로는 이런 말을 할 때도 있다.

"큰 기대를 갖고 왔는데 실망이 크군요. 이게 뭡니까? 볼 것이 하나도 없잖아요?"

이런 말을 하며 실망하는 기색을 조금도 감추지 않는다. 대단한 연기다. 하나님의 모습을 어디에서도 찾아 볼 수 없다.

얼마 전에는 서울서 노인네 한 분이 다녀가셨다. 비가 오는 날이었다. 오전 열 시경이었다. 밭에서 일을 하다가 인기척이 나서 보니 한 노인네가 우리 집을 향해 오고 있었다. 산행 차림이 아닌 걸 보면 우리 집 손님이었다. 부엌으로 모시고 들어가 뜨거운 차를 끓여 대접했다. 내가 낸 책을 읽었다고, 출판사에서 연락처를 안 일러 줘 책에 나온 산 이름만 가지고 찾느라고 이틀이나 걸렸다고, 어제는 아랫마을 민박집에서 잤다고, 아침밥은 아래서 먹었다고, 괜찮다면 술이나 한잔하자며 가져온 막걸리병을 내어놓았다.

멀리서 나를 찾아온 만큼 노인은 내게 알고 싶은 것이 많았다. 나는 묻는 대로 대답을 했는데, 노인은 내 대답을 끝까지 듣지 않았다. 성질이 급한 노인이었다. 내 말이 아직 끝나지 않았는데 중간에서 얼른 가로채서 길게 자기 말을 늘어놓았다. 그 탓에 이야기가 앞으로 나가지 못하고 맴도는 일이 많았다. 거기다 하는 이야기마다 시답잖았다. 급수가 낮은 노인이 분명했다. 헛되게 시간을 보내게 될게 뻔했다. 서둘러 자리를 끝내는 게 좋을 듯했다. 그런 나와 달리 노인은 하고 싶은 말이 많았다. 그는 나와 많은 이야기를 나누고 싶어 했다. 하룻밤 묵어가고 싶다는 말까지 했다. 그런 그를 나는 일이 있다며 등을 떠밀었다. 두 시간을 함께 했건만 막걸리 병은 아직 반 넘게 남아 있었고 한 병은 아직 따지도 않은 채였다.

"오늘도 못 보고 말았군!"

노인의 발소리가 사라지고 나서 한참 뒤에 내가 한 혼잣말이었다. 손님으로 오시는 하나님을 나는 이렇게 늘 겉모습에 사로잡혀 보지 못하고 만다. 그날은 쫓아 버리기까지 한 셈이다.

그 노인은 어디 한 군데 성스러운 데가 없었다. 하나님은커녕 남의 말도 들을 줄 모르는 성미 급한 노인네였다. 질문은 또 어땠는가? 산속 생활은 며칠은 좋지만 그 뒤로는 심심하지 않겠냐고, 그럴 때는 어떻게 하느냐고? 하나님이라면 그따위 시시한 질문은 하지 않으리라.

잠깐, 그렇다면 나는 지금 금으로 만든 옷을 입고 황금 마차를 타고 오는 하나님을 기다리는가?

하나님은 어떻게 우리에게 올 것인가? 답은 하나다. 손님으로 온다. 달리 방법이 없다. 겉모습에 속아서는 안 된다. 허울 너머를 볼 수 있어야 한다. 그 사람이 어떤 모습을 하고 있든 상관 말고 내가 가진 모든 것을 바쳐서 그 사람을 영접해야 한다. 그 사람을 위해 내 모든 것을 내어놓아야 한다. 내가 할 일이라고는 그 사람을 맞는 일 하나밖에 없다는 듯이 그 사람을 맞아야 한다. 어떤 모습을 하고 있든, 어떤 행동을 하든 그를 하나님으로 봐야 한다. 그 마음을 잃지 않아야 한다.

한울님은 하늘에 계시지 손님으로 오고 그러는 분이 아니라고 굳게 믿고 있는 사람은 이 말을 들어 보라. 성경에도 있다.

"우리는 하나님 안에 살고 하나님은 우리 안에 계신다."

우리는 하나님 안에 살고 있는 것이다. 그것을 우리가 모르고 있을 뿐이다. 보지 못하고 있을 뿐이다.

불교에도 좋은 일화가 전해지고 있다.

한 스님이 울타리를 높이 세우고 바깥출입을 딱 끊고 오로지 기도만 했다. 그 스님의 소원은 관세음보살을 직접 자신의 눈으로 보는 것이었다. 그렇게 10년이 갔다.

그러던 어느 날 출입이 금지된 스님의 울타리를 두드리는 사람이 있었다. 문둥병에 걸린 여자였다. 그 여자는 "하룻밤 묵어가게 해 달라"고 했다. 스님은 그 흉한 모습에 질겁하고 거절했다. 하지만 문둥병 여인은 절박했다. 갈 곳이 없었다. 그녀는 간절한 목소리로 다시 부탁했다.

"가까운 곳에는 스님도 아시다시피 집이 없잖아요? 헛간이라도 좋으니 부디 하룻밤만 묵어가게 해 주세요."

하지만 스님은 문둥병도 그렇고, 여자인 것도 마음에 걸렸다. 그 두 가지 허울에 사로잡혀 한 생명의 절박한 처지는 보이지 않았다. 무정하게도 스님은 그곳이 수행처라는 이유로 여인을 물리치면서 돌아섰는데, 그때 들려오는 한마디가 있었다.

"불쌍하게도 그대는 아직 마음의 눈을 얻지 못했구나. 그대의 눈에는 내가 걸치고 있는 이 허울밖에 보이지 않는단 말인가. 승복이 부끄러운 일이로다. 쯧쯧."

관세음보살이었다. 문둥병 여인은 어느새 관세음보살로 형상을 바꾸고 하늘로 날아가고 있었다. 스님은 그때야 퍼뜩 정신을 차리고 관세음보살을 향해 달려갔지만 이미 늦은 일이었다.

내가 늘 이 스님 모양으로 살고 있다. 가 버린 뒤에야 아, 오늘도 허탕을 쳤구나! 하고 아는 것이다. 사실은 방문객만이 아니다. 만나는 사람이 모두 관세음보살이고 한울님이라고 보면 틀림이 없다. 그런데도 막상 닥치면 겉밖에 안 보인다. 육안으로 보이는 것이 다인 줄 안다. 거기에 사로잡혀 행동한다.

물론 쉽지 않다. 승려조차도 열 중 아홉은 모든 사람이 관세음보살인 줄 모른다. 일화 속의 승려만이 아닌 것이다. 그렇게 우리는 너나 할 것 없이 모두 황홀한 향기를 뿜으며 하늘을 나는 여인을 관세음보살로 안다. 그런 모습의 관세음보살을 봤다는 승려도 있는데, 그가 본 것은 무엇일까? 생각할 거 없다. 환상이다.

어리석은 인류

전 세계에서 자연재해가 이어지고 있다. 도를 넘는 폭설, 한파, 홍수, 가뭄, 지진, 폭염, 폭풍우 등이 일어나며 많은 사람이 죽거나 다치고, 집을 잃고 있다. 특히 지지난해 12월 26일 낮, 인도양에서 발생한 지진해일은 하도 규모가 커서 실제로 일어난 일 같지 않았다. 집계된 사망자만도 15만 명이 넘는다고 한다. 인류의 재앙이었다는 말에 부족함이 없는 숫자다.

지구의 표층은 12개의 지각 판으로 이루어져 있는데, 판과 판이 맞부딪치는 곳에서는 서로 밀치고 밀리는 현상이 벌어진다고 한다. 그러다가 어느 한순간 한쪽 판이 가라앉으며 지진이 일어난다.

지각 변동의 측면에서만 볼 때 지진해일은 지구상의 생명체, 특히 인간에게 매우 이롭다는 주장을 펴는 학자도 있다. 인도양의 지진해일도 싱싱하고 살기 좋은 지구를 만들기 위해 쉼 없이 지속되고 있는 지각의 자기재생 작업에서 파생되는 불가피한 부작용이라는 것이 그들의 생각이다.

그럴지도 모른다. 아니 그러리라. 그러나 자연재해를 모두 다 그렇게만 보는 데는 나는 반대한다. 왜냐하면 거기에는 일정 부분 인간의 잘못도 있기 때문이다. 여기 좋은 예가 있다.

인도양의 작은 섬나라인 몰디브는 국토의 대부분이 해발 2미터 안팎의 작은 섬들로 이뤄져 있어 이번 해일로 나라 전체가 매우 큰 피해를 입을 것으로 보였다. 하지만 몰디브는 인접 국가에 견주어 상대적으로 재산이나 인명 피해가 매우 적었는데, 어떻게 몰디브는 그처럼 해일 피해를 줄일 수 있었던 것일까?

그것은 몰디브 정부가 섬을 둘러싸고 있는 산호초를 철저히 보호했기 때문이었다. 몰디브 정부는 산호초를 파괴하는 다이너마이트 어업과 무분별한 해변 개발 등을 철저하게 막아 왔다. 그 덕분에 산호초 숲은 건강하게 살아 있을 수 있었고, 결과적으로는 거대한 해일을 막아주는 방파제 노릇을 하며 몰디브로부터 입은 은혜를 되돌려줄 수 있었다고 한다.

자연 의학에서는 아픈 곳이 생기면 그것을 자신의 삶 어딘가에 문제가 있음을 알리는 자연의 고마운 경고로 받아들여야 한다고 말한다. 예를 들어 골이 아프다고 하자. 그때 무조건 약을 찾기에 앞서 어떤 일에 지나치게 사로잡혀 있지 않나, 혹은 환기를 등한시하고 있지나 않나, 이렇게 자신의 삶을 돌아봐야 한다는 것이다. 그런 점에서 나는 이번 지진해일을 자꾸 늘어나고 있는 전 세계의 기상이변과 연관 지어 보아야 한다고 여기고 있다.

인도양의 지진해일 충격이 채 사라지기도 전에 세계 곳곳에서 자연의 이상 현상이 잇따라 일어나고 있다. 허리케인에 필적하는 시속 150킬로미터 이상의 폭풍우가 북부유럽에 들이닥치며 그곳에서만 열아홉 명 이상이 죽은 것을 비롯해 미국 캘리포니아에서는 폭설과 폭우가 쏟아져 아홉 명이 죽었다. 뉴질랜드에서는 한여름인데 눈과 우박이 쏟아졌다. 브라질에는 가뭄과 무더위가 함께 와 400여 개 도시가 마실 물 부족으로 고생을 했고, 멕시코에서는 화산재가 5킬로미터 상공까지 치솟았다.

애리조나 주립대의 대니얼 세어위츠 교수의 말을 빌리면, "1960년대 초에는 연간 100건 정도였던 자연재해가 2000년 초에는 500건으로 크게 늘어났다"고 한다. 머잖아 지구에 종말(정확히는 지구가 아니라 인류의 종말이라 해야 할지도 모르지만)이 오리라고 예견하는 학자들도 있다.

왜 이런 일이 일어나는 것일까? 뭐가 문제일까? 내가 보기에는 지구의 기온 상승이 원인인 것 같다. 높아진 기온이 북극의 찬 공기와 만나며 온갖 기상이변을 불러오고 있는 게 아닐까? 그렇다면 왜 자꾸 기온이 올라가고 있는 것일까? 숲은 줄어들고 있는데 반하여 화석연료(석탄, 석유, 가스 등) 사용은 자꾸 늘어나고 있기 때문이다.

우리는 살아가는 데 필요한 모든 것을 자연으로부터 내어다 쓰지 않을 수 없는데, 그것 자체는 문제가 아니다. 문제는 지나치다는 데 있다. 자연을 어머니로 알고 힘써 보호하는 원시 부족과 달리 현대인에게 자연은 돈벌이의 수단에 지나지 않는다. 재주껏 꺼내다 쓰면 된다. 어머니 자연은 어떻게 돼도 좋다는 게 현대인의 자연을 대하는 태도가 아닌가.

현대인은 이 점에서 원시 부족과 동물로부터 배울 것이 많다. 동물과 원시 부족은 이번 지진해일에서도 피해를 안 입었다 한다.

스리랑카 남동부에 위치한 얄라 지역에서는 내륙 3킬로미터 지점까지 해일이 밀어닥치며 200여 명이 목숨을 잃는 등 피해가 컸다. 하지만 스리랑카 최대의 야생동물 보호 지역인 '얄라 국립공원'에서 살던 표범, 코끼리, 원숭이 등 수많은 야생동물들은 미리 알고 도망을 쳐서 한 마리도 죽지 않았다. 인도의 벵골만 해역에 사는 원시 부족인 대안다만족과 옹게족 또한 지진해일이 몰려오기 전에 안전지대로 피신해 모두 무사했다 한다.

15만 명 대 0.

무엇이 이런 차이를 만들어 내는 것일까?

"마지막 남은 나무가 베어진 뒤에야,
마지막 남은 물고기가 잡힌 뒤에야
그때야 그대들은 깨닫게 되리라.

사람은 돈을 먹고 살 수 없다는 것을."

크리족 인디언 예언자의 말이다.

동물이나 원시 부족 또한 어머니로부터 내어 쓰고 사는 것은 같다. 하지만 그들은 늘 어머니의 말씀에 귀를 기울이고, 어머니의 건강을 보살핀다. 동시에 형제들(나무, 풀, 새, 바람, 벌레, 동물 등)과 사이좋게 지낸다. 그러므로 지진같이 큰일이 일어나면 쥐 형제는 허겁지겁 뛰어다니며 일러 주고, 강물 형제는 얼음을 뚫고 치솟으며 일러 주고, 까마귀 자매는 깍깍 소리를 질러 가며 일러 주고, 뱀과 곰 형제는 겨울잠을 자다가 일어나 일러 주는 것이다.

산은 바다의 연인

뉴질랜드는 남섬과 북섬이라는 두 개의 큰 섬으로 이루어져 있다. 나는 작년 겨울, 북섬에 있는 웰링턴이라는 도시에 갔다.

그곳에서 딸아이는 나와 헤어진 엄마와 살고 있었는데, 그해 그애는 고등학교 2학년이었다. 진로를 의논해야 했다. 그런 시간이 필요했다. 그런 이유로 우리는 그해 겨울을 함께 보냈다.

그곳으로 가는 길이었다. 뉴질랜드의 가장 큰 도시인 오클랜드에서 비행기를 국내선으로 갈아타고 웰링턴으로 가며 보았다. 북섬은 하나의 거대한 목장과 같았다. 숲은 보이지 않고, 산이고 들이고 모두 목초지였다.

뉴질랜드 사람은 양들이 먹여 살린다는 말이 있는데, 그 말이 이해가 갈 만큼 뉴질랜드는 어디를 가나 목장이다. 끝없이 목장이 이어진다. 겉만 보면 아름다운 풍경이다. 사진으로 본 사람도 있을 것이다. 파란 목초지가 한눈 가득 펼쳐지고, 그 안에서 양들이 무리를 지어 풀을 뜯고 있는 모습을.

뉴질랜드 시골길을 가다 보면 길을 건너는 양떼를 만날 때가 있다. 한두 마리가 아니다. 수백 마리다. 시간이 걸린다. 오가는 차들이 멈춰 선다. 시간이 걸리지만 아무도 조급하게 굴지 않는다. 사람들은 그 시간 동안 차에서 내려 맑은 공기를 마시며 양떼를 배경으로 사진을 찍거나 가볍게 맨손체조를 한다. 다른 사람과 인사를 나눈다. 바쁜 사람이 없다.

그렇다면 뉴질랜드는 천국인가? 아니다. 이런 평화로운 풍경 뒤에서 산과 강이 신음하고 있는데, 그 사실을 아는 사람이 얼마 되지 않는다. 뉴질랜드 사람은 불감증에 걸려 있고, 외국 여행자에게는 그 사실이 보이지 않는다. 거의 모든 여행자들이 안내 책자에 나와 있는 유명 관광지만을 돌기 때문이다. 뉴질랜드로 가는 길에, 착륙을 위해 비행기가 낮게 날 때 이미 나는 보았다. 나무 없는 산에서 흙이 흘러내리고 있는 그 보기 흉한 모습을.

언뜻 보이기에는 아름다운 뉴질랜드의 땅과 물이 사실은 크게 병들어 있다는 것을 온몸으로 느낀 것은 그 뒤 사흘에 걸쳐 했던 카약 여행 때였다. 카약이라는 이름의 플라스틱으로 만든 작은 배를 타고 강을 따라 내려가는, 물 위를 가는 여행이었다.

출발지는 지류인 카와우타히강이었고, 30분쯤 뒤에 본류인 왕가누이강과 만났다. '죽고 싶어도 죽을 수 없다'고 한 안내자의 말은 지류에만 맞았다. 왕가누이강은 얼마든지 죽을 수 있었고, 죽고 싶지 않아도 조심하지 않으면 죽을 수밖에 없는 깊이를 지닌 아주 큰 강이었다.

강가로는 높은 절벽이 계속 이어졌다. 절벽 저쪽이 전혀 보이지 않을 만큼 높은 절벽이었다. 강에서 보이는 것이라고는 강물과, 한국에서는 볼 수 없는 다양한 나무와 이끼로 뒤덮인 절벽뿐이었다. 하루 종일 물 위에 있었고, 모든 것을 강에서 해결해야 했다. 밥도 강가에 잠시 배를 대고 먹었고, 잠도 강가에 세운 오두막에서 잤다. 사흘 동안 구멍가게 하나, 집 한 채 눈에 띄지 않았다.

그 여행 계획을 세우면서 강물의 여러 가지 모습을 볼 수 있다는 기대로 내 가슴은 뛰었다. 곳곳마다 모양이 다를 것이 분명한 강의 물살, 그 물살에 부딪쳐 부서질 햇살, 물속의 수많은 물고기들, 그리고 강가의 풍경들!

강물이 흘러가는 대로 몸을 맡기고 그것들을 즐길 수 있다니 꿈만 같았다. 무엇보다도 민물고기를 보고 싶었다. 하지만 그것은 바람에 지나지 않았다. 한 뉴질랜드인은 내 여행 계획을 듣고 이렇게 충고했다.

"몸에 상처가 나면 절대로 강물에 닿지 않도록 하세요. 절대로."

절대로? 맞는 말이었다. 가서 보고 알았다. 사흘 동안, 처음부터 끝까지 한 번도 맑은 물을, 아니 맑은 물에 비슷한 물도 보지 못했다. 끝없이 검붉은 흙탕물이 이어졌다. 속이 조금도 보이지 않을 만큼 탁한 물이었다. 놀랍게도 그 큰 강에서 물고기 한 마리를 볼 수 없었다. 일부러 강가의 돌을 들추어 보기도 했지만 그때마다 허탕이었다.

왜 이렇게 된 것일까? 어쩌다 이런 엄청난, 있을 수 없는 일이 벌어진 것일까? 까닭은 단 하나, 산에 나무가 없기 때문이었다. 강에서는 절벽 저쪽이 보이지 않았지만 보지 않고도 알 수 있는 일이었다. 그곳이 산이든 들이든 나무가 없다는 것을. 아마도 모두 목장임이 분명했다. 그 큰 강이 그 정도까지 더럽혀졌다는 것은 그 강으로 물이 흘러드는 소위 집수 지역catchment area 전체가 목장이라는 것을 뜻했다. 그렇지 않고는 그렇게 큰 강물이 어떻게 그처럼 심하게 오염이 될 수 있을 것인가. 출발지까지 가며 보았다. 가파른 산까지 나무를 베어 내고 목초지로 만든 모습을. 곳곳에서 산사태가 지고 있는 모습을.

산은 평지와 달리 비탈이 져 있기 때문에 나무가 없으면 흙이 빗물에 자꾸 쓸려 내려간다. 작은 비에는 겉흙이 쓸려 내려가고, 큰비에는 사태가 난다. 들은 몰라도 산만큼은 나무를 베지 말았어야 했다.

목장에 화학비료와 농약을 뿌린다면 그것들도 빗물과 함께 강으로 흘러들 것이다. 그 큰 강에 물고기 한 마리 없는 것이나 상처 난 부위에 물이 닿지 않도록 하라는 뉴질랜드인의 말 또한 다 이런 까닭에서였을 것이다.

여기 산과 강의 관계를 아름답고 설득력 있게 표현한 글이 한 편 있다. 이기원의 글이다.

> "강과 숲은 음과 양이요, 여자와 남자와의 관계다.
> 숲은 '서 있는' 나무들의 무리로서 남자(양)의 상징이요,
> 강은 갈라져 있고 파여 있으니 여자(음)의 상징이다.
> 숲(남자)에서 물이 나와 강(여자)으로 흘러가고 강을 적시니
> 너무 자연스럽고 잘 어울리는 관계다."

일본 남쪽에는 야쿠시마라는 이름의 작은 섬이 있는데, 그 섬에서는 '숲은 바다의 연인'이라는 표어 아래 해마다 마을 사람들이 모여 산에 나무를 심는다.

바닷물고기는 그들의 주요 식량원의 하나다. 그런 그들에게는 물고기들의 성장을 돕는 숲은 잘 가꾸지 않으면 안 되는 성스러운 공간이다. 그들은 바다를 살리자면 산을 살려야 한다는 것을 잘 알고 있다. 왜 그런가?

바닷물고기가 자라기 위해서는 플랑크톤을 비롯한 먹이사슬의 하부 구조가 건강하게 살아 있어야 하는데, 그러자면 바다로 이어진 강가의 숲이 풍요롭게 살아 있어야 한다. 숲에서 흘러드는 부엽토층이 바다에, 먹이사슬 하부 구조에 영양을 공급하기 때문이다. 숲은 이렇게 빗물을 맑게 정화하기도 하고, 또 강과 바다에 먹을 것을

보내기도 한다. 그것이 산이자 숲이다.

자, 여기서 궁금해지는 것이 있다. 원래의 뉴질랜드 자연은 어떤 모습을 하고 있었을까? 지금과 같지 않을 것은 분명하다. 그렇다면 어떤 모습이었을까? 그 모습을 볼 수 있는 것이 북섬 북부 지역에 있는 와이포우아라는 이름의 숲이다. 물론 심어 가꾼 숲이 아니고 사람의 손을 막았을 뿐인, 절로 나서 자란 뉴질랜드의 자연림이자 원시림이다. 그곳에는 1천 년을 산 카우리라는 이름의 나무들이 숲을 이루고 있다. 나이만으로 보면 양로원을 연상하기 쉽지만 절대 그렇지 않다. 그 나이에 모두 싱그러운 청년의 모습이다. 그 모습이 정말 아름답고 숭엄하여 누구나 두 손을 모으지 않을 수 없다.

이런 뉴질랜드의 숲을 전부 베어 내고 지금처럼 전 국토를 목장화한 것은 현재의 뉴질랜드를 만든 영국을 중심으로 한 서양 이주민들이었다. 지나쳤다. 그들이 그렇게 모조리 베어 내지 않고 숲을 좀 더 많이 남겨 두는 조화로운 개발을 했더라면 뉴질랜드의 강은 지금도 수많은 물고기를 기르며 아름답게 살아 있었을 것이다.

나는 들었다. 뉴질랜드 원주민인 마오리는 강물을 더럽히는 행동을 절대 하지 않는다고. 그들은 강물을 더럽히는 일이 밥그릇을 더럽히는 것과 다름없는 행동이라고 생각한다. 강이란 인간이 목숨을 이어 가는 데 없어서는 안 될 물과 물고기라는 식량 자원을 보관해 주는 신성한 창고이며 그릇이라는 게 그들의 생각이기 때문이다.

뉴질랜드의 오염된 강은, 산과 강이 둘로 나눠져 있는 존재가 아니라는 증거였다. 그 강의 탁한 물은 산을 돌보지 않은 결과가 아니었는가. 강을 지키기 위해서라도 뉴질랜드는 최소한 산만은 손을 대지 않았어야 했다.

마오리에게 강과 산은 거룩한 존재였다. 그들은 산에 가서 풀 한 포기를 뜯고 나무 한 그루를 벨 때, 먼저 숲의 신인 타네에게 고하고 허락을 얻는 과정을 거쳤다 한다. 바람직한 태도 아닌가. 현대인이 반드시 되찾아야 할 세계관이자 덕목이 아닌가.

사람들은 누구나 산을 좋아한다. 산을 보면 안심이 된다. 사소한 병은 산에 가서 다 잊고 한동안 지내다 보면 어느 사이 나아 있는 일도 흔히 있다.

화보

더 바랄 게 없는 산속의 삶

산으로 가는 산책은 작은 출가와 같다.
새로운 사람으로 돌아오기 위함이다.

자꾸 걷는다.
본 것에서 일어났던 생각들이 떨어져 나간다.
들은 것에서 일어났던 생각들이 떨어져 나간다.
말한 것에서 일어났던 생각들이 떨어져 나간다.

쌀만으로 우리는 행복해질 수 없다.
영혼의 배가 부르지 않는 한
쌀이 창고에 가득해도
나는 거지다.

씨앗을 모아 두고
모내기를 하고
물 관리를 하고
잡초를 베고
벼를 베고
탈곡을 하고
밥을 먹는
그 순간순간
맑게 깨어 있는 것이
거지에서 벗어나는 길임을
오늘 종일 벼를 베며 알았다.

텃밭에 나와 개울 소리를 들으며
무심히 일을 하다 보면
어느새 개울물에 모래가 씻기듯이
가슴속이 깨끗하게 비워진다.

감자를 심고 모내기를 한다.
아무도 모를 것이다.
비로소 내가 안도의 한숨을 쉬고 있는 것을.
이해해 주는 사람 없어도 어쩔 수 없다.
내게는 달리 길이 없다.

벌레나 풀을 적으로 여기지 않고 함께 사는
논밭이나 과수원에서는
그렇지 않은 곳에서는 느낄 수 없는
평화가 있다.

의심하지 않는다.
주어진 땅에서 일 년 열두 달 최선을 다한다.
어떤 결과든 받아들인다.

가끔 가서 보고 싶은 나무 하나를 찾아라.

가서 그날 하루 나무가 되어

당신의 삶과 세상을 보라.

그것이 당신의 삶을 더욱 풍요롭게 하리라.

숨 쉴 수 있다는 것만으로도
이미 행복하기에 충분했다.
나머지는 모두 욕심이었다.
오오, 진정 놀라운 체험이었다.

3

땅이 웃는 날

산에 가면 집과는 다른 산의 세계, 혹은 숲의 세계라고밖에 할 수 없는 또 하나의 세계가 거기에 있다. 산중타계山中他界라는 말이 있다. 산에 간다고 하는 것은 이렇게 예를 들어 그 산이 내 집과 바로 이어진 뒷산이라 하더라도 다른 세계에 들어가는 것과 같다.

— 야마오 산세이

불을 피우며

농부의 일은 그 날의 날씨에 따라 정해진다. 아니, 더 정확히 말하자면, 날씨가 허락을 해야 할 수 있다고 하는 것이 옳겠다. 날씨가 맑았다면 오늘 나는 종일 항아리에 담가 놓은 오디 발효액을 걸러야 했다.

새벽부터 내리기 시작한 비로 오늘 하면 좋았을 그 일을 무작정 뒤로 미루게 됐다. 이런 이유로 가을걷이를 해야 할 때 자주 내리는 비는 반갑지 않다.

만약 오늘 날씨가 좋았다면 나는 어제 애호박을 썰어 널었을 것이다. 어제는 날이 맑았지만 일기예보에서는 오늘 비가 온다고 했다. 애호박은 얇게 썰어도 하루 만에 마르지 않는다. 맑게 갠 날로 이틀이 필요하다.

날이 좋았던 어제, 사랑방 아궁이에 불을 지핀 것은 요즘 한창 나서 자라는 표고버섯을 말려 들이기 위해서였다. 표고버섯은 그냥 두면 피기 때문에 때맞춰 따야 하고, 딴 뒤에는 바로 말려야지 그냥 하루 이틀 두면, 그 가운데 상하는 것이 생긴다. 그러므로 하루 한 바구니씩 나오는 버섯은 날씨에 상관없이 크기가 적당할 때 따서 바로 말려야 한다. 이처럼 날이 좋았다면 하지 않았어도 될 일을 날씨 때문에 해야 하므로 농부에게는 가을비가 부담스럽다. 귀한 땔감을 써야 하는 것도 생각해 보면 아까운 일이다. 이와 같아서 몸이 고단한 날에는 무엄하게도 찡그린 얼굴로 하늘을 올려다보게 될 때조차 있다.

요즘은 알밤이 한창 떨어지고 있다. 지금도 함석지붕 위로 가끔씩 요란하게 밤 떨어지는 소리가 들리고 있다. 하루 한 차례씩 줍고 있는데, 한 번에 한 소쿠리쯤 줍는다. 오늘이 나흘째로, 그것이 모여 벌써 두세 말 분량이 된다. 그냥 두면 벌레가 먹어 버리기 때문에 이 밤도 말려야 한다. 지금 사랑방은 밤과 버섯으로 빈틈이 없다.

타닥타닥 나무 타는 소리가 들린다. 잠깐 비가 그친 틈을 타서 사랑방 아궁이에 불을 지폈다. 일기예보에 따르면 내일 낮이나 돼야 날이 갠다고 한다. 일이 있어 내일 집을 나가서 일요일 늦게 돌아오게 되므로 그 전에 말릴 수 있을 만큼 말려 둬야 한다.

알뜰하게 줍고 따면 예닐곱 말 분량의 밤과 한 자루 분량의 버섯을 거둬들일 수 있으리라. 일단 바짝 말리기만 하면 겨우내 두고 먹을 수 있다. 밤은 오래 보관할 수 있어서 내년에 다시 밤이 나올 때까지 먹을 수 있다.

밤이 마르면 한꺼번에 껍질을 벗겨 두고 밥을 지을 때 넣어 먹는다. 현미에 여러 가지 잡곡과 견과류를 넣는 우리 집밥에는 그래서 늘 밤이 들어가 있다. 말리지 않고 둔 생밤은 날것으로 먹거나 구워 먹는다. 눈 내리는 날 벌건 아궁이 불에 구워 먹는다. 맛있고 정취가 있다! 그런 것들로 겨울나기가 훨씬 즐거워진다. 푸른 잎을 가진 것이 모두 땅속으로 숨는 겨울에는 말린 것들에 의지할 수밖에 없다.

나는 다시 타닥타닥 나무 타는 소리를 듣는다. 물론 타닥타닥 하는 소리가 계속 반복되는 것은 아니다. 탁 하는 소리가 나고 한참 아무 소리가 안 들릴 때도 있고, 타닥 탁 할 때도 있고, 타닥타닥 하는 소리가 요란하게 겹쳐 들리는 등 변화가 무쌍한데, 어느 쪽이든 그 소리가 내 마음을 평화롭게 만들고 있다는 점은 같다.

겨울에는 누구나 불의 도움이 필요하다. 높은 산에 사는 나는 특히 불의 신세를 많이 진다. 1년이면 8, 9개월쯤 불의 힘을 빌려야 한다. 겨울만이 아닌 것이다. 밥 짓기까지 더하면 나는 1년 내내 불의 도움을 받아야 한다.

불은 신비하다. 램프 속에 있다가 알라딘이 불러내면 머뭇거리지 않고 바로 달려 나와 무서운 힘으로 그를 돕는 지니와 같다. 누가 부르든 바로 나와 불러낸 사람의 뜻에 따른다. 엄청난 힘을 지니고 있으면서도 사람이 불러내지 않는 한 절대로 혼자서는 나오지 않는다.

철저히 자신을 죽이고 사람을 따른다. 충직하다는 점에서 그 이상이 없다. 시키는 대로 한다. 무슨 일이든 한다. 절대 거역하지 않는다. 이런 불 덕분에 인류는 지상에서 가장 힘센 동물이 되었다.

그쳤던 비가 다시 듣기 시작한다. 그러나 이제 비에게 더 이상 미운 생각이 들지 않는다. 비 덕분에 하루 잘 쉬었다. 냄비 속의 찌개가 불과 물의 조화로 맛이 나듯이 지금의 내 행복 또한 물과 불 덕분이다. 방이 따듯하냐 차냐에 따라 같은 가을비 소리도 달리 들린다. 방이 따뜻할 때는 정겹고, 찰 때는 처량하거나 쓸쓸하다.

일본의 원주민인 아이누는 이 세상의 모든 것에 신이 있다고 여긴다. 바람, 비, 천둥 번개, 눈, 불, 나무, 풀, 바다, 산 등은 물론 집, 다리, 농기구, 그릇, 가구와 같이 인간이 만든 것 속에도 신이 있다고 여긴다. 이 가운데 아이누는 불의 신과 가장 친하다. 다른 신에게 부탁할 것이나 불만이 있으면 아이누는 이 불의 신에게 한다. 왜 그럴까?

불은 무서운 힘을 지녔다는 점에서 비나 눈이나 바람 등과 다를 바가 없지만 쉽게 만들 수 있다는 점에서 벼락이나 바다나 비와 다르다. 불은 성냥이나 라이터가 있으면 어디서나 불러낼 수 있다. 어린애들도 할 수 있다. 엄청난 힘을 지니고 있으면서도 기꺼이 사람의 뜻에 따라 주는 것이다. 생각하면 참으로 고마운 불이다.

한편 불은 인간을 통하지 않고서는 이 세상에 자신의 모습을 드러낼 수 없다. 인간이 없다면 100년이나 200년에 한 번쯤 맞닿은 나무가 제 몸을 비벼 가며 자신을 불러낼 때를 기다려야 한다. 그것밖에는 자신을 드러낼 길이 없다.

이렇게 불은 인류가 지상에서 출현하며 비로소 빛을 보게 됐다. 그 전에는 길고 긴 어둠 속에 갇혀 있었다. 아무도 인간처럼 불을 필요로 하지 않았다. 원생동물도 공룡도 원숭이도 불에는 전혀 관심이 없었다. 그런 점에서 지금 지구는 인간과 불의 시대를 맞고 있다고 해야 할 것이다. 인간은 불이 없으면 살아갈 수 없다. 불은 인간이 없으면 자신을 드러낼 수 없다. 서로 돕지 않을 수 없다. 이런 생각에서 아이누는 불의 신을 신들의 세계의 대변자로 여겼는지 모른다.

오늘 나는 불의 신을 통해 비의 신에게 이렇게 부탁했다. 그렇다. 아이누 방식이다.

> 불의 신이시여
>
> 비의 신에게 전해 주세요.
>
> 다음 주에는 벼 타작도 해야 하고,
>
> 호박도 더 이상 그냥 둘 수 없어요.
>
> 더 늙기 전에 썰어 널어 말려 들여야 해요.
>
> 제가 호박 좋아하는 거 잘 아시지요.
>
> 그러니 다음 주에는 참아 달라고
>
> 비의 신에게 전해 주세요.
>
> 잊으시면 안 돼요.

땅이 웃는 날

동짓날이었다. 한 달 예정으로 와서 지내던 후배가 마당가에 서서 물었다.

"저 새소리 좀 들어 봐요. 뭐라고 하는 소리 같아요?"

동고비였다. 나무를 거꾸로 타고 다니며 먹이를 찾는 특이한 행동 덕분에 바로 이름을 알 수 있는 새였다.

"아내나 남편을 부르는 소리 같잖아요? '이리 와, 이리 와'라고. 형이 듣기에는 어때요?"

가만히 서서 들어 보았다. 내게는 그것이 후배와는 달리 동지를 반기는 소리 같았다. 왜 그랬을까?

동지는 밤이 가장 긴 날이다. 그것은 곧 더 이상 밤이 길어지는 일은 없다는 뜻이자, 이제 하루가 다르게 낮이 길어진다는 뜻이기도 했다. 추위는 한동안 더 계속되겠지만 조금씩 해가 길어지며 머지않아 겨울이 가고 봄이 온다는 뜻이기도 했다. 그것은 곧 우주의 조화가 동지를 기점으로 수렴과 응축에서 확산과 번영으로 돌아섰다는 뜻이다. 하지를 시작으로 서서히 오그라들고, 움츠리고, 숨고, 가난해지고, 죽어 가던 것이 동지에서 바닥을 치고 조금씩 펴지며, 드러나고, 솟아나고, 푸르러지고, 풍요로워지고, 살아난다. 어느 하나 이 하늘 그물의 조화에서 벗어날 수 없는데, 이 모든 것이 해가 지구에서 멀어지느냐 가까워지느냐에 달려 있으니 살아 있는 자로서 동지를 반기지 않을 수 없다. 동지를 우리는 달력으로 알지만 동고비는 몸으로 알아내는지 모른다.

사람보다는 새가, 새보다는 나무가 해의 움직임을 잘 알 것 같다. 왜 그런가? 사람이나 새는 풀이나 나무 열매를 먹지만 나무는 해를 먹고 살기 때문이다. 살아 있는 생물은 모름지기 먹는 것에 관심을 두지 않을 수 없다. 농부가 벼나 야채의 작은 변화에도 민감한 것은 그것이 없으면 살아갈 수 없기 때문인데, 나무나 풀에게는 해가 그렇지 않은가.

하지를 출발점으로 해가 짧아지기 시작하면 풀과 나무는 시들어간다. 마치 사랑하는 이를 잃은 사람처럼 나무와 풀은 풀이 죽는다. 마음이 여린 풀은 목숨까지 잃는다.

동지는 멀리 떠나가던 해가 마음을 바꿔 먹고 나무와 풀을 향해 돌아서는 날이다. 동짓날부터 해는 나무와 풀을 향해 걷기 시작한다. 그것을 알고 이날 풀과 나무는, 그리고 풀과 나무와 하나가 되어 사는 새들은 인간이 볼 수 없는 형태로 환영과 기쁨과 감사의 춤을 추는지 모른다. 오로지 해에게만 의지하여 사는 나무나 풀로서는, 그리고 그 나무와 풀에 기대어 사는 새로서는 당연한 일이다.

해와 땅은 서로 밀고 당기는 사랑을 하고 있다. 하지가 미는 사랑이 시작되는 날이라면 동지는 당기는 사랑이 시작되는 날이다. 하지에 해는 땅을 떠나지만 아주 떠나지는 못한다. 하지가 될 때마다 다시 떠나기는 해도 동지가 되면 다시 돌아온다. 이렇게 사랑싸움을 해도 해와 땅은 천생연분이다. 헤어질 수 없다. 헤어지면 둘 다 죽는다. 해도 지구가 없으면 무슨 재미로 산단 말인가. 지구 위에 생물이 없다면 저 크고 힘 좋은 해도 외로움에 지쳐서 마침내는 죽고 말지 않겠는가. 누가 있어 해를 기다리며 두 팔을 흔들고 사랑하고 감사하고 눈물을 흘릴 것인가. 동지는 이렇게 지구 위의 모든 생물과 해 사이에 사랑이 다시 시작되는 날이다. 기리지 않을 수 없는 날이다.

내 나름의 방식으로 동지를 맞아 온 것이 몇 해이던가? 때로 잊고 지나는 해도 있었지만 그런 때는 그다음 날이라도 벌충을 하여 한 해도 빼먹지 않았다. 잔치는 간단하다. 그때 가진 것으로 정성을 다하기는 하지만 조촐한 상을 차려 놓고 해를 향해 큰절을 한다. 그리고 그날 하루 틈나는 대로 해에 관해 묵상한다. 그것이 전부다.

우리가 쓰는 모든 에너지는 해로부터 온다. 우리가 먹는 쌀과 김치, 사과와 귤이 실은 햇빛의 다른 모습이다.

바위의 눈으로 고요히 천지 만물의 움직임을 지켜본 적이 있다면 그대도 알리라. 비록 그대가 바닥을 기더라도 땅과 바람과 비와 벌레와 해와 새와 물고기와 풀과 나무와 같은 세상의 모든 것이 온 힘을 다해 그대를 돕고 있다는 것을, 온 우주가 기꺼이 그대의 지지자가 되고 있다는 것을.

그러므로 사람아, 비바람 앞에서 얼굴을 찡그리지 말라. 벌레 앞에서 가진 것이 적다고 고통스러워하지 말라. 풀 앞에서 사랑에 대해 말하지 말라.

풀, 나무, 땅, 바람, 비, 벌레, 사람, 해……. 이 가운데 최고는 땅과 해다. 나머지는 해와 땅이 만들어 내는 것들이기 때문이다. 이런 이유로 땅을 어머니, 해를 아버지라고 할 수 있다.

우리는 석유 없이는 아무것도 할 수 없다. 난방도, 취사도, 자동차도 모두 올 스톱이다. 바깥의 항문이라고 할 수 있는 변기가 얼어붙을 것이고, 외부에 있는 입이라고 할 수 있는 부엌이 마비될 것이다. 석유 에너지가 없으면 제일 먼저 이렇게 먹고 싼다고 하는 기본욕구조차 해결할 수 없게 된다. 이처럼 중요한 석유 에너지가 어디에서 오는지는 다 알 것이다. 그렇다. 해로부터다. 석유란 지진 따위로 땅에 묻힌 거대한 크기의 숲이 오랜 세월에 걸쳐서 변화된 물질이고, 그 숲은 해가 있어서 만들어지는 것이니 알고 보면 석유도 어머니인 땅과 아버지인 해로부터 오는 것이다.

어머니 땅은 자애롭다. 어디 가시지 않는다. 우리를 당신 품 안에서 잠시도 떼어 놓지 않으신다. 우리는 그 품 안에서 살아간다. 침을 뱉고, 똥오줌을 싸고, 마구 뛰어다니며 산다. 조신하게 굴지 않는다.

한편 아버지는 늘 같이 있는 이가 아니다. 아버지에게는 일이 있다. 낮에 왔다가 밤이면 떠난다. 동지에 왔다가 하지에 떠난다. 아버지가 떠나면 어머니와 그 자식들은 모두 힘을 잃는다. 어머니는 꽁꽁 얼어붙고 자식들은 헐벗는다. 아버지가 보내는 양식이 하지부터 점점 줄어들기 시작하면 어머니는 자식들에게 이른다. 나들이를 줄여라. 걷거나 날아다닐 수 있는 자식들에게 이르는 말씀이다. 많은 자식들이 공손하게 그 말씀을 따라 겨울잠에 든다. 꿈이 많은 철새 누나만은 어머니 말씀을 따르지 않고 긴 여행을 떠난다. 어머니는 또 이렇게도 이른다.

"당분간 옷 못 사 준다. 있는 옷으로 지내든가 벗고 지내라."

착한 나무 누나들은 자신의 옷을 벗어 어머니에게 주고 맨몸으로 겨울을 나고, 착하다는 점에서 나무 누나에게 뒤지지 않는 작은누나 풀은 씨앗 속으로 들어가며 자신의 몸 전체를 어머니의 겨울옷으로 내어 준다.

사람? 사람은 욕심이 많아 오리 동생을 잡아 그 털로 옷을 해 입고, 여우와 너구리 동생을 잡아 그 털을 벗겨 목에 걸고, 악어 동생을 잡아 그 껍질을 벗겨 가방을 만들어 들고 다닌다. 어머니의 살결을 파헤치고 석탄과 석유를 파내 한겨울에도 반팔 차림으로 지내며 아이스크림을 핥는다. 자식이 여럿이면 눈에 넣어도 안 아픈 놈에서 날이면 날마다 말씽만 피우는 놈에 이르기까지 별놈이 다 있는 법이다.

어머니는 또 이렇게 이른다.

“양식이 얼마 없다. 굶어 죽지 않을 정도로만 먹어라.”

욕심 많은 사람과 수선쟁이 쥐를 빼고는 모든 자식들이 어머니의 말씀에 따른다. 효자인 곰 형과 뱀 형은 아예 긴 단식에 들어가 버린다. 개구리, 도마뱀, 두꺼비, 곤충과 같은 키 작은 동생들도 곰과 뱀 형을 따라 굶으며 겨울을 난다.

아버지가 일을 마치고 집으로 돌아오기 위해 옷에 묻은 먼지를 터는 동짓날, 자식들은 설렌다. 수억의 자식 중 하나인 나도 설렌다. 아버지의 주머니에서 얼마든지 꺼내 쓸 수 있는 그 햇살로 또 한 해, 나는 무엇을 할 것인가?

땅 어머니를 돌아본다. 어머니도 입가로 번지는 웃음을 감추지 못한다.

삶의 계율

우리 집과 큰길 사이에는 2킬로미터쯤 되는, 내가 좋아하는 산길이 있다. 양쪽으로 온갖 풀과 나무들이 가득 우거져 있는 길이다. 그래서 그 길에서는 봄부터 가을까지 수많은 나무와 풀들의 꽃을 볼 수 있다. 하나가 피었다 지면 다른 꽃이 핀다. 나무들은 터널을 이루고 한여름의 뙤약볕을 막아 준다. 흠이 있다면 비가 올 때마다 바닥이 깎여 나간다는 것이다. 비포장의 흙길이기 때문이다. 비가 조금만 많이 내려도 물길이 나면서 물결을 따라 흙이 깎여 나간다. 물줄기가 길어질수록 물의 양도 늘어나며 그에 비례하여 땅도 깊이 파인다. 그것을 막는 길은 곳곳에 물돌림도랑을 만들어 놓는 방법 하나다. 장마가 지기 전에 반드시 이 일을 끝내야 한다.

물돌림도랑의 위치는 길과 주변 산 모양을 보고 정한다. 한 차례 제대로 해 놓으면 한 철은 쓸 수 있다. 앞서 준비를 잘 해 두었더라도 큰비가 올 조짐이 보이면 한 번 돌아보기라도 해야 한다. 만에 하나 물이 넘치면 호미로 막을 것을 삽으로 막아야 하기 때문이다.

그 길에 물돌림도랑을 내는 데 이른 아침부터 저녁까지 꼬박 하루가 걸렸다. 덕분에 시냇물 바닥과 높이가 같은 두 곳을 빼고는 올여름 집중호우에도 큰 피해가 없었다. 문제의 두 곳은 하루를 통째로 내어 손을 보아야 할 만큼 길이 깊이 파였다. 물돌림도랑을 낼 수 없는 곳이기 때문에 시멘트 포장을 하기 전에는 어쩔 수 없다. 매년 같은 일이 반복되고 있다. 관청에 그 사실을 알리고 포장을 부탁해 보기도 했다. 하지만 개울과 높이가 같은 곳만을 부탁해도 수혜자가 적다는 이유로 받아들여지지 않았다. 대안으로 주어진 것이 쇄석 깔기였다. 쇄석을 트럭으로 네 차 받았다. 쇄석만을 주고, 깔기는 내가 해야 한다는 조건이었다. 쇄석이란 잘게 깬 돌을 말한다.

한 방문객의 도움을 받아 가며 나는 요즘 길에 그 쇄석을 까는 일을 하고 있다. 삽으로 퍼서 트럭에 싣고, 싣기를 마치면 몰고 가서 길에 편다. 곳에 따라서는 외발 수레를 써야 할 때도 있다. 어제는 폭포에서 주차장까지의 대략 100미터쯤 되는 길에 쇄석을 깔았다. 양쪽으로 큰 소나무가 서 있는 아름다운 길이다. 그곳에 흰 쇄석이 깔리니 한결 멋있어 보였다. 그림 같았다.

삽으로 쇄석을 한 차 싣자면 힘이 꽤 든다. 한여름이라서 금방 땀으로 옷이 젖는다. 싣는 일도, 펴는 일도 만만치 않다. 그래도 일 자체는 문제가 아니다. 하루 한나절, 두 차 혹은 세 차를 싣고 편다.

부지런히 일하되 몸에 무리가 가지 않도록 하고 있다. 삽질은 허리를 쓴다. 한참 삽질을 하고 나면 허리 근육이 아픈 것도 이 때문인데, 오래 일을 하려면 허리 부담을 줄이는 노력이 필요하다. 그 방법에는 어떤 것이 있을까?

오른쪽으로 하다가 왼쪽으로, 왼쪽으로 하다가 오른쪽으로, 이렇게 삽질을 바꿔 하면 좋다. 서툴고, 또 시간이 걸리더라도 좌우로 바꿔 가며 하면 허리의 부담이 줄어든다. 삽질이 곧 허리 운동으로 이어지도록 몸의 각도나 자세를 취하는 길도 있다. 쉴 때마다 허리를 틀거나 흔들어서 허리에 쌓인 피로를 풀어 주는 것도 좋다.

하루 두세 차라지만 쉽지 않다. 실어다 펴기만 하면 끝이 아니다. 어떤 곳은 돌을 펴기에 앞서 망가진 길을 고쳐 만들거나 양쪽으로 물도랑을 내야 했다. 흙보다 돌이 많은 산이어서 때로는 큰 돌을 캐내야 하는 힘든 작업이다.

캐낸 돌이 쓸데가 없어 한 곳에서는 길가에 작은 돌탑을 쌓기도 했다. 그 돌탑을 쌓으면 나는 내게 물었다.

'너는 어떤 삶을 살고 싶니?'

그 돌탑이 다섯 개의 돌로 이루어진 데 따라 다섯 가지로 내가 바라는 삶을 찾아보았다. 내 삶의 오계, 곧 다섯 가지 계율이라고나 할까.

돌탑이여

당신이 저를 도와줄 수 있다면

저를

사실은 바랄 것이 아무것도 없다는 것을 아는

그런 진짜 부자로 만들어 주세요.

이기심의 폐해를 깊이 깨닫고

남을 위하는 길이 나를 위하는 길임을

실천하며 사는

그런 자유로운 사람으로 만들어 주세요.

남이 저를 몰라보는 것을 걱정하는 것이 아니라

제가 남을 몰라보는 것을 걱정하는

그럼 품이 넓은 사람으로 만들어 주세요.

늘

최상을 향한 공부를 게을리하지 않으나

허드렛일도 마다하지 않는

그런 소탈한 사람으로 만들어 주세요.

한 포기 풀

날아가는 작은 새 한 마리에서도

우주의 신비,

대자연의 경이를 보는

그런 마음의 눈을 가진 사람으로 만들어 주세요.

시냇가로 나 있어서 어디서나 물소리가 들리는 길이다. 가끔 산토끼, 노루, 멧돼지를 만나기도 하는 길이다. 여름에는 뱀을 만날 때도 있다. 처음에는 차가 다니지 못했다. 지게로 이삿짐을 날라야 했다. 그때 나는 걷기 명상을 하며 여러 날에 걸쳐서 이삿짐을 날랐다. 그런 길이다. 이십 분쯤 걸리는, 걷기 좋은 길이다. 이 길을 나는 오래도록 차가 아니라 발로 걸어서 다닐 수 있기를 바란다. 왜 그런가?

맨몸이라야 쓸데 없는 것을 덜 갖고 들어오게 되기 때문이다. 그것은 물건만이 아니다. 집이고 마음이고 될 수 있는 대로 단출한 것이 좋다. 걸어서 온다면 바깥에서 남에게 들은 말도 내가 한 말도 그 길에다 두고 올 수 있다. 꼭 필요하지 않은 것은 버리고 올 수 있다.

나갈 때도 같다. 그 길에서 나는 집에서 쌓인 먼지를 털어 낼 수 있다. 집에 두고 오지 못한 것을 그 길에 두고 갈 수 있다. 그렇게 마음 자세를 가다듬는 시간을 가질 수 있다.

이런 기쁨도!

어제는 내게 아주 기쁜 일이 있었다. 기쁜 나머지 내 영혼은 펄쩍 펄쩍 뛰기까지 했다.

흔히 듣던 소리였는데, 무슨 새인지 모르는 새 한 마리가 있었다. 작은 새였다. 어떤 새인지 늘 궁금했다. 그런 날이 여러 날 이어지며, 어느 날부터인가는 멀리 있더라도 볼 수 있도록 망원경을 마루에 놓고 지냈지만 렌즈 안으로 새를 끌어들일 수가 없었다. 망원경을 들면 어떻게 아는지 그 새는 어느새 날아가 버리고 보이지 않았다. 조심을 해도 그랬다.

새소리를 알려 주는 인터넷 사이트도 여러 번 뒤졌다. 강이나 바다에 사는 새를 빼고도 5, 60종이나 되는 산새들을 하나하나 확인해 보기도 했다. 한 번이 아니었다. 어떤 때는 만사 제치고 그 일에 긴 시간을 내기도 했다. 시립 도서관이나 대학 도서관까지 나갈 때도 있었다. 혹은 다른 일로 나갔다가도 그 새를 찾고자 그곳에 일부러 들르기도 했다.

삼박자로 울었다. 쓰쓰비, 쓰쓰비, 쓰쓰비. 도대체 어떤 새란 말인가? 살금살금 다가가는데도 새는 금방 알고 날아가 버렸다. '오늘은 꼭 보겠다'고 작정을 하고 그 새가 자주 앉아 노래하는 나무 근처에 앉아 오랜 시간 기다린 적도 있었다.

그리고 어제! 나는 가까운 산에 가서 톱으로 표고버섯 재배용 참나무를 베고 있었다. 시간이 넉넉지 않았다. 아랫마을에 사는 한 형님네 몫까지 베려면 부지런히 해야 해가 지기 전에 일을 마칠 수 있었다. 그 일에 푹 빠져 있던 내 귀에 어느 순간 그 새, 그 새의 노래 소리가 들려왔다.

느낌이 좋았다. 오늘은 볼 수 있을 것 같았다. 나는 고개를 들었다. 내 예감은 맞았다. 그 새는 도망치지 않았다.

오오, 놀랍게도 그 새는 곤줄박이였다. 그렇다면 말이 안 됐다! 왜냐하면 곤줄박이라면 잘 아는 새였다.

어제 그 새는 그 전과 달랐다. 그 새는 내게 자신의 모습을 보여주기로 작정이라도 한 듯 오랫동안 그곳에 앉아서 노래했다. 나는 시간을 충분히 갖고 그 새가 곤줄박이임을 분명하게 확인할 수 있었다. 다시 말하지만 곤줄박이라면 벌써부터 잘 알고 있는 새였다. 박새, 쇠박새, 진박새, 노랑턱멧새, 동고비, 쇠딱따구리 등과 무리를 지어 다니는, 내가 사는 곳에서는 흔히 볼 수 있는 텃새이기 때문이다.

얼마나 기뻤는지 모른다. 환호작약이라고 하던가. 꼭 그랬다. 겅중겅중 뛰고 싶을 만큼 기뻤다.

한편 이상했다. 다른 새라면 모른다. 그것이 곤줄박이라면 말이 안 된다. 그만큼 곤줄박이는 내가 사는 곳에서는 흔히 볼 수 있는 새다. 어떻게 그런 일이 있을 수 있었을까? 거기다 그날 뒤로는 거의 날마다 노래하는 그 새를 볼 수 있었던 것도 이상하다면 이상한 일이다. 그렇다면 그동안 곤줄박이가 내게 장난을 쳤단 말인가? 그렇지 않고서야 어떻게 그렇게 오랫동안 노래하는 그 새를 볼 수 없었단 말인가. 그동안 곤줄박이는 내게 모습을 보여 줄 때는 노래하지 않고, 노래할 때는 모습을 보여 주지 않았다는 뜻이다. 그렇지 않고서야 어떻게 그런 일이 있을 수 있었을까?

주위가 산으로 둘러싸여 있는 데다 집 주변 또한 덩치가 큰 밤나무, 벚나무, 대추나무, 뽕나무 따위가 있어 나는 겨울 한때를 빼고는 늘 새소리 속에서 산다. 하지만 박새류나 딱새를 뺀 나머지 새들은 좀처럼 내게 가까이 오지 않는다. 나를 멀리한다. 자세히 좀 보려고 하면 금방 알고 날아가 버린다. 무심히 일을 하고 있을 때는 마음 편히 우짖던 새도 내가 망원경을 집어 들면 어느새 눈치를 채고 얼른 날아가 버리고는 한다. 거리가 상당히 떨어져 있는데도 어떻게 그렇게 금방 아는지 신기하다. 그것은 새들이 노래를 하면서도, 나뭇가지에 앉아 몸을 까불거리면서도 나의 움직임을 하나도 놓치지 않고 지켜보고 있다는 뜻이다.

새들은 나의 무엇을 꺼리는 것일까? 냄새일까, 마음일까, 아니면?

뉴질랜드가 생각난다. 그곳에서는 튜이, 블랙버드, 참새, 비둘기, 팬테일과 같은 새가 흔히 눈에 띄는데, 이 새들의 공통된 특징은 모두 사람을 겁내지 않는다는 것이다. 어느 신문사의 사진기자였던 한 후배도 외국에서 같은 체험을 한 모양이었다. 그는 내 이야기를 듣고 내게 이런 편지를 보내 왔다.

저도 미국에서 그런 일이 있었습니다. 그곳의 놀이공원이나 호수에 가면 야생 기러기나 오리들을 볼 수 있습니다. 떼를 지어 다닙니다. 재미있는 것은 제가 바짝 다가가는데도 그것들이 달아나지 않는다는 것입니다. 놀라운 일이었습니다. 제가 한국에서 새 사진 찍을 때와는 달라도 너무 달랐습니다.

새 사진을 찍으려면 망원 렌즈가 달린 무거운 카메라를 들고 멀리서부터 낮은 포복으로 접근해야 합니다. 저쪽에 이쪽의 움직임을 노출시켜서는 안 됩니다. 그렇게 힘들게 접근해서 고개를 드는 순간, 많이도 아닙니다. 고개를 약간 들어 올리는 순간 어떻게 아는지 새들이 알고 모두 날아가 버리는 일이 많습니다. 눈을 렌즈에 대 보지 못할 때도 많지요. 물에 사는 오리류는 비상이 늦어서 특히 경계가 심합니다. 이삼백 미터 안으로는 접근이 불가능할 정도입니다. 그랬던

애들이 땅이 다르다고 바로 옆에서 놀고 있으니….

일본의 이즈미라는 곳에서는 바로 곁에서 수만 마리의 두루미가 무리를 지어 춤추는 모습을 감상할 수 있다고 합니다. 그런데 그 새들이 다 한반도를 오가는 새들이거든요.

그 이유를 저는 우리나라 사람이 벌이는 치열한 경쟁, 거기서 생기는 적개심 때문이 아닐까 하고 생각해 보았습니다. 이 땅에 흐르는 그 적개심의 기류를 새들이 감지하고 있는 것은 아닐까 하는 것이지요.

내 경험으로는 일본에서도 새들은 사람을 보면 달아난다. 가까이 하지 않는다. 이즈미는 어떤가 몰라도 내가 살았던 도쿄는 그랬다. 왜 그런 것일까? 어떤 곳에서는 새들이 사람을 겁내지 않고, 어떤 곳에서는 겁을 내고…. 이런 차이를 어떻게 해석해야 할까? 정말 그 후배의 짐작처럼 적개심, 그것도 새가 아니라 사람에 대한 적개심이 원인인 것일까?

앞에서 살펴보았듯이, 사람의 마음에 따라 새들의 행동이 달라지는 것은 사실이다. 곤줄박이가 마침내 노래하는 모습을 보여 준 것도 내가 무심히 일할 때였다. 반면 어떤 새인지 알아보려고 하면 새는 그 순간 어떻게 아는지 잽싸게 달아나 버리고는 했다. 마치 사람의 마음을 읽고 있다는 듯이. 이런 일들로 미루어 보면 그 후배의 의견이 전혀 터무니없다고는 할 수 없다.

이 문제는 그 나라의 음식 문화를 비롯하여 주택 구조와도 관련이 있지 않겠느냐 하는 것이 내 생각이다. 뉴질랜드에 머물 때 나는 한동안 학교에 다닌 적이 있다. 그때 점심은 늘 학교에서 먹었는데, 언제나 빵이었다. 그곳에서는 누구나 그랬다. 뉴질랜드는 밥이 아니라 빵을 주식으로 하는 나라다.

내가 점심을 먹는 장소로 애용했던 곳은 맑은 공기와 밝은 햇살을 함께 즐길 수 있는 학교 옥상이었다. 그곳의 나무 벤치에 앉아 빵 봉지를 열면 어느새 알고 비둘기들이 모여들고는 했는데, 그 비둘기들과 빵을 나누어 먹으며 친해졌다. 처음으로 비둘기 한 마리가 내 발등에 올라앉은 것은 옥상에서 점심을 먹기 시작한 지 열흘쯤 지났을 때였다. 그다음에는 무릎까지 올라왔고, 그다음에는 빵을 빨리 달라고 손가락을 물었다. 그 모습이 귀여워 목덜미나 날개를 쓰다듬으면 몸을 틀며 새침을 떨었다. 그 뒤로는 더욱 허물이 없어져서 아예 내 어깨에까지 날아와 앉아 내가 먹는 빵에 부리를 들이미는 녀석까지 있었다.

뉴질랜드 학생들은 대개 밖에서 점심을 먹는다. 주 메뉴는 빵, 과일, 과자, 음료수 등이다. 빵이나 과자, 혹은 과일이라면 먹으면서 일부분을 새에게 나누어 주기 쉽다. 뜯어서, 혹은 남은 것을 던져 주면 되기 때문이다. 그런데 이런 일이 전국의 모든 학교에서 매일 벌어지고 있다고 생각해 보라. 새와 인간은 가까워질 수밖에 없다.

또한 뉴질랜드의 주택에는 거의 모두 정원이 딸려 있다. 꽃밭이 있고 나무가 있다는 뜻이다. 나무가 있으면 새가 모인다. 이런 주거

환경에서는 새와 인간 사이에 어떤 형태로든 가까워질 수 있는 길이 생기게 마련이다.

그동안의 내 경험에서 보자면 새들의 세계는 만만치 않다. 내 상태에 따라 행동을 달리하는 곤줄박이와 비둘기가 그 좋은 예다. 그것을 보면 말은 안 하지만 새들이 인간의 삶을 훤히 내려다보며 지낸다고 봐야 할 것이다. 새로서는 어려운 일도 아니다. 새의 높이에서는 인간의 삶이 한눈에 보이지 않는가.

하여튼 그날은 오랫동안 모습을 보여 주지 않던 그 새가 곤줄박이임을 알게 된 아주 기쁜 날이었다. 인생에는 여러 가지 기쁨이 있지만 이런 특별한 기쁨도 있는 법이다.

다래 따기

다래는 보통 깊은 산에 나는데, 그런 다래가 우리 집 근처에는 흔하다. 그만큼 나는 깊은 산에 살고 있는 셈이다. 한 해 거르고 올해 다시 다래가 잘 열렸다. 잘 달린 나무에서는 한 그루에서 반 양동이나 되는 다래를 딴다.

다래는 키가 큰 나무를 타고 높이 자라기 때문에 따기가 쉽지 않다. 손에 닿는 것만 따서는 가족이 한번 맛이나 볼 수 있을까. 그러므로 어느 정도 양을 만들려면 나무를 잘 타야 한다.

어렸을 때, 우리 집에는 밤나무가 많았다. 집안의 맏이였던 나는 초등학교 고학년 때부터 그 밤을 따야 했다. 익어 떨어진 알밤만 줍는 게 아니고 장대로 털어 들였다. 그 일이 내 몫이었다.

장대는 긴 것과 짧은 것, 두 가지를 준비했다. 먼저 긴 것으로 땅

위에 서서 아래 가지에 열린 밤송이를 턴다. 그 일을 마치면 나무에 올라가 이 가지 저 가지로 옮겨 다니며 가까운 곳의 밤은 짧은 장대로, 먼 곳의 밤은 긴 장대로 턴다. 해마다 가을이면, 올밤에서 늦밤까지 한 달이 가깝게 이렇게 밤을 털어 들이는 것이 그때의 내 일이었다. 밑에서는 할머니와 어머니와 어린 동생들이 밤송이와 알밤을 주워 담았다. 알밤은 바구니에, 밤송이는 가마니에.

밤나무 가운데는 둥치에 가지가 없는, 이삼 미터 혹은 삼사 미터는 올라가야 첫 가지가 있는 나무가 있다. 그런 나무는 잡거나 밟을 가지가 없기 때문에 정말 나무를 잘 타는 사람만이 오를 수 있는데, 방법에는 배를 둥치에 붙이고 오르는 것과 떼고 오르는 것 두 가지가 있다. 앞의 것은 배를 붙이고 개구리처럼 손발을 옮겨 가며 오른다. 뒤의 것은 배를 떼고 손발을 옮겨 가며 오르는데, 둘 다 팔다리 힘은 물론 배의 힘이 좋아야 한다. 특히 뒤의 것이 그렇다. 가지가 난 곳에 다다르면 그 뒤로는 어려울 것이 없다. 다만 다래가 따기 좋은 곳에만 열리지 않는다는 게 문제다.

이리저리 제멋대로 자란 넝쿨 끝에 열리는 다래를 따자면 온갖 몸놀림이 다 나온다. 한 팔로 나뭇가지를 잡은 채 다른 한 팔을 있는 대로 뻗어 따야 할 때도 있고, 멀리 있는 줄기를 힘들게 잡아 당겨 붙잡고 따야 할 때도 있다. 활처럼 몸을 뒤로 젖힌 채로 따야 하는 때도 있고, 그와 반대로 앞으로 몸을 숙여 아차 하면 아래로 곤두박질을 칠 듯한 자세로 따야 할 때도 있다. 조금만 힘을 줘서 밟아도 부러져 버릴 것 같은 썩은 가지에 한 발을 의지한 채 한동안 견뎌야 할 때도 있고, 둘로 갈라진 가지에 한쪽 허벅지만을 걸친 채 사방으로 허리를 틀어 가며 따야 할 때도 있다. 한 말쯤 되는 다래를 따자면 여하튼 온갖 자세를 다 취하게 된다.

그렇게 하다가 힘들 때는 나무 위에서 쉰다. 나뭇가지에 기대어 앉거나 서서 잘 익은 다래를 골라 따 먹으며 쉰다. 그곳에서 아침 해를 맞을 때도 있다. 가을이므로 따뜻한 햇살이 기분 좋게 느껴진다. 바람은 시원하고 다래는 맛있다.

나무 위에는 나무 아래서는 안 보이는 천상의 밭이 있다. 인간의 눈높이에서는 나뭇잎에 가려서 안 보이는, 온갖 나무의 열매로 풍성한 밭이다. 원숭이나 새는 이 천상의 밭에서 도구를 쓰지 않고 직접 나무 열매를 따 먹는다. 새는 원숭이가 쓰는 손조차 사용하지 않는다. 그에 견주면 인류의 입은 나무 열매와 너무 멀리 떨어져 있다. 그 사이에 칼이 있고, 접시가 있고, 냉장고가 있다. 혹은 운반 차량이 있고, 포장용지가 있는데, 그동안의 내 경험으로 보자면 입과 나무 열매 사이에는 손 하나가 있을 뿐인 것이 가장 좋다. 그쪽이 가장 맛있다. 홍시를 예로 들자. 최상의 상태로 익은 홍시를 나무에서 직접 따서 바로 먹어 본 사람이라면 그 맛을 어디에서도, 이를테면 백화점의 최고급 홍시에서도 찾을 수 없다는 걸 안다.

팔뚝 굵기의 다래 넝쿨 하나에서 반 말쯤 되는 다래가 열린다. 대단한 생산성이다. 가을이 되면 다래나무는 그 많은 열매를 땅 위로 떨어뜨린다. 잎도 떨어뜨린다. 그것만이 아니다. 집가에 있는 밤나무 아래에 평상을 만들어 놓은 뒤에 알았다. 마치 똥오줌을 싸듯 밤나무에서도 아주 많은 것이 떨어졌다. 가장 눈에 많이 띄는 것은 벌레의 똥이며 분비물이었다.

그 나무에는 개미가 가장 많았다. 줄기와 잎에서 수많은 개미를 발견할 수 있었다. 거미도 여기저기 줄을 쳐 놓고 있었다. 매일 빗자루로 쓸어 내도 하루만 지나면 벌레의 똥과 분비물이 평상 위에 가득했다. 새똥도 떨어졌다. 나무 자체에서도 많은 부스러기들이 떨어져 내렸다. 인간의 몸에서 때가 떨어져 나가듯이 나무에서도 작은 껍질에서 마른 나뭇가지에 이르기까지 수많은 부스러기가 떨어져 내렸다. 위로는 푸른 잎을 피워 올리면서 밑으로는 그처럼 많은 것을 버리고 있었다. 그렇게 땅에 떨어진 벌레 똥이나 나무 부스러기는 땅속 동물이나 미생물의 거처가 되고 양식이 되리라.

가을이 되면 밤나무와 다래나무는 낙엽보다 열매를 먼저 떨어뜨린다. 동물과 달리 나무는 열매를 아주 많이 맺는다. 동물은 한 배에 많이 낳아야 대여섯, 혹은 열 마리 내외가 고작인데 그에 비하면 밤나무나 다래나무의 생산성은 참으로 대단하다. 밤은 한 해에 수천 수만 개가 열린다. 그것을 양식으로 땅은, 지구는 건강함을 지켜 간다.

품 넓히기

지구는 둥글다고 한다. 하지만 우리는 그것을 머리로 알 뿐 눈으로 보지 못한다. 우리 눈에 보이는 것은 평평한 땅뿐이다. 둥근 지구를 보자면 지구 바깥으로 멀리 나가야 하는데, 우주 비행사들이 그 꿈을 실현했다. 그들은 달에 갔다. 그곳에서 그들은 지구를 한 장의 사진에 담기까지 했다.

사진에 찍힌 지구는 아름다웠다. 주변의 어떤 별도 그처럼 곱지 않았다. 사진에 찍힌 지구는 아름다운 초록색 별이었다. 지구에는 다른 별에는 없는 물과 나무가 있기 때문이었다.

지구는 3분의 2가 바닷물로 덮여 있다. 태평양 하나만 해도 모든 대륙을 합친 면적보다 넓다. 세계에서 가장 높은 산인 에베레스트조차 바다에서는 꼴깍 물에 잠긴다. 그곳에서 에베레스트가 물 밖으로 얼굴을 내밀고 세상을 보려면 발뒤꿈치를 2킬로미터는 들어야 한다.

그 바다에 소리통로라는 신비한 길이 있다는 걸 이번 겨울에 알았다. 코넬대학교의 교수 크리스토퍼 클락은 이렇게 말한다.

"바닷속에는 소리통로가 있다. 고래는 짝을 찾을 때나 무리와 아주 중요한 의사소통이 필요할 때 이 소리통로를 이용한다."

소리통로는 태평양 같은 깊은 바닷속에 있다고 한다. 그 소리통로를 이용하여 고래들은 멀리 떨어진 곳에 있는 동료를 부른다고 한다. 고래가 내는 소리는 15 내지 30헤르츠의 주파수로 발송이 돼서 인간이 들을 수 있는 청력의 한계를 벗어나 있고, 184에서 186 데시벨의 강도를 갖고 있어 멀리까지 퍼져 갈 수 있다고 한다. 얼마나 멀리까지 갈 수 있느냐 하면, 놀랍게도 호주나 뉴질랜드 바다에서 낸 고래 소리를 한국의 동해나 미국 서부 해안에서 들을 수 있다고 한다. 깊이 300미터에서 500미터 사이의 바다에 그 신비한 통로가 있다고 한다.

나는 지금 뉴질랜드의 웰링턴이라는 바닷가 도시에서 겨울을 나고 있다. 석 달 예정으로 작년 11월 중순에 왔다. 겨울 농한기를 이용한 여행인 셈인데, 요즘 나는 날마다 달리기를 하기 위해 가까운 바다에 간다.

맑은 공기, 툭 트인 바다, 바람, 갈매기, 여러 종류의 배…. 그 바닷가에 가면 만나게 되는 이런 것들이 나는 좋다. 어디서나 그랬다. 어

덜 가든 나는 곧바로 누구의 간섭도 안 받고 홀로 지낼 수 있는 곳을 가까운 곳에 만들고는 했다. 도심 한복판에도 그런 곳이 있다. 시골만은 못해도 도시에도 한적한 곳이 있게 마련이다. 사람이 한 사람도 없는 곳이라야 하는 것은 아니다. 사람이 있더라도 홀로 자기만의 시간을 보내는 데 방해를 받지 않을 수 있는 곳이면 된다.

내가 요즘 매일 가는 곳도 그렇다. 하버 비치라는 이름의 그 바닷가에는 바닷가로만 이어진 긴 인도가 있다. 차량 통행이 금지된 곳이라서 그 길에는 산책이나 달리기를 하는 사람이 적지 않다. 하지만 나는 그곳에서 나만의 시간을 갖는 데 그 사람들로부터 전혀 방해를 받지 않는다.

2킬로미터쯤 되는 그 길을 왔다 갔다 하며 한 시간 반쯤 뛴다. 그 시간, 나는 들고 나는 숨에 의식을 둔다. 그것을 원칙으로 삼고 있다. 그렇게 하면 얼마 뒤 생각이라는 구름이 걷힌다. 뛸 때는 가진 것이 적어야 한다. 생각도 짐이다. 버릴 수 있다면 버리는 것이 좋다. 집안일도 다 잊고, 일터에서의 일도 다 놓아 버린다.

그렇게 자꾸 비우다 보면 내 주변의 사물들이 내게 말을 걸기 시작한다. 말을 건다 하지만 그것은 우리가 평소에 쓰는 언어나 생각의 형태가 아니다. 그보다 더 빠르고 본질적인 어떤 것이다. 그런 방식으로 바다와 바닷가의 사물들이 이번 겨울에 내게 일러 준 것은 내가 나도 모르는 사이에 저지르고 있던 폭력에 대해서였다.

죽이고 때리고 욕하는 것만이 폭력이 아니었다. 상대방의 말에 귀 기울이지 않는 것, 약속을 어기는 것, 화나 짜증을 내는 것, 자신을 돌이켜 보지 않고 하는 말, 용서할 줄 모르는 것 따위가 모두 다 심각한 폭력이었다. 그렇게 바다는 내게 일러 줬다. 험담, 무기력, 잔소리, 거친 말, 게으름조차도 폭력이라는 것이었다.

그것만이 아니었다. 우리가 자신도 모르게 저지르고 있는 폭력은 사람에서 그치지 않았다. 공기, 물, 땅 따위에도 우리는 수많은 폭력을 가하고 있었다. 그 가운데 물 하나만 보자. 빨래, 설거지, 목욕, 세안, 배설 등을 우리는 모두 물에 의존하고 있지만 우리는 그것을 폭력이라고 생각하지 않는다. 나 역시 그랬다. 그때까지는 그것이 물에 대한 폭력인 줄 몰랐다. 우리가 아침마다 해맑은 얼굴에 깨끗한 옷을 입고 나올 수 있는 것도 다 물이 있어 가능하다. 물이 아무 말 없이 우리의 폭력을 받아들여 주기 때문이다.

소리통로! 바다에만 있는 것이 아니다. 사람에게도 있다. 말이 통하느니 안 통하느니 하는 것이 그 증거다. 혹은 속이 좁다느니 넓다느니 하지 않는가.

툭툭 털어 버리기를 잘하는 사람이 있다. 부당한 일을 당하고도 그 일로 오래 속상해하지 않는다. 사과 한마디에 깨끗하게 용서한다. 그리고 다시 웃는다. 그때 막혔던 통로가 다시 뚫린다.

그런 사람을 우리는 '마음이 넓은 사람', 혹은 '속이 좋은 사람'이라고 한다. 한편 작은 일에도 짜증을 잘 내는 사람이 있다. 걸핏하면 시비다. 쉽게 화를 낸다. 남의 마음을 도무지 모른다. 그와 함께 있으면 갑갑하다. 그는 오로지 자기밖에 모른다. 그런 사람을 우리는 '속이 좁은 사람', '답답한 사람'이라고 한다. 사람에게도 이렇게 소리통로가 있는 것이다. 그러므로 그대가 누군가에게 이런 말을 들었다면 그대는 자신을 위해 축배를 들어도 좋으리라.

"당신은 마음이 참 넓은 사람이다."

그것은 당신이 당신의 마음 그릇을 비우고 산다는 뜻이다. 없는 것이 더 나은 미움, 화, 질투, 고집, 근심, 이기심 같은 것들을 모두 혹은 많이 비워 내고 살고 있다는 뜻이다. 누군가에 대한 원망 혹은 죄책감에서 자신을 용서 혹은 해방했다는 뜻이다. 과거로부터 벗어나 지금 이 순간을 자유롭게 살고 있다는 뜻이다. 당신은 쉽게 화를 내지 않는다. 경솔하게 굴지 않는다. 조용히 남의 말을 들을 줄 안다. 여유가 있다.

사람은 누구나 사람들로부터 사랑받기를, 그리고 사랑할 수 있기를 바란다. 그러자면 속을 비워야 한다. 소리통로를 열어 놔야 한다. 그릇이 그런 것처럼 비어 있어야 받아들일 수 있는 것이다.

한 시인과의 대화

서른여덟이 되던 해였다. 그해 나는 다시 태어나기 위해 일본에서 신문 배달을 하며 일본어 학교에 다니고 있었다. 몸과 마음이 무척 힘들던 그 시절에 나는 그를 만났다. 야마오 산세이라는 시인이었다. 나는 그의 산문과 시가 좋았다.

너도 잘 알고 있듯이
우리 집에서는 좀처럼 식빵을 먹지 않는다.
가끔 식빵을 먹는 것은 아픈 사람이 생겼다거나 준코가 열병처럼
식빵을 먹고 싶어 할 때라든가
예기치 못한 돈이 들어왔을 때뿐이다.
준코는 식빵을 대단히 좋아하고 너도 식빵을 무척 좋아한다.

지로도 좋아하고 라마도, 요가도, 라가도 식빵을 많이 좋아한다.

미치토도 좋아하고, 나 또한 식빵을 좋아한다.

그런데 타이로

너는 스무 살을 눈앞에 두고

이 집을 나가 이 섬을 떠나 도쿄로 간다.

도쿄라는 곳은 식빵 따위는 흔한 음식으로

식탁 위에 한 조각의 식빵이 놓여 있어도

그것을 초라한 음식으로, 때로는 하찮게 여기기조차 하는 곳이다.

(중략)

〈식빵의 노래—타이로에게〉라는 이 시는 1년 9개월간 계속된 일본 생활 내내 나를 위로해 주었다. 힘들 때면 나는 '오마에모요쿠시테이루요우니'로 시작되는 이 시를 입속으로 읊조렸고, 그러면 이 시의 낱말들이 내 소란스러운 가슴을 가만가만 쓸어 가라앉혀 주고는 했다.

그의 글과 시는 쉽고, 그리고 깊었다. 나는 시간이 나면 그의 책을 읽었다. 이런 시간이 늘어나며 나는 언젠가 이 시인을 꼭 한국에 소개하고 싶다는 꿈을 품게 됐다. 물론 다른 책들도 읽어 봤지만 그만 못했다. 야마오 산세이의 글이, 적어도 내게는 군계일학, 곧 여러 마리 닭 속의 한 마리 학과 같았다.

그로부터 10년 가까이 세월이 흐른 뒤, 마침내 나는 그의 산문집

《여기에 사는 즐거움》을 통해 그 꿈을 이루게 됐다(이어서 그의 다른 책《어제를 향해 걷다》《더 바랄 게 없는 삶》 등도 소개했다). 독자의 반응이 좋았다. 여러 잡지와 신문에 긴 서평이 실렸다.

야마오 산세이는 그 뒤 갑자기 세상을 떠났다. 암이었다. 꼭 한 번 만나고 싶었는데 안타까운 일이었다. 많은 이야기는 하지 않아도 좋았다. 다만 그의 집과 밭, 그리고 그가 사랑했던 주변의 산과 강, 바다를 그와 함께 돌아보면 됐다. 그 소원이 간절했기 때문일까, 나는 우리나라에서 그의 책이 나오고 얼마 뒤 꿈속에서 그를 만났다.

우리는 시냇가의 바위 위에 앉아 있었다. 그의 집 가까이에 있는 시내였다. 티 하나 없이 맑은 물이 흐르고 있었다. 보기만 해도 기분이 좋았다. 그 맑은 개울물을 보며 물었다.

"선생님의 유서를 읽었어요. 마셔도 될 만큼 고향의 강물을 맑게 되살리고 싶다는 특이한 내용이더군요. 그런데 고향의 강이라면 오염이 대단히 심한 도쿄의 그 강을 말씀하시는 게 아닙니까?"

"그렇습니다. '간다가와'라는 이름의 강. 하지만 내가 어렸을 때는 그냥 엎드려 입을 대고 마실 때도 있었어요. 그만큼 맑았지요.

인류가 인류로서 부끄럽지 않게 살기 위해서는 그런 방향으로 나아가야 한다고 나는 생각합니다. 지금 인류는 하늘에 비행기라는 거대한 쇳덩어리도 띄울 만큼 기술이 좋습니다. 그러니 물을 더럽히지 않고 사는 삶도 우리가 마음만 먹으면 가능하지 않겠습니까?"

나는 오래전부터 도시의 강변만이라도 녹화를 해야 하지 않겠느냐는 꿈을 갖고 있다. 한때는 그 방법과 효과에 대한 글을 써서 만나는 사람에게 나누어 준 적도 있다. 강가에 숲이 있는 강은 그렇지 않은 강과 크게 다르다. 나는 그것을 외국의 여러 도시에서 경험했다.

"저도 서른둘의 나이에 서울 생활을 정리하고 전기도 없고, 전화도 없고, 이웃도 없고 오직 집 한 채가 있을 뿐인 외진 산속에 들어가 농사를 지으며 살고 있습니다만, 선생님은 서른아홉에 이 섬으로 오셨지요?"

"살던 사람들이 모두 떠나고 폐촌이 되어 가던 마을이었습니다. 하지만 여기서 새롭게 시작하고 싶었습니다. 그 전에는 가족과 함께 인도와 네팔을 여행했고, 도시 속에 이상 마을 만들기, 생산자도 살고 소비자도 사는 유기농업의 도농 직거래 조직 만들기, 대안 문화운동 등 여러 가지 일을 했습니다. 그러다가 그 모든 것의 원점인 농부로 살고 싶어 이곳으로 왔습니다."

우리는 가까이 있는 밭으로 갔다. 작물과 풀이 한군데 섞여서 무성하다. 마치 풀밭 같다. 이름하여 '풀 두고 가꾸기' 혹은 '채소의 야초화 재배'. 지구 전체를 통틀어도 이런 방식으로 농사를 짓는 사람이 몇 안 된다는 걸 아는 나로서는 그것만으로도 반가웠다.

"농부로 산다는 것은 신을 만나는 것처럼 결코 쉬운 일이 아니라는 선생님의 글이 기억납니다."

"이 섬에는 '바다에서 열흘, 밭에서 열흘, 산에서 열흘'이라는 말이 있습니다. 그것은 섬에서 사는 사람은 계절이나 날씨에 따라 배를 타면 어부가 되어야 하고, 산에 가면 그 즉시 나무꾼이나 목수가 되어야 하고, 밭에서는 제 몫을 하는 농부가 되어야 한다는 뜻입니다.

거기다 모든 것이 그런 것처럼, 제대로 된 농부로 산다는 것은 부처가 되어 사는 것만큼이나 어렵습니다."

그는 잡초를 미워하지 않고 이렇게 말한다.

"잡초를 베어 땅에 덮으면 마침내 비료가 되기 때문에, 밭에 잡초가 가득 자라고 있으면 실은 비료가 가득 자라고 있는 셈입니다."

어느 사이 우리는 야쿠 섬의 거대한 삼나무 앞에 있다. 나는 나도 모르게 그 나무를 향해 절을 한다. 뉴질랜드 북섬에서 수령 1,200년의 카우리 나무를 만났을 때도 그랬다.

"수령이 7,000년 된 이 삼나무와 그 아래서 사람의 발에 짓밟히는 민들레를 동등하게 본 선생님의 글은 참 감동적이었습니다. 우리는 큰 나무뿐만 아니라 보잘것없는 작은 풀에서도 때때로 큰 위안을 얻습니다."

"한 번 왔다 가는 데 걸어서 아홉 시간이나 걸리기 때문에 자주 오지는 못합니다. 하지만 저는 올 때마다 다른 기쁨과 메시지를 이 나무로부터 받습니다."

"언제나 신비 체험을 시켜 주는 나무라고 할 수 있겠군요?"

"그렇지요. 하지만 우리는 한 포기 풀에서도 그런 경험을 할 수 있습니다. 요는 잡담을 삼가고 침묵을 지키는 일이 중요합니다. 그러면 모든 것 속에서 우리는 님a god을 만날 수 있습니다."

하느님 혹은 하나님God이 아닌 님a god이란 무엇인가? 야마오 산세이를 알자면 이 님이라는 낱말을 이해해야 한다. 그는 이 님에 대한 이해를 미래의 희망이라고까지 말하고 있다.

"님은 지배하지 않고, 강제하지 않고, 조직하지 않는다는 점에서 이제까지의 하느님이나 하나님과 다르지만 소중하게 취급되고 존경하지 않으면 나타나지 않는다는 점에서는 이제까지의 하나님이나 하느님과 같습니다.

우리가 만나서 진심으로 좋았다고 생각하는 것이 있다면 그것이 풀이든, 나무든, 바위나 돌이든, 바다든, 사람이든, 곤충이든 다 님입니다. 왜냐하면 님이란 오랜 옛날부터 인간이 진심으로 좋았다고 느끼는 것을 통틀어 그렇게 말하는 것이기 때문입니다."

"선생님은 그것을 한 나무에서도 만나셨지요?"

"그렇습니다."

"자세히 좀 얘기해 주세요."

"아내가 죽고 나서, 여러 가지로 매우 힘들던 때였습니다. 비가 내리던 어느 날이었습니다. 우산을 쓰고 산책을 하고 있는데, 문득 가까이 있는 배롱나무꽃이 눈에 띄었습니다. 그때 그 배롱나무가 내게 말했습니다.

'이렇게 나는 비를 맞고 있지만 지금이 최고의 순간이다. 나는 지금 활짝 피어 있다.'

비를 맞으면서도 밝음을 잃지 않는 배롱나무로부터 저는 살기 힘들다는 저의 느낌이 허상임을 알았습니다. 사랑하는 아내의 죽음이나 그 뒤에 겪은 많은 어려움들이 실은 내게 내리는 비였던 것이지요. 맑은 날이 있는가 하면 흐린 날도 있는 것처럼 우리 인생에도 비가 내리는 때가 있습니다. 그것을 깨닫는 순간, 있는 그대로의 것들을 마음 편히 받아들일 수 있었습니다.

"그 뒤로 배롱나무는 선생님의 님 가운데 하나가 되었지요?"

"그렇습니다."

"그런데 어떻게 하면 님을 만날 수 있나요?"

"아까도 말씀드렸지만, 잡담을 삼가고 침묵을 지켜야 합니다. 서둘지 말고 천천히 가야 합니다.

님은 어디에나 있습니다. 이 바위에도 있고, 당신에게도 있습니다. 당신의 가슴을 향해 '나의 영성이여'라고 불러 보십시오. 그러면 바위로부터 미묘한 반응이 느껴질 것입니다.

"선생님의 책 《여기에 사는 즐거움》의 한국어판이 나왔습니다. 한국 독자들에게 한 말씀 부탁합니다."

"한국 독자를 만날 수 있게 되어 정말 기쁩니다. 우리는 인생의 어느 한 시점에서 배움과 동경의 여행을 끝내고 여기에 살기 시작합니다. 여기에 산다고 하는 것은 두 번 다시 없는 우리 인생의 참다운 시작입니다. 제 경험으로는 다음 두 가지 원칙을 지키면 어디서나 무슨 일을 하거나, 삶을 통해서만 맛볼 수 있는 기쁘고 보람 있는 생활이 가능합니다. 그것은 서두르지 않는다, 집중한다는 것 입니다."

바보 이반의 나라

자급자족 규모의 얼마 안 되는 농사를 짓고 있는데도 가을걷이 때라 하루 종일 일이 끝이 없다. 아침에 신은 신발을 잠자러 방에 들어갈 때 벗는다. 밥상 앞에 앉을 때를 빼고는 계속 일이다. 하루 종일 잠시도 쉴 수 없다. 이름 그대로 농번기다.

어제는 종일토록 창고 안에 작은 김치 저장고를 만들었다. 김치 항아리를 묻을 땅을 파는 데 시간이 걸렸다. 벽처럼 굳은 땅이 나와 한나절이면 될 일에 하루를 써야 했다.

늦가을로 접어들며 손과 얼굴이 많이 거칠어졌다. 건조한 바람이 많이 불고 기온이 떨어진 탓이리라. 한 손으로 다른 손의 손등을 문질러 보면 작은 갈퀴로 긁는 것 같다. 살갗이 트고, 튼 것이 일어서서 그렇다. 가려운 곳이 있으면 손톱을 쓰지 않아도 되겠다 싶다. 얼굴도 많이 탔다.

내 왼쪽 팔뚝에는 작은 콩알 크기의 혹이 하나 있는데, 가시가 박혀 생긴 흔적이다. 깊이 박히며 안에서 끊어진 가시다. 빼낼 수가 없어 그냥 뒀더니 콩알 반쪽 크기로 불거졌다.

땔감을 장만할 때나 봄에 산나물을 뜯으러 다닐 때는 가시에 많이 찔린다. 그럴 때마다 산과 들에 가시를 가진 나무나 풀이 생각보다 많은 데 놀라게 된다. 한나절쯤 산에서 지내는데도 때때로 가시를 뽑아야 하고, 신발도 털어야 한다. 그것으로 끝이 아니다. 꽁지까지 살에 박힌 가시는 바늘이 있는 집에서야 뺄 수 있다. 바늘로 뺄 수 있으면 그래도 다행이다. 깊이 박혔거나 눈에 보이지 않는 작은 가시는 어쩔 수 없이 그냥 두고 지내는 일도 있다.

농사철에는 끊일 날이 없을 만큼 자주 상처를 입는다. 까이고, 찔리고, 베이고, 터지고, 찍히고, 얻어맞는다. 지금 내 왼손 엄지손톱은 깊게 갈라져 있다. 낫으로 나무를 베다 다쳤다. 헛맞으며 튕겨 나온 낫에 찍혔다. 곧바로 밴드로 묶은 뒤 심장 위로 들고 지낸 덕에 약 하나 안 바르고 상처가 아물었지만 갈라진 손톱은 아직 그대로 있다. 그 흔적까지 사라지려면 그 부분의 손톱이 다시 나야 한다.

늘 조심하지만 아차 하는 순간에 탈이 생기고는 한다. 여러 날 풀을 베어야 할 때는 풀잎에 긁힌 자국이 손목에 가득해진다. 얇게 상처가 나고 그곳에서 솟아난 피가 굳어 붙으며 생기는 자국들이다. 장갑을 끼고 긴팔 옷을 입어도 손목은 노출된다. 얼굴이나 목에도 심심찮게 상처를 입는다.

톨스토이의 중편 소설 〈바보 이반〉에는 이반의 벙어리 여동생이 나온다. 오빠와 함께 살며 줄곧 일만 해 온 이 벙어리 여동생은 손님이 오면 하는 일이 있다. 두 손을 내보이도록 하고 손바닥에 굳은살이 박혀 있는 사람이면 새로 지은 밥을 주고, 그렇지 않은 사람에게는 먹다 남은 밥을 준다. 도깨비 나라의 우두머리인 큰 도깨비조차 손에 굳은살, 곧 일한 흔적이 없는 탓에 이반의 나라에서는 남이 먹다 남은 밥을 먹어야 했다.

하지만 이반의 나라를 빼고는 모든 나라에서 일로 거칠어진 손을 부끄럽게 여긴다. 물도 한 번 안 묻힌 것 같은 깨끗한 손을 자랑스럽게 여긴다. 이런 나라의 여자들은 많은 시간을 고운 손 만들기에 쏟는다. 하지만 이반의 나라에서는 그런 손을 가진 사람에게는 남이 남긴 밥을 준다. 거지 취급인 것이다. 왜 그럴까?

거친 손을 가진 사람들이 곡식과 채소를 가꾸고, 집도 짓고 옷도 만든다. 길을 내고 청소를 한다. 똥을 푸고 물건을 나른다. 그들은 세상에 필요한 일을 하고, 없어서는 안 될 것을 만들어 낸다. 한편 고운 손을 가진 사람들은, 다 그런 것은 아니라고 해도 큰 도깨비처럼 '손보다 머리로 일하는 편이 이롭다'는 생각을 갖고 있다. 머리를 써서 쉽게 살려는 마음을 가진 경우가 많다. 그런 사람을 부러워한다는 것도 그 사람들의 특징이다. 일확천금을 꿈꾸고, 부자를 부러워한다. 부끄러워하지 않고 그 기회를 노린다.

이런 시가 있다.

발에는 흙

손에는 도끼

눈에는 꽃

귀에는 새

코에는 버섯

입에는 미소

가슴에는 노래

피부에는 땀

마음에는 바람

—〈이것으로 충분〉, 나나오 사사키

숲에서 땔감을 하거나 논밭에서 일을 하다 보면 이 모든 것이 한꺼번에 일어난다. 발 아래 건강한 흙이 있고, 손에는 일에 필요한 도구가 들려 있다. 그것이 꼭 도끼일 필요는 없으리라. 톱이어도 좋고, 혹은 낫이어도 상관없다. 호미나 삽이라면 또 어떻단 말인가. 그렇게 일을 하다 보면 몸에서 땀이 흐르고, 코로는 자연의 향기가 스며든다. 절로 마음에 여유가 생기며 입가에는 미소가 어린다. 곁에는 꽃이 피어 있고, 나무 위에서는 새가 노래하고 있다.

때때로 입는 상처는 일로부터 얻는 보람이나 기쁨에 견주면 아무것도 아니다. 논밭이나 숲에서 하는 일은 결과도 결과이지만 그 과정이 즐겁다. 거기 맑은 공기와 물, 꽃, 바람, 향기, 새소리, 흙 등이 있고 땀이 있기 때문이다.

하지만 이것만으로는 안 된다. 내 경험으로는 어떤 일을 하느냐보다 어떤 마음을 갖고 그 일을 하느냐가 중요하다. 겉과 속이 다를 수 있기 때문이다. 겉이 어떻든 머리를 써서 쉽게 살 생각을 하고 있다면 그때 우리는 〈바보 이반〉에 나오는 큰 도깨비와 다를 바가 없다.

바보 이반의 나라에는 권력과 부귀에는 조금도 관심이 없는 사람이 산다. 그 나라 주민들은 큰 도깨비가 돈을 아주 많이 주며 일하러 오라고 불러도 가지 않는다. 그들은 돈에는 조금도 흥미를 보이지 않고 이렇게 말한다.

"그따위 돈 말고 무엇인가 다른 것을 가지고 오거나, 아니면 일을 하러 오세요. 적선을 바라는 것이라면 잠시 기다리세요. 마누라에게 빵을 썰어 내오라고 시킬 테니까요."

이 말을 듣고 큰 도깨비는 화를 내어 이렇게 외친다.

"당신들은 바보다. 돈이 있으면 무엇이든지 할 수 있다는 걸 당신들은 모른단 말인가?"

"그렇지 않습니다. 여기서는 세금이니 지불이니 하는 것이 하나도 없어요. 그러니 돈 따위가 무슨 필요가 있겠어요?"

바보 이반의 나라에는 애당초 돈이라는 것이 없다. 세상에서 볼 수 없는 나라다. 그 나라 주민이 되려면 바보라야 한다. 이웃 나라에서 쳐들어왔을 때 그들이 어떻게 했는지 보라. 이웃 나라 군사들이 자신의 집에 불을 지르고 가축을 죽일 때 그들은 어떻게 했나? 그들은 있는 대로 탈탈 털어 내주었고, 어느 한 사람 자신을 지키려고 하지 않으며 이렇게 말했다.

"이거 보세요. 당신네 나라에서 살기 어렵거든 모두 여기 와 사세요. 그리고 다 내어 드릴 테니 제발 사람이든 가축이든 죽이지 마세요."

바보 이반의 나라!

이반은 아직도 살아 있고, 그의 나라에는 오늘도 온갖 사람들이 몰려들고 있다. 그중 한 사람이 나카지마 류진이다. 광고회사의 회사원이던 그는 어느 날, 바보 이반의 나라로 간다. 어디서나 돈, 돈 하는 자기네 나라에 신물이 났기 때문이다.

모든 게 달랐다. 무엇보다도 그 나라에 돈이 없다는 데 그는 놀랐다. 그 나라에서는 모든 게 돈 없이 돌아갔다. 무엇이든 공짜, 거저였다. 선의와 자발적 참여, 공개 토론……. 별천지였다. 당연히 그 나라에는 감옥이 없었다. 문제를 일으키는 사람이 있으면 그가 가야 하는 곳은 병원이었다.

그는 바보 이반의 나라에서 본 것을 《돈이 필요 없는 나라》라는 책으로 썼다. 사람들에게 그 나라를 알리고 싶었다. 누군가 부르면 멀고 가깝고를 가리지 않고 달려간다. 가서 바보 이반의 나라를 노래로 부르고, 일인극으로 소개한다. 그는 바보 이반의 나라에 다녀온 뒤 그렇게 그 나라를 알리는 전도사로 살고 있다.

좋은 하루

농가의 아침은 일찍 시작된다. 낮이 긴 하지 무렵에는 네 시 반이면 날이 밝는다. 아침에 일어나면 나는 제일 먼저 논밭을 돌아본다. 해가 뜨기 전의 이 시간을 나는 좋아한다. 하루 가운데 공기가 가장 싱싱할 때가 아닌가 싶다. 이 시간은 새들도 좋아하여 골짜기 전체가 새들의 노랫소리로 요란하다.

물꼬를 돌아보며 알았다. 논 세 배미 가운데 한 배미에 탈이 나 있었다. 벼 포기가 꽤 많이 쓰러져 있었다. 멧돼지였다. 논둑에서 지렁이를 잡아먹고 논을 지나 산으로 간 것이 분명했다. 멧돼지가 들쑤셔 놓는 흔적이 논둑 여기저기에 남아 있었다. 논에 들어가 쓰러진 벼 포기를 바로 세우고 나서 보니 그것으로 끝이 아니었다. 멧돼지는 근처에 있는 감자밭에도 들러 갔다. 재주도 좋았다. 어떻게 캘 때가 된 것을 알았을까? 이제까지는 한 번도 없던 일이다. 조금밖에 건드리지 않은 것을 고마워하기로 하고 멧돼지가 캐 놓은 감자 세 알을 들고 돌아왔다. 가끔 있는 일이므로 이제는 그러려니 한다. 우리는 한 골짜기에 사는 이웃이다. 나 또한 멧돼지의 영역인 산에 들어가 더덕, 잔대, 취, 고사리 등을 캐고 뜯어 오므로, 생각해 보면 억울할 것이 없다.

감자 세 알을 부엌에 두고 나는 딸기를 따기 위해 양동이를 들고 나섰다. 오늘은 날씨가 다른 모든 일을 접고 딸기를 따라고 내게 일렀다. 요즘 내가 사는 곳에는 줄딸기라는 야생 딸기가 한창인데, 일기예보에 따르면 내일은 비가 온다고 한다. 그렇다면 만사를 제치고 딸기를 따야 했다. 비를 맞으면 딸기는 단맛이 떨어지고 많이 상한다. 비 온 뒤에 다시 질 좋은 딸기를 얻으려면 며칠 기다리지 않으면 안 되는데 그렇게 되면 알맞은 때를 놓치기 쉽다.

이곳에서는 뱀딸기, 줄딸기, 산딸기, 복분자, 멍석딸기 순으로 야생 딸기가 익는다. 그 가운데 줄딸기가 가장 많다. 나머지 것을 모두 합쳐도 줄딸기만 못하다. 비교 자체가 안 된다.

줄딸기는 줄기를 타고 열매가 달린다고 하여 그런 이름이 붙여진 것 같다. 줄딸기 줄기에는 작지만 억센 가시가 가득 나 있다. 조심하지 않으면 손등이나 팔목 등에 상처를 입기 쉽다. 딸기를 딸 때 여름인데도 소매가 긴 옷을 입는 것은 그 때문이다. 마을 아주머니들은 손가락 부분을 잘라 낸 장갑까지 낀다.

양동이가 사 분의 일쯤 차 갈 무렵에 해가 뜨기 시작했다. 여름 햇살이라 아침부터 만만치 않다. 해가 뜨고 얼마 뒤부터는 몸에 땀이 솟기 시작했다. 가끔은 앉아 쉬며, 또 허기가 지면 딸기를 따 먹어 가며 딸기를 땄다. 오전 일을 마친 시간은 11시쯤이었다.

아침 겸 점심을 먹고 난 뒤에는 잠시 쉬었다. 대개 한낮에는 쉰다. 오늘은 잠시 낮잠을 잤다. 양쪽 문을 열어 놓으면 절로 바람이 생겨 시원하다. 모기가 덤비지 않아 고마웠다. 개구리가 많아진 덕분인지 올해는 아직까지 모기 걱정이 없다.

낮잠을 자고 일어난 뒤에는 짧은 편지 한 통을 썼다. 이메일을 사용하면서도 굳이 편지를 주고받는 이가 한 사람 있다. 그는 늘 긴 편지를 쓰고 나는 짧은 편지를 쓴다. 그는 편지지에 쓰고 나는 엽서에 쓰는 일이 많다. 나 또한 때로 긴 편지를 써야 한다고 하면서도 생각뿐이다.

그 뒤로는 다시 딸기를 땄다. 땀이 많이 났다. 하지만 옷 젖는 것을 걱정하지 않으면 그것도 나쁘지 않았다. 여름에는 일부러라도 땀을 흘리는 것이 좋다. 몸은 그런 일을 통해 자신을 청소하기 때문이다.

해가 질 무렵에 일을 끝냈다. 아침 것까지 합쳐 한 양동이 반쯤 됐다. 설탕으로 버무려 항아리에 넣고 일을 마쳤다. 해가 막 산을 넘어간 이 무렵의 시간을 나는 사랑한다. 기온은 기분 좋을 만큼 떨어져 있고, 거기다 할 일을 모두 탈 없이 마쳤다는 데서 오는 안도감 덕분이리라. 이 시간에는 마음의 뜰이 평화로 고즈넉해진다.

마당에 서서 몸을 풀다가 아랫마을로 우편물을 가지러 가기로 했다. 허리, 어깨, 목을 풀며 걸었다. 종일 허리를 구부린 자세로 지낸 만큼 그 부분이 굳어 있었다. 해가 진 길은 온화한 기운에 휩싸여 있어 걷기에 아주 좋았다.

산속이라 우리 집에는 우체부도 택배 회사 사람도 오지 않는다. 그 대신 그것을 맡아 두었다 주는 집이 있다. 마음씨 착하고 세상을 보는 눈이 지혜로운 부부가 세 아이들을 데리고 사는 집이다. 일주일에 한 번이나 두 번쯤 그 집으로 우편물을 찾으러 간다. 걸어서 이삼십 분가량 걸리는 그 집에 가니 그새 울안의 살구가 많이 익어 있었다. 집이 비어 있었지만 상관없었다. 그 집과 정해 놓은 장소가 있어 거기서 내 우편물을 가져오면 된다.

여러 가지 우편물 속에는 반갑게도 엽서 한 장이 들어 있었다. 곁에 있는 정자에 앉아 그 엽서를 읽었다. 외국으로 여행을 떠난 한 후배로부터 온 것이었다. 그동안 영어에 많이 익숙해졌는지, 그 후배는 마지막을 'have a good day'로 마치고 있었다. 좋은 하루를 보내라는 말, 이제는 한국에서도 많이 쓰는 말이다.

좋은 하루라! 나는 오늘 하루를 어떻게 보냈나? 이런 생각을 하며 잠시 앉아 있을 때 그 집 식구들이 차를 타고 돌아왔다. 주인 남자를 향해 인사를 겸해서 물었다.

"어땠어요, 그동안? 새 소식 같은 거 없어요?"

주인 남자가 내 곁에 와 앉으며 대답했다.

"우리 집에 뭐 별 일 있을 게 있남. 아무 일 없었어."

늘 그렇듯 평온한 어조의 그 대답을 듣는 순간, 문득 내 안에서 분명해지는 어떤 사실 하나가 있었다. 아무 일 없는 하루! 논밭에서는 곡식이 잘 자라고, 아이들은 학교에 갔다 별 탈 없이 돌아오고, 마을에도 이렇다 할 일이 없고, 해 또한 변함없이 동쪽에서 떠서 서쪽으로 지는 하루, 그런 하루가 좋은 하루라는 것이 그것이었다. 마치 큰 발견이라도 한 듯이 그 이야기를 하니 그 집 주인은 웃으며 이렇게 내 말을 받았다.

"그건 그려. 좀 싱거워 보여도 아무 일 없는 하루가 최고지."

멧돼지 얘기도 했다. 그 얘기를 다 듣고 나서 그 집 주인은 이렇게 말했다.

"그래, 사람들 하는 꼬라지 보면 멧돼지 나무랄 일 없지. 오히려 고맙지. 사람은 산에 가면 보이는 대로 모조리 따고 뜯고 캐고 꺾잖아? 그것에 비하면 멧돼지는 양반이야."

이 대화로 나의 오늘 하루도 좋은 하루였음이 분명해졌다. 멧돼지가 벼 포기를 쓰러뜨리고, 감자를 캐 먹은 것도 산중에서는 충분히 있을 수 있는 일이었다. 그것은 물이 아래로 흐르는 쪽에 속하는 일이지 위로 흐르는 쪽에 속한 일이 아니었다. 나는 더욱 가벼운 마음으로 자리에서 일어났다.

집으로 오는 길 중간에 작은 절이 하나 있다. 그 절이 마지막 집이다. 나는 오늘도 길에 서서 언덕 위에 있는 그 절을 향해 두 손을 모으고 절을 했다. 어느 날부터인가 걸어서 그 절을 지나다닐 때는 그렇게 하고 있는데, 그것은 부처를 향한 것이자 이 세상 모든 사람을 향한 것이기도 했다. 동시에 그것은 달라이 라마가 매일 아침 독송을 하며 명상을 한다는 다음과 같은 기도문과도 연관이 있다.

"누구를 만나든 나 자신을 가장 미천한 사람으로 여기고, 내 마음 깊은 곳에서 상대방을 이 세상 최고의 존재로 여기도록 하소서."

그런 마음으로 살 수 있기를 바라며 하는 절이다.

절을 지나면 내가 사는 골짜기가 시작된다. 그 골짜기에는 시냇물이 흐르고, 그 옆으로 좁지만 아름다운 길이 나 있다. 양쪽으로 풀과 나무가 줄지어 반기는 꽤 긴 산길이다. 나는 그 길 어딘가에서도 합장을 하고 절을 하는데, 정해진 곳은 없다. 그때마다 다른데, 그것은 산을 향한 절이자 산을 이루고 있는 흙과 물과 바위와 나무와 풀을 향한 절이다. 아울러 그것은 바람, 불, 별, 달, 해, 구름, 새, 벌레, 동물 등을 향한 것이기도 하다. 달리 말하면 그것은 대자연, 혹은 우주를 향한 내 나름의 감사의 인사다. 그것이 있어야 우리는 좋은 하루든 나쁜 하루든 살 수 있기 때문이다.

4

친구들

왜 괜히 웃느냐고 손님이 물었다. 얼마 뒤 다시 그 말을 들을 만큼 그날은 내가 생각해도 이상하게 자꾸 웃음이 났다. 그이가 돌아간 뒤에 그가 이레 만에 보는 사람이었다는 것을, 오랜만에 사람을 만나면 그것만으로도 좋아 그가 어떤 사람이냐에 상관없이 괜히 웃음이 날 수도 있다는 것을 그날 처음 알았다.

방문객이 적지 않다. 그중에는 혼자서 오는 사람이 있고, 두셋이 혹은 여럿이 함께 오는 사람도 있다. 한나절 머물다 가는 이가 있는가 하면, 하루 혹은 며칠씩 쉬어 가는 사람도 있다. 하루 두세 팀이 겹치는 날도 있다. 이렇게 방문객이 많은 편이지만 홀로 지내는 날도 결코 적지 않다. 어떤 때는 대엿새씩, 열흘씩 사람을 못 볼 때가 있다. 전화 한 통 거는 사람이 없어 며칠씩 말 한마디 안 하고 지낼 때도 있다. 그럴 때는 전화벨 소리만 들어도 반갑다. 나무도 좋고 산도 좋지만 사람도 역시 좋다.

반가워 부리나케 달려가 받아 보면 잘못 걸려온 전화일 때도 있다. 때로는 물건을 팔기 위해 전화를 거는 사람일 때도 있다. 하지만 실망은 잠시, 얼굴도 모르고 내게는 조금도 필요가 없는 물건이지만 내 목소리는 상냥하다. 나는 끝까지 내가 놀랄 정도로 친절하다. 그것은 추운 겨울에는 누구나 절로 해를 반기는 것처럼 내가 사람을 그리워하고 있다는 반증이었다.

산속에 오래 홀로 살다 보면 똑같은 이유로, 산과 물과 바위와 바람과 하늘과 비와 나무와 돌과 풀과 새와 벌레와 가까워진다. 텔레비전도 없고, 사람도 없어 절로 그런 것들에 눈길이 가고 관심이 간다. 감옥에서는 쥐도 반갑다고 하지 않던가.

쌀바구미의 기이한 행동

한밤중이었다. 무엇인가 잠을 방해하는 것이 있었다. 어깨 부분이 간지러웠다. 벌레인 모양이었다. 손으로 밀어냈는데, 잠시 괜찮아졌다가 조금 뒤에 다시 스멀거리기 시작했다. 이런 일이 두 번 반복될 때까지는 잠결이었다. 세 번째에는 잠에서 깼다. 불을 켰다. 쌀바구미였다.

둘러보니 한 마리가 아니었다. 방 여기저기서 눈에 띄었다.

쌀바구미가 쌀독이 아니라 이렇게 방 안에서 보이는 데는 까닭이 있었다. 최근에 나는 쌀독에서 쌀바구미를 몰아내는 좋은 방법 하나를 찾아냈다. 결론부터 이야기하자면 양파를 넣는 것이 그것이었다.

여름부터 쌀독에 쌀바구미가 끼기 시작했다. 쌀독에서 배 터지게 먹으며 짝짓기만 하는지 번식이 좀 지나쳤다. 그래도 달리 방법이 없었던 나는 가끔 쌀을 밖에 내어 너는 것이 고작이었다. 밖에 내어 널면 신기하게도 쌀바구미는 금방 쌀에서 떠났다. 비닐 멍석을 깔고 거기에 쌀을 펴 놓으면 그 순간부터 쌀바구미는 일제히 바깥으로 나가기 시작하여 얼마 뒤에는 보이지 않았다. 그보다 다행스러운 일이 없었지만 문제는 그것으로 끝이 아니라는 데 있었다. 쌀독에 쌀바구미가 금방 다시 생겼다.

그렇게 민주대던 쌀바구미가 양파를 넣자 싹 사라졌다. 햇볕에 널 필요도 없었다. 한두 말 정도의 쌀이라면 양파 서너 개를 넣으면 됐다.

그날 처음 보았다. 방문가의 벽에 달라붙어 있는 쌀바구미들을. 그 전에는 한 번도 본 적이 없는 풍경이었다. 쌀바구미들이 날 수 있다는 것도 그날 처음 알았다. 아울러 내어 널면 사라지던 쌀바구미들이 금방 다시 생기는 까닭도 알았다. 다시 날아와 쌀독으로 기어들었던 것이다. 그래서 며칠 뒤면 다시 전과 똑같아지고는 했던 것이다.

그렇다면 쌀바구미 친구는 내가 이해하기 어려운 습성 하나를 갖고 있는 셈이었다. 나는 그때까지 한 번도 쌀바구미가 나는 모습을 본 적이 없었다. 쌀바구미는 내게 늘 기는 모습만 보여 주었다. 쌀을 내어 널어도 쌀바구미는 기어서, 그것도 매우 굼뜨게 기어서 나갔다. 한 마리도 날개를 펴고 날지 않았다. 겸손한 것일까 아니면 음흉한 것일까?

기이한 일이었다. 쌀바구미들은 왜 쌀을 햇볕 아래 내어 널면 일제히 쌀을 떠나는 것일까? 햇볕을 싫어하기 때문으로도 볼 수 있는데, 그렇다면 쌀 아래 숨으면 될 것 아닌가? 거기다 날 수 있으면서 왜 기는 것일까. 잘 기면 말도 하지 않는다. 굼뜨기 이를 데 없는 주제에 왜 날지 않고 굳이 기는 것일까?

여름에 쌀 두 자루를 받았다. 아는 분이 먹고 남은 것이 있다며 방문객이 많은 여기서 처분하는 것이 어떠냐며 보냈다. 해마다 가을걷이를 끝내고 난 뒤에 하는 추수감사제 때 그 쌀로 떡을 해서 상에 올리기로 하고 항아리에 넣어 두었다. 먼저 비닐봉지에 담고 다시 쌀자루에 담은 다음 입구를 고무줄로 꽁꽁 묶어 놓았다. 그 정도면 쌀바구미들이 침입할 수 없으리라고 생각했으나 아니었다. 비닐로 짠 쌀자루 틈새에서 쌀바구미가 보여 열어 보니 쌀 반 쌀바구미 반이었다. 어제는 마침 날이 좋아 그 쌀자루를 들어다 주둥이를 활짝 펴서 햇볕 아래 놓았다. 그 뒤 쌀바구미가 다 떠난 것을 확인하고 쌀을 다시 항아리에 담았다. 양파를 넣는 것도 잊지 않았다.

오늘 내 잠을 깨운 것은 그 쌀자루에서 살던 쌀바구미들일 것이다. 방 안 여기저기에서 눈에 띄는 것도 다 그들일 것이다. 전기스탠드 주변의 것만 세어도 얼추 일곱 마리나 되었다. 마늘을 넣는 방법은 진작부터 들어서 알고 있었다. 그렇게 해 보기도 했다. 내 경험으로는 마늘은 효과가 있기는 했지만 쌀바구미를 싹 내쫓지는 못했다.

거기에 견주면 양파의 능력이 훨씬 강력했다. 양파는 쌀바구미를 쌀독에서 한 마리도 남기지 않고 몰아냈다.

이번 일은 쌀바구미의 입장에서 보자면 큰 환란이었다. 날씨는 날마다 추워지는데 쌀독 속에서 배를 뚜드리며 태평하게 살다가 이제 쌀바구미는 어디로 가야 하나? 내가 아는 한 우리 집에 있는 쌀독에는 모두 양파가 들어가 있다. 더 이상 깃들 곳이 없는 것이다.

다행히 쌀바구미 친구에게는 날개가 있어 위안이 된다. 새로운 거처를 찾아 어디론가 날아갈 수 있으니 말이다. 어디를 가건 기어가야 하는 애벌레들보다는 조건이 훨씬 좋다. 그렇더라도 쌀바구미 친구에게 미안한 일임은 분명하다.

그리고 꽤 오랜 시간이 지났다. 열흘일까, 혹은 한 달일까, 쌀바구미들이 다시 쌀독에 끼기 시작했다. 예전의 양파가 여전히 쌀독에 들어 있는데도 쌀바구미들이 보이기 시작했다. 내성이 생긴 것일까. 달리 갈 곳이 없어 죽기 살기로 기어든 것일까. 아니면 양파에서 더 이상 냄새가 안 나는 것일까.

달라진 것이 없다. 밥을 지으려고 항아리에서 쌀을 떠내 바가지에 담고, 거기에 물을 붓기까지는 시간이 꽤 걸리는데도 쌀바구미는 도무지 날아갈 생각을 하지 않는다. 날 줄 안다는 걸 이미 내가 다 아는데도 쌀바구미들은 제 솜씨를 감추고 있다. 참으로 이해하기 어려운 습성이다.

사람도 쌀을 좋아하고, 쌀바구미도 쌀을 좋아한다. 어쩔 수 없다.

우리는 쌀을 사이에 두고 치고받으며 같이 살 수밖에 없다. 어깨 위를 기어 다니던 쌀바구미를 조심스럽게 집어 멀리 놓아주고 불을 껐다.

매나 독수리와 같은 맹금류 가운데서도 고수는 자신의 발톱을 감춘다고 한다. 쌀바구미도 그런가. 날 줄 알면서도 절대 나는 모습을 보이지 않는 쌀바구미. 양파 사건 이후로 쌀바구미를 만나면 이런 문제를 생각하지 않을 수 없다. 나는 어떤가? 나는 내 발톱을 어떻게 하고 있는가. 발톱이 있기나 한가?

돌과 바위

아무리 친했더라도 학창 시절의 친구와 죽을 때까지 우정을 지속해 가기는 쉽지 않다. 서로 직업이나 사는 곳이 달라지면 관심사가 달라지고, 그렇게 되면 만나도 공통 화제를 만들기 어려워진다. 함께 있으면 그렇게 즐겁던 친구와 한 시간 같이 있기가 힘들어진다. 그런 일이 몇 번 반복되면 그 친구와의 우정도 끝이 난다. 더는 만나자는 전화를 하지 않게 된다.

친구! 그보다 좋은 관계가 없지만 나이 들수록 친구 사귀기가 어려워지는 것도 사실이다. 그런 만큼 말이 통하는 친구를 만나면 반갑다.

최근에 한 친구가 와서 이틀 밤을 자고 갔다. 10년 만이었다. 서로 다른 길을 걷고 있지만 크게는 같은 길이기 때문이었을까, 같이 있는 것이 즐거웠다. 우리는 여러 가지 점에서 같은 생각을 하고 있었다. 그 가운데 하나가 사람은 나무나 풀, 돌만 못하다는 것이었다. 친구는 이렇게 말했다.

"사람들에게 '사람이 뭐가 만물의 영장이야? 돌보다 못한데'라고 하면 아니라고 펄쩍 뛰지. 그러면 나는 그 사람들에게 이렇게 말해.

"돌을 봐라. 돌이 얼마나 인내를 잘하는지. 끓는 물에 넣어도 꿈쩍도 하지 않는다. 가루를 내도 화 한 번 안 낸다. 침을 뱉어 봐라. 미동이나 하나?"

나 또한 같은 생각이다. 지구에 사람만큼 욕심 많고, 어리석고, 화 잘 내는 동물이 있을까? 벌레도 사람보다 낫다. 돌이나 바위에 이르면 사람은 흉내도 내기 어렵다. 성인 수준이다. 아니, 그 이상이다.

지난겨울의 일이다. 돌 하나를 구하러 강에 다녀왔다. 오리 알 크기의, 모양이 고운 돌을 찾고 싶었다. 수석용 돌을 찾고자 간 것이 아니었다. 사람들과 이야기를 나눌 때 쓸 돌이었다.

무슨 이야기인가 하면, 많은 사람들이 남의 말을 끝까지 듣지 않는 좋지 않은 버릇을 가지고 있다. 남의 말을 듣기보다 자기 말을 하기에 바쁘다. 그런 사람들이 모이면 어느 한 사람도 자신의 이야기를 끝까지 할 수 없다. 나중에는 왜 당신은 자꾸 중간에 끼어드는 거냐, 그런 너는 어떠냐며 옥신각신하는 일까지 생긴다. 어떤 때는 이 문제로 판 자체가 깨져 버리기도 한다.

여럿이 모인 자리에서는 더욱 그렇다. 말재주가 없는 사람은 말

한마디 해 보기가 어렵다. 잠시 머뭇거리다 보면 말 잘하는 사람이 말꼬리를 툭 가로채 가 버리기 때문이다. 한 단체에서 어떤 일을 결정할 때도 이와 같은 현상이 자주 벌어진다. 힘이 있거나 말 잘하는 사람들의 판이 되어 버린다.

인디언들은 이런 문제를 해결하기 위해 좌담 막대기를 이용했다고 한다. 규칙은 다음과 같다. 무엇인가 의논을 해야 할 때는 이 좌담 막대기를 가지고 모인다. 단둘이 대화를 할 때도 사용할 수 있다. 규칙은 간단하다. 이야기는 이 막대기를 가진 사람만이 할 수 있다. 나머지 사람들은 들어야 한다. 막대기를 가진 사람의 이야기가 모두 끝날 때까지 말없이 귀를 기울여야 한다. 경청을 해야 한다. 중간에 말을 잘라서는 안 된다. 이렇게 한 사람이 자기 말을 모두 끝내면 다음 사람으로 막대기를 넘긴다.

바람직한 방법이다. 막대기는 누구에게나 공평하게 돌아갈 것이고, 그것을 가진 이상 그는 마음껏 자신의 생각을 털어놓을 수 있다. 이 방법 속에서 참가자는 모두 존엄한 대접을 받는다. 말할 기회를 박탈당하는 억울함이 있을 수 없다.

잔돌이 많은 강가에 가서 적당한 돌을 찾았다. 멀리서 볼 때는 그 돌이 그 돌 같아도 가까이서 보면 같은 것이 하나도 없었다. 마음에 쏙 드는 것은 없었다. 그중 부족한 대로 눈에 띄는 것 세 개를 골라 놓고 강가를 거닐었다.

오전의 맑은 햇살이 눈부셨다. 고요했다. 물론 소리가 전혀 없는 것은 아니었다. 물소리, 새소리, 풀벌레 소리 등이 들렸지만 그 소리들은 고요를 해치지 않았다. 그것들은 사람의 소리와 달랐다. 그 소리들은 우리 마음속의 우는 아이, 화내는 아이, 탐내는 아이들을 다독여 주었다.

《한비자》라는 책에 이런 아름다운 우화가 있다.

신하들과 함께 술을 마시던 임금이 한숨을 지으며 말했다.

"임금이라고 해서 남다른 즐거움이 있는 것은 아니다. 다만 내가 무슨 소리를 하든 거역하는 자가 없다는 것이 즐겁다면 즐겁다. 그뿐이다."

옆에서 이 말을 듣고 있던, 앞을 못 보는 장님이자 거문고 연주자였던, 사광師曠은 자신의 거문고를 번쩍 들어 있는 힘껏 임금을 쳤다. 다행히 임금이 잽싸게 몸을 피해 다치지 않았지만 거문고에 벽이 허물어지고 말았다.

임금이 놀란 가슴을 진정시키며 물었다.

"사광, 그대는 방금 거문고를 들어 누구를 치려고 했느냐?"

사광이 대답했다.

"조금 전에 아주 못된 소리를 하는 자가 있었습니다. 그래서 그를 치려고 했습니다."

"그게 바로 나다."

사광이 그 말을 듣고 엎드려 말했다.

"아아, 그래서는 아니 되옵니다. 그것은 임금님이 하실 말씀이 아니옵니다."

뒤에 신하들이 허물어진 벽을 고치려고 했으나 임금은 그들을 말리며 이렇게 말했다.

"그냥 두어라. 나의 교훈으로 삼겠다."

내 경험에서 보자면, 말을 잘하는 것보다 남의 말을 잘 듣는 것이 훨씬 더 어렵다. 듣는다는 것은 대단한 능력이다. 들을 때 더욱 많은 것을 깨우치고 배우고 얻을 수 있건만 우리는 자꾸 제 말만 하려고 한다.

한참 강가를 거닐다 돌아와 골라 놓은 세 개 중 하나를 다시 골라 들고 집으로 돌아왔다. 푸른 빛깔을 가진 오리 알 크기의 둥근 돌이었다.

돌이나 바위는 우리에게 그만 입을 다물고 듣기를 권한다. 바위나 돌은 세상이 바뀌고, 산천이 바뀌는 것을 보면서도 단 한마디의 말도 바깥으로 내지 않는다. 존경하지 않을 수 없는 세계다.

밤을 까 주는 청설모

청설모는 자주 보는 친구다. 어떤 때는 가까이 오기도 한다. 가까이 오지만 1미터 곁까지 오고, 그 이상은 가까이 오지 않는다. "괜찮아, 더 가까이 와도 돼"라고 부탁을 해도 더는 가까이 와 주지 않는다.

알밤이 익어 떨어질 때는 청설모와 이런 재미있는 일도 있었다. 청설모는 나무 타기를 아주 잘한다. 땅 위에 내려오는 일이 거의 없다. 이동할 때도 나무에서 나무로 건너다닌다. 당연히 먹을 때도 나무 위에서 먹는다. 그러므로 알밤이 떨어지는 시기에는 나뭇가지에 앉아 밤을 까먹는 청설모를 자주 볼 수 있다. 흔한 탓일까, 이때 청설모는 먹던 알밤을 떨어뜨리는 일이 꽤 잦다. 밤나무 대여섯 그루를 돌며 밤을 줍다 보면 청설모가 먹다 떨어뜨린 밤을 열 개쯤 볼 수 있다. 어떤 것은 겉껍질만 홀딱 벗겨 놓고, 어떤 것은 일부분만을 파먹었다. 청설모는 떨어뜨린 것은 거들떠보지도 않는다. 나는 그것을 주워다가 밥에 넣어 먹는다. 청설모가 이미 껍질을 까 놓아 내가 해야 할 수고가 줄어들어 좋다.

나는 밥에 밤을 넣을 때 겉껍질만 벗긴다. 칼로 반이나 네 조각을 내고 겉껍질만 벗기고 그냥 밥에 넣는다. 속껍질을 까지 않는다. 속껍질의 떫은 성분을 버리지 않는다. 그렇게 해도 밥을 해 놓으면 쌀과 섞여 떫은맛이 거의 느껴지지 않는다.

도토리도 그렇게 한다. 속껍질을 벗기지 않는다. 왜 그런가? 떫은맛을 버리지 않기 위해서다. 근거는 없지만 나는 그 떫은맛이 우리의 건강에 좋을 것 같다. 그리고 또 하나. 되도록 통째로 먹는 게 좋기 때문이다. 멧돼지는 힘이 센데, 그 까닭이 밤이고 도토리고 통째로 먹기 때문이 아닐까?

암으로 고생하던 어떤 이도 같은 생각이었다고 한다. 속껍질째 먹으면 도토리가 약이 될 거 같았다. 그는 겉껍질만 벗긴 도토리를 물이 든 병 속에 넣고, 그 물을 물 대신 마셨다. 어떻게 됐을까? 얼마 뒤 암이 사라졌다.

그렇다. 알밤이 떨어지는 가을에는 청설모가 나의 우렁 각시다. 그녀는 날마다 내게 밤을 까서 준다. 하루도 빼먹지 않는다. 연인처럼 정답게 한 입 두 입 먹다가 주기도 한다. 겉껍질만 까고 주는 것보다 그런 게 더 많다.

집쥐와 지혜 겨루기

내가 사는 골짜기에는 네 종류의 설치 동물이 살고 있다. 청설모, 다람쥐, 들쥐, 집쥐가 그것이다.

이 가운데 집쥐는 나머지 것들과 다른 습성이 하나 있다. 사람의 집에는 아예 발을 들여놓지 않고 사는 나머지 것들과 달리 집쥐는 사람의 집에 굴을 뚫고 산다. 집쥐들은 집 아래쪽 땅속에 사방으로 굴을 뚫어 자신들의 세상을 만들어 놓고 온 집을 뒤져 가며 먹을 것을 찾아낸다. 그들은 강한 이빨로 흙벽은 물론 나무 송판도 어렵지 않게 갉아서 뚫는다.

가을에 접어들면서 집쥐가 자주 눈에 띄기 시작했다. 숫자도 훨씬 불어났고, 삼가는 것도 전혀 없다. 잘 갈무리해 두지 않은 농작물은 모두 집쥐의 표적이 된다.

며칠 전에는 애호박에 이빨 자국을 내 놓았다. 이빨 자국만 내고 만 것은 아마 더 파 봐야 안에 씨앗이 없다는 것을 알았기 때문일 것이다. 무, 고구마, 감자, 사과, 배, 어느 것 하나 입에 안 대는 것이 없다. 쌀자루를 뚫고, 밤이 든 항아리도 넘본다.

그렇다. 우리는 그렇게 끊임없이 지혜를 다툰다. 나는 감추고 쥐는 찾는다. 쥐는 뚫고 나는 막는다. 먹을 것이 많은 부엌에 쥐는 사방으로 굴을 뚫어둔다. 내가 막아도 곧 다시 뚫어 놓거나 그것이 어려우면 그 옆, 혹은 다른 데를 뚫는다. 해가 질 때 막아 놓고 다음 날 아침에 나가 보면 그 사이 새 구멍이 나 있다. 이런 일로 어떤 때는 날마다 손에 진흙을 묻혀야 했다.

먹을 것을 감추고, 뚫어 놓은 구멍을 막으면서도 나는 쥐와 친해지는 길을 걷는다. 감추고 막을 뿐 거기 미워하는 마음이 끼어들지 않도록 주의한다. 피해가 클 때는 잡아서 죽이고 싶은 마음이 문득 들 때가 내게도 있다. 그럴 때는 바로 알아채고 넘어간다. 아직도 멀었구나 하고 안다.

가끔 쥐가 가까운 곳에 멈춰 서서 나를 빤히 바라볼 때가 있다. 정이 안 가는 얼굴이다. 그 마음을 바로 알아차리고 나를 돌아보면, 나을 것이 없다 싶다. 그때야 비로소 쥐를 보는 내 눈에 온기가 생긴다. 그리고 쥐에게 말을 건다.

"쥐야. 부엌이나 창고의 것은 서로 지혜를 겨뤄 가기로 하자. 재주껏 자기 것으로 만들자는 것이다. 그러나 방에만은 들어올 생각을 말아 다오."

물론 쥐는 콧방귀도 안 뀐다. 덫이나 약물 같은 전쟁 무기를 전혀 안 쓰고 평화롭게 살고자 애를 쓰는 내 마음을 쥐는 몰라준다. 쥐는 어쩌면 전면 게임을 바라는지도 모른다. 성역 없이 지혜를 다투자는 도전인지도 모른다.

쥐는 결코 만만한 상대가 아니다. 어디에 무엇이 있는지 금방 알아낸다. 어떤 때는 쥐가 내 살림을 손바닥 보듯 들여다보고 있는 것처럼 여겨질 때도 있다. 예를 들면 이렇다.

항아리를 비우지 못해 거두어들인 콩을 잠시 사랑방에 넣어 둔 적이 있었다. 오래 두지 않았다. 사나흘쯤이었는데, 가서 보고 놀랐다. 그새 쥐들이 알고 와 한바탕 잔치를 벌이고 있었다. 어떻게 그곳에, 양쪽 문을 꼭꼭 닫아 둔 그 방에 콩이 있는 걸 쥐는 알았을까!?

이런 일도 있었다. 한때 나는 하루 두 끼 가운데 한 끼를 고구마만 먹었던 적이 있다. 저녁에 군불을 때고 난 뒤 그 불에 고구마를 묻어 두고 다음 날 11시경에 그것을 꺼내 먹었다. 그 시간까지 고구마는 미지근하게나마 온기가 남아 있어 한 끼 식사로 좋았는데, 어느 날부터 고구마가 사라졌다. 며칠 뒤에 그 범인을 찾았는데, 그것도 쥐의 소행이었다. 재에 묻혀 보이지 않는 고구마를 쥐는 아마 냄새로 찾아낸 모양이었다.

그러던 어느 날이었다. 새로운 힘 하나가 쥐와 나 사이의 게임에 끼어들었다. 어느 날부터인가 산 아래 있는 절의 고양이가 올라오기 시작했다. 그 절에서 여기까지는 질러와도 1킬로가 넘는다. 그 거리를 걸어 밤에 고양이가 홀로 올라왔다. 쥐들은 사람 앞에서는 안하무인이지만 고양이 앞에서는 다르다. 하루 저녁에 한 마리씩만 처치한다고 해도 집쥐의 수는 급격하게 줄어들 것이다.

이런 자연의 조절이 놀랍다. 고양이는 봄이나 여름에 우리 집에 올라온 적이 한 번도 없었다. 그러던 것이 가을이 되고 쥐가 늘어남과 동시에 고양이가 나타났다. 고양이는 밥상이 푸짐해지기를 기다렸던 것일까? 아니, 그 전에 고양이는 우리 집에 집쥐가 늘어난 것을 어떻게 알았을까?

그와 같은 일이 또 있다. 절에서는 커다란 개 두 마리를 키우고 있는데, 그 절 스님의 말에 따르면, 그 개가 생긴 뒤부터 절 주변에서 가끔 큰 짐승 발자국이 보인다고 한다. 놀라운 일이다. 그 큰 짐승은 과연 어떤 짐승이고, 어떻게 절에 개가 와 살고 있는 것을 알았을까?

황홀한 사랑

이제 막 얼굴을 내민 벼 이삭에 상처가 가득했다. 어느 한 이삭만이 아니었다. 모든 이삭이 그랬다. 메뚜기가 낸 상처였다.

살펴보니 메뚜기가 벼 이삭에 붙어 이삭을 갉아먹고 있었다. 메뚜기가 갉아먹은 곳은 하루이틀 지나면 상처가 난 곳의 딱지처럼 검붉게 변했다.

그냥 둘 수 없었다. 한 마리 잡아 보았다. 잡혔다. 엉? 내가 아는 한 날이 따듯한 낮에는 튀어 달아나기 때문에 잡기 어렵다. 그런데 그날은 그렇지 않았다. 물론 달아나기도 했지만 그렇게 심하지 않았다. 기온이 낮은 아침이었기 때문이리라.

해마다 메뚜기를 잡기 때문에 잘 안다. 짝짓기를 하는 메뚜기가 가장 잡기 쉽다. 짝짓기를 하는 메뚜기들은 달아날 생각을 거의 하지 않기 때문이다. 그날도 그랬다. 달아날 생각을 하지 않았다.

'놀랍네! 죽음이 다가오는 것도 모를 만큼 황홀한 걸까!?'

내가 아는 한 최고는 잠자리다. 그들은 짝짓기를 하면서도 하늘을 날아다닌다. 오래, 자유롭게 날아다닌다. 메뚜기는 하늘을 날지는 못하지만 튀어 달아나기는 한다. 결합을 풀지 않고, 다시 말해 성기의 결합을 풀지 않은 채 튀어 달아난다.

문득 궁금했다. 메뚜기 잡기를 그만두고, 나는 짝짓기를 하는 메뚜기를 살펴보기로 했다.

어떻게 결합할까? 우와, 요가 포즈였다. 생식기는 복부 끝에 있었다. 수컷은 암컷의 등 뒤에 붙어서 복부 끝을 암컷 아래쪽으로 틀어 암컷의 성기에 자신의 성기를 밀어 넣고 있었다.

'저 자세로 힘들지 않을까?'

그렇지 않은 모양이었다. 언젠가 지켜본 적이 있는데, 실패했다. 끝나길 기다리다 내가 먼저 지쳐 떨어졌다. 참으로 길었다. 그런 일이 있었으므로 나는 그 정도에서 관찰을 끝내고 다시 메뚜기를 잡기 시작했다. 짝짓기를 하고 있는 그 메뚜기부터.

그때 놀라운 일이 벌어졌다. 메뚜기는 튀어 달아나려 했지만 때를 놓쳐 암컷이 그만 내 엄지와 검지 사이에 다리를 잡히고 말았다. 그렇게 잡힌 상태에서도 둘은 결합을 풀지 않았다. 잡힌 것도 모르는지 크게 요동도 치지 않았다. 오오!

나는 짝짓기를 하는 그 메뚜기를 손에 든 병에 넣을 수가 없었다.

나는 조심스럽게 그 메뚜기들을 벼 포기에 놓아 주었다. 물론 그래도 그 메뚜기들은 결합을 풀지 않았다. 다시 궁금했다.

'다른 메뚜기들도 그럴까?'

나는 짝짓기를 하는 다른 메뚜기를 잡아 보았다. 다는 아니지만 결합을 풀지 않는 메뚜기들이 있었다. 결합을 푼 메뚜기들이라고 하여 그들이 사이가 좋지 않다고는 할 수 없다. 왜냐하면 메뚜기들의 반응은 내가 그들을 잡을 때의 내 손아귀의 힘, 방향 같은 것과 무관할 수 없기 때문이었다.

몇 가지 관찰과 실험으로 알 수 있었다. 메뚜기들은 사랑을 무지하게 진하게 한다는 것, 그것만은 분명했다.

목숨을 내놓은 사랑!

그런 사랑을 메뚜기를 하고 있었다.

잡은 메뚜기는 어떻게 하나? 볶아 먹는다.

가을 한 달은 고기가 필요 없다. 메뚜기가 있기 때문이다. 집에서 닭이나 소, 혹은 돼지를 키우지 않는다면 메뚜기를 잡아먹는 게 가장 좋다.

작정을 하고 나서면 아침 한나절에 1.6리터 크기의 물병 하나 이상을 잡을 수 있다. 사나흘, 혹은 일주일쯤 그렇게 하면 한 말가량의 메뚜기를 잡을 수 있고, 그것은 저장도 가능하다.

어떻게 저장하나?

삶아서 말리면 된다. 말린 뒤 비닐봉지에 넣어 보관한다. 입구를 잘 봉해 두면 상온에서도 상하지 않고 오래간다. 겨우내 두고 먹을 수 있다.

논에 사는 메뚜기의 정식 이름은 벼메뚜기다. 벼메뚜기는 벼를 좋아한다. 그들은 벼의 잎사귀와 이삭을 먹고 산다. 그래서 이름이 벼메뚜기다.

수행자처럼 사는 뱀

산속에 있는 집이 거의 그런 것처럼 내가 사는 집에도 뱀이 있다. 사랑방 처마 밑에 쌓아 놓은 장작더미에 한 마리, 그리고 그 앞에 있는 돌로 쌓은 마당가의 축대에 한 마리가 살고 있다. 초여름에는 그 두 곳을 중심으로 열 마리에 가까운 뱀이 살았다. 너무 많아 "이제부터는 여기서 사세요"라는 말과 함께 보이는 대로 집어다 서쪽 밭가로 이어진 산으로 옮겨 주었다. 그냥 두었다면 지금쯤 열다섯 마리, 스무 마리로 불었으리라.

뱀은 돌로 쌓은 담장이나 축대 혹은 돌더미 같은 곳을 좋아한다. 경사진 곳에 지은 우리 집에는 축대가 많은데, 뱀이 많은 까닭은 그 때문인 것 같다.

그 두 마리를 그냥 두는 까닭은 뱀들이 집쥐의 번식을 막아 주리라는 기대와 이 특이한 동물을 가까이서 지켜보고 싶기 때문이다. 늘 지나다니는 곳인 데다 뱀은 아침부터 해 질 때까지 해바라기를 하기 때문에 보고자 하면 하루 종일이라도 나는 뱀을 볼 수 있다.

그동안의 내 관찰로 보자면 뱀은 수행자처럼 산다. 뱀은 햇빛 받기 좋은 곳에 똬리를 틀고 꼼짝도 하지 않고 하루를 보낸다. 하루 종일 그렇게 한 자세다. 안거 중인 수행승도 그렇게는 못할 것 같다. 수행승들은 방선이라 하여 가끔씩 결가부좌를 풀고 선방 주변을 걷지 않는가.

마주 서서 오래도록 뱀을 지켜본 적도 있다. 미동도 하지 않았다. 뱀은 나는 물론 그 밖의 어떤 것에도 전혀 신경을 쓰지 않았다. 깊은 명상에라도 들어가 있는 것일까? 개미들이 자신의 몸 위를 기어 다녀도 조금도 개의치 않았다. 미동도 하지 않았다.

배는 밤에 채우는 모양이었다. 다 아시다시피 뱀은 쥐나 개구리 같은 먹잇감을 통째로 삼킨다. 그렇게 배를 채우고 그것이 다 소화될 때까지 한가하게 지내는 모양이다. 밤에도 낮의 그 자리에 그 자세로 있는 걸 보면 한 끼 단단히 먹고 밤낮없이 틀고 앉아 지내는 모양이다.

뱀의 지혜는 긴 겨울잠에서도 엿볼 수 있다. 뱀은 일찍 잠자리에 들고 아주 늦게 일어난다. 뱀이 잠에서 깨어날 때쯤이면 개구리는 이미 알을 다 낳고, 그 알이 올챙이가 되어 있다. 뱀은 이렇게 먹이 동물인 개구리나 쥐가 번식을 마칠 때까지, 요컨대 밥상이 다 차려질 때까지 늘어지게 겨울잠을 자는 셈이다. 그래서 1년 내내 먹을 것 걱정이 없다. 지혜로운 동물이다.

또한 뱀은 집을 직접 짓지 않는다. 쥐처럼, 땅속에 굴을 파는 동물들의 신세를 진다고 한다. 이렇게 뱀은 농사도 짓지 않고, 집도 짓지 않는다. 더할 나위 없이 단순한 삶이다. 적당히 먹고 나머지 시간은 한가하게 지낸다. 참으로 욕심 없는 삶이다.

이런 말을 하는 사람들이 있다.

"부귀영화는 뜬구름 같은 것. 속세를 떠나 자연에 묻혀 마음 편히 살고 싶다."

그렇다. 뱀이 그렇게 살고 있다.

한때 한 달 가까이 단식을 해 본 적이 있다. 단식을 끝내고 복식을 할 때는 하루에 귤 한두 알씩을 오래오래 씹어 먹었다. 백 번이었을까, 이백 번이었을까, 죽이 될 때까지 씹었다. 그렇게 귤 한두 알만을 먹으며 일주일을 살았는데, 그것으로 충분했다. 가볍게 산책을 하고, 가만히 앉아 있는 데는 그 에너지만으로도 충분했다. 머릿속은 더없이 맑고, 마음은 가벼웠고 한없이 평화로웠다. 하루 식량이 감자 두 알뿐이었다는 인도 수행자들의 삶을 비로소 이해할 수 있었다. 그들에게도 운동이라고는 가벼운 산책이 전부였다. 나머지 시간에는 가만히 앉아 명상을 했다.

그때 내가 살던 뉴질랜드의 그 집 정원에는 귤나무가 대여섯 그루 있었다. 날씨가 따뜻한 곳이라서 사철 귤이 열렸다. 하루 한두 개

정도라면 대여섯 그루로도 가능할지 몰랐다. 그렇다면 그 대여섯 그루의 귤나무에 기대 평생 아무 일 안 하고 살아도 된다는 뜻이었다. 한편 그것은 아무 일도 안 할 수 있어야 가능한 삶이기도 했다.

임서기林棲期, 곧 자식들이 다 큰 뒤에 주어지는, 집을 떠나 숲에 살아도 된다는 허락이 주어지는 그 수행의 시기에는 누구나 한번 시도를 해 봄직한 길이 아닐까 싶다. 짧은 경험이었지만 그 속에 아주 큰 기쁨이 있다는 것만은 분명했다.

이름 모르는 파리

요즘 나는 아침에 30방, 저녁에 30방쯤 쇠파리에게 피를 빨리고 있다.

쇠파리라고 썼지만 그것이 맞는 이름인지는 모른다. 도감에 보면 쇠파리는 15밀리미터 크기로 나와 있는데, 그 파리는 5밀리미터 정도밖에 안 되기 때문이다.

이 파리는 낮에는 활동을 안 한다. 새벽부터 이른 아침까지, 그리고 해 질 무렵부터 다시 극성을 떤다.

팔과 다리에도 붙지만 그보다는 얼굴에 앉아 피를 빤다. 그렇다. 흡혈 파리다. 눈, 코, 입, 귀, 뺨, 이마, 목덜미 등 가리는 데가 없다. 오늘도 거의 다 얼굴 쪽을 물렸다.

그 정도 물리고 나면 얼굴 전체가 마치 뺨 맞은 것처럼 화끈거린다. 물론 붓기도 한다.

7월 중순인 요즘은 낮에는 너무 덥다. 일할 수 없을 만큼 덥다. 그런 이유로 이 이름 모를 파리에 피를 빨리면서도 덜 더운 아침저녁에 논밭에 나갈 수밖에 없다.

그 파리!

오래됐다. 10년이 넘게 그 이름을 알아보고 있는데, 아직 찾지 못했다. 내가 가진 어느 도감에도 나오지 않고, 인터넷 검색으로도 찾을 수 없었다.

우리 논밭만이 아니다. 시골 어디나 그 파리는 있는 것으로 알고 있다.

어느 날이었던가! 밥상머리가 볼 만했다. 어머니는 눈이, 아버지는 입술이, 나는 귀가 부어 서로 바라보며 웃지 않을 수 없었다. 부기가 오래가지는 않는다. 우리 셋 모두 하루이틀 밤을 자고 나면 씻은 듯이 가라앉는다. 자주 물리며 면역력이 생긴 모양이다.

이 파리는 다른 파리와 달리 쫓아도 도망을 안 간다는 특징이 있다. 그 바람에 많은 파리가 자신을 쫓는 손에 죽는다. 그렇게 죽기를 두려워하지 않는다. 그런 파리가 수십 마리씩 덤벼드는 가운데 일을 하자면 대책이 있어야 한다.

흔히 방충망이 있는 모자를 쓰지만 나의 방책은 코끝 보기다. 코끝에 의식을 두고 들고 나는 숨을 본다. 그렇게 숨을 볼 수 있으면 그 파리에 피를 빨리면서도 고요한 가운데 파리를 보며 비폭력으로 그 파리를 대할 수 있다.

한편 아침저녁으로 그 파리에게 피를 빨리다 보면 그 가운데 분명해지는 게 있다. 그것은 지구는 결코 사람만을 위한 별이 아니라는 것이다. 한울님은 사람만을 사랑하지 않는다는 것이다. 물론 전부터 아주 잘 알고 있었지만 그 파리가 요즘 아프게 재학습을 시키고 있다.

덩치 큰 산짐승을 만났을 때는

내가 사는 골짜기에서는 노루, 고라니, 멧돼지, 토끼, 족제비 같은 산짐승들을 심심찮게 볼 수 있다. 마을에서 멀리 떨어진 곳이라서 그러리라. 집에서 10미터쯤 떨어진 곳에 있는 밭의 돼지감자를 멧돼지가 캐 가고, 고라니가 집 뒤에 있는 논가의 미나리를 몽땅 먹어 치우는 것을 보면, 쉽게 보지는 못하지만, 그들과 내가 한 지역에 살고 있음을 알 수 있다. 그런데도 우리가 자주 못 만나는 것은 그들이 주로 밤에 활동하는 데다 부딪치기를 꺼리기 때문이리라.

큰 짐승을 만나면 누구나 두려움에 사로잡히기 쉽다. 아마 열이면 일고여덟은 그러리라. 큰 짐승을 만나면 그래서 제일 먼저 그 두려움을 다스려야 한다. 두려움에 빠지면 공격을 하기 쉽고, 그렇게 되면 다친다. 맨손으로는 야생동물을 당하기 어렵다. 그래서 나는 방문객들에게 큰 짐승을 만나면 이렇게 하라고 이른다.

첫째, 모든 행동을 멈춰라.

둘째, 두려움을 다스려라.

셋째, 두려움이 사라진 자리를 평화로 채워라.

생각지 못한 곳에서 큰 짐승을 만나면 대개 겁을 먹게 된다. 그때는 제일 먼저 무조건 모든 동작을 멈추는 것이 좋다. 도망을 쳐서도 안 된다. 공격을 해서는 더욱 안 된다. 일단 정지가 최고다. 사람만이 두려운 것이 아니다. 큰 짐승도 사람을 두려워한다. 그때 움직이면 의도와 상관없이 그 산짐승에게 공격으로 오해를 받을 수 있다. 그러므로 일단 움직임을 멈춰야 하는 것이다. 두려움은 바로 없앨 수 없어도 동작은 멈출 수 있다. 이쪽에서 멈추면 저쪽에서도 멈춘다. 그 뒤에 두려움을 몰아내고 그 자리를 평화로 가득 채워야 하는 것은 그것을 짐승도 알아보기 때문이다.

한번은 이런 일이 있었다. 건너편 산모퉁이를 걷고 있을 때였다. 좀처럼 가지 않는 외진 곳이었다. 대낮이었는데 그곳에서 멧돼지 가족을 만났다. 대개는 인기척이 나면 멧돼지들이 먼저 알고 달아나버린다. 다시 이야기하지만 짐승들도 사람을 두려워한다. 사람이 만만치 않은 동물인 것을 그들도 잘 안다. 그런데 그날 그 멧돼지 가족은 그렇게 하지 않았다. 아마도 새끼 돼지들의 재롱에 어미 돼지가 주의력을 빼앗기고 있었는지 모른다.

맨 처음 눈에 띈 것은 새끼 돼지들이었다. 1.5미터나 되었을까?

아주 가까운 거리에 멧돼지 새끼들이 있었다. 우리는 서로 놀라 멈춰 섰는데, 곧바로 어미의 으르렁거리는 소리가 들려왔다. 사오 미터쯤 됐다. 그곳에 어미 돼지가 있었다. 당장이라도 덤벼들 기세였다. 사나워 보였다. 소름이 쫙 돋았다.

나는 그 즉시 모든 행동을 중지했다. 그 멧돼지는 그렇게 몸집이 크지는 않았지만 여차하면 목숨이라도 걸겠다는 용맹스러운 자세였다. 새끼를 둔 어미는 거칠다. 그가 내는 숨소리만으로도 나는 졸아들었다. 온몸에 돋은 소름이 좀처럼 가라앉지 않았다. 절로 의식이 날카롭게 깨어났다. 달리 길이 없었다. 나는 꼼짝도 하지 않았다. 그게 내가 할 수 있는 최선의 길이었다. 동시에 나는 온 힘을 다해 두려움을 지우고 있었는데, 그 빈자리로 아무것도 끼어들 수 없는 맑은 의식이 드러났다. 검선일여劍禪一如, 틀림없는 말이었다. 그 상태에서 일어섰던 소름도 서서히 가라앉아 갔다. 다행이었다. 거기에 따라 어미 멧돼지의 으르렁거리는 소리에서도 힘이 빠져 갔다. 나는 맑게 깨어서 지켜보고만 있었다. 평화로 가득 채우기는 어려웠다. 맑은 의식 상태를 유지하는 것만 가능했다. 얼마 뒤 새끼 멧돼지들이 산을 향해 떠나기 시작했고, 그 뒤를 어미 멧돼지가 따랐다.

이런 일도 있었다. 작년에 집 바로 곁에 있는 밭둑에 작은 돼지감자밭을 만들었는데 그곳에서 어느 날 밤에 멧돼지를 만났다. 뒷간에 가는 길이었다. 후다닥 소리가 나서 보니 멧돼지였다. 그 멧돼지는 멀리 가지 않고 금방 멈춰 서서 식식거렸다. 갑작스러운 나의 출현에 멧돼지도 놀란 것이 분명했다.

나는 그날도 곧바로 모든 행동을 중지했다. 동시에 두려움을 없애는 제2단계로 들어섰다. 그렇게 하면 곧 멧돼지가 알고 떠나겠지 하고 기대했는데, 아니었다. 그 반대였다. 멧돼지가 걸어서 내게로 오기 시작했다. 당황스러웠지만 나는 '깨어 있으되 조금도 움직이지 않는' 전략을 고수했다. 달리 길이 없었다. 움직이면 그 움직임을 통해 기량이 보인다. 하지만 움직이지 않으면 '저놈이 하수인지 고수인지 알 길이 없는 것'이다. 그러므로 하수가 쓸 수 있는 방법으로는 동태가 되는 것이 최고인 것이다. 달도 없는 어두운 밤에 내가 취할 수 있는 행동은 그것밖에 없었다. 다행히 그 수가 먹혔다. 멧돼지가 곧 발걸음을 멈췄고, 얼마 뒤에는 돌아서서 어둠 속으로 사라져갔다.

다음 날 아침에 가 보니 멧돼지가 노렸던 것은 예상대로 돼지감자였다. 파헤쳐진 곳이 있었고, 거기 알몸을 드러낸 돼지감자도 한 알 보였다. 멧돼지에게 감사하고 그 한 알을 가져다 아침 반찬으로 삼았다.

산에는 이런 만만치 않은 상대가 있다는 것이 좋다. 왜 그런가?

내가 사는 곳 근처에 몇 년 전에 산림청에서 자연 휴양림을 만들었다. 그곳에는 일반인이 이용할 수 있는 숙박 시설도 있고, 소형 동물원도 있다. 그 동물원은 내가 나다니는 길가에 있어 쉽게 가 볼 수 있지만 나는 한 번도 그렇게 하지 않았다. 짐승을 우리에 가두고 구경하는 동물원에 반대하기 때문이다. 동물원을 만드는 사람도, 그곳으로 구경을 가는 사람도 나는 싫다.

그 동물원에서 몇 해 전에 세 살짜리 곰 남매가 도망친 일이 있었다. 난리가 났었다. 공무원이 떼로 나와 온 산을 뒤졌고, 유명한 포수가 황소만 한 개를 여러 마리 끌고 와 며칠씩 머물기도 했다. 전문가라는 이름으로 대학교수들이 오기도 했지만 찾지 못했다. 다음 해 봄에 암컷만 돌아왔고, 수컷은 어떻게 되었는지 모른다. 죽었을 거라는 것이 관계자들의 추측이지만 나는 그 곰이 살아 있기를 빈다.

곰 같은, 인간이 맨몸으로는 이기기 어려운 동물이 산에 있으면 산은 그만큼 신비해진다. 함부로 굴기 어렵다. 호랑이가 있는 산에는 가까이 가기조차 꺼리게 될 것이다. 그래서 사람들은 호랑이를 산신령이라고도 하는 것이리라.

어디서나 먹는 것을 조심해야 한다. 산짐승과 불상사가 벌어지는 것은 먹는 것에서 절도를 잃을 때다. 흥청망청 먹고, 그 나머지를 마구 버려 놓으면 그것이 숲의 질서를 깬다. 그것이 짐승을 불러 모으고, 아차 하면 부딪치게 되는 것이다.

함께 밥을 먹는 땅벌

하루 종일 바람이 드세게 불며 기온이 뚝뚝 떨어지고 있다. 마당가에 둔 그릇 안의 물이 낮부터 얼기 시작했다.

한낮에 두꺼운 옷을 입고 당근과 야콘을 캐서 갈무리했다. 이것으로 가을걷이도 다 끝났다. 얼마 전에 김장도 했다. 장작도 틈틈이 준비해 놓아 충분하다.

10월에 한 아우가 와서 방 하나를 춥지 않도록 새로 꾸며 주었다. 나중에 나도 그만큼 그 아우의 일을 도왔으니 품앗이를 한 셈이지만, 아우가 먼저 와서 해 주었으니 그렇게 말해야 한다. 그만두라는 걸 그 아우가 우겨서 했다. 도배는 충주에 사는 장 선생 부부가 와서 해 주셨다. 괜찮다고 해도 남은 도배지가 있다며 밀고 들어와서 아주 새 방이 되었다. 정갈해서 보기만 해도 기분이 좋다. 이렇게 겨울 준비를 마쳤다.

날이 더 추워진 어제부터 딱 끊겼지만, 그 전까지는 밥상을 차려 놓고 앉으면 땅벌이 알고 왔다. 밥상을 차리면 어떻게 아는지 금방 알고 온다. 와서는 밥상 위를 샅샅이 뒤진다. 특히 단물이 나는 것을 좋아해서 내가 사과를 먹을 때면 내 입에도 앉고, 한 입 베어 낸 사과에도 앉아 같이 먹는다. 그럴 때는 밥상 위에 서너 마리, 손에 한두 마리, 입가에 한 마리, 벌 천지가 된다. 입에 앉는 벌은 입가에 묻는 사과즙 때문이다. 그때는 다 핥아 가도록 꼼짝 않고 있어야 한다. 참기 어려울 만큼 간지럽지만 견뎌야 한다. 간지럽다고 쫓으려다가는 쏘이기 쉽다. 절대로 괜히 쏘는 법은 없다. 그걸 알기 때문에 땅벌이 날아와 내 몸 어디에 앉건 나는 조금도 겁이 나지 않는다.

혼자 먹는 밥만큼 쓸쓸한 일도 없다고 한다. 맞는 말이다. 땅벌이 그것을 알고 오는 것일까? 어제까지, 꽤 여러 날 땅벌은 단 한 차례도 빼먹지 않고 밥상을 차려 놓으면 바로 알고 왔다. 조금도 기다리게 하지 않았다.

이제 그 벌도 더는 오지 않는다. 겨울이다. 지금부터 3개월쯤, 아니 그 이상 땅벌을 볼 수 없으리라. 하지만 그는 살아남아 내년 늦가을에도 다시 내 밥상에 오리라. 와서 철 안 든 어린아이처럼 내 밥상을 마구 휘젓고 날아다니리라.

그가 그러기를 나는 빈다. 왜? 그래야 아침마다 해가 뜨고, 밤이면 달이 뜨기 때문이다. 꽃이 피고 새가 노래하기 때문이다.

멧비둘기 명상

3월인데도 여기는 춥다. 시냇물이 낮에는 녹고 밤에는 다시 언다. 아침에 물을 길어야 할 때는 도끼나 망치로 그 얼음을 깨야 한다. 낮에 겉만 슬쩍 녹은 흙도 밤에는 다시 언다. 새싹도 아직 볼 수 없다. 버들강아지만 피었고 응달로는 눈이 남아 있다.

하루에 한두 번 양지바른 곳으로 다니며 땔감을 해 온다. 숲이 깊어 살아 있는 나무를 자르지 않아도 되는 것이 고맙다. 죽은 나무만으로도 충분하고 남는다.

땔감은 어떻게 하나? 나는 아주 오래된 방법을 쓰고 있다. 먼저 길이를 맞춰 톱으로 나무를 자른다. 길이 맞추기는 톱 길이를 이용하는 것이 가장 간편하고 또 흔히 쓰는 방법이다. 길이를 맞춰 자르지 않으면 쌓을 때 가지런히 쌓기 어렵다.

나무를 자른 뒤에는 지게로 져서 집 가까이로 나른다. 여기까지 해 둔다. 도끼질은 땔감을 장만하는 일 가운데 가장 즐겁기 때문에 다른 일을 하는 틈틈이 한다. 운동을 해야 할 때라든가 머리를 식혀야 할 때 그렇게 한다. 도끼질은 방문객들도 좋아한다.

오늘은 새소리를 들으며 도끼질을 했다.

"구—구—구구, 구—구—구구."

멧비둘기 소리다. 네 박자다. 앞의 두 박자가 뒤의 두 박자에 견주어 긴, 한반도 어디에서나 들을 수 있는 소리다. 멧비둘기는 텃새다. 얼마 전부터 들리기 시작했다. 멧비둘기 소리가 들리기 시작한 뒤로는 자주 일손을 놓고 가만히 그 소리를 들었다. 반가웠다. 주의를 기울여 본 사람은 알리라. 봄이 가까워 올수록 새소리가 자주 들린다는 사실을. 봄은 새소리를 통해서 오기도 한다는 것을.

멧비둘기의 노래에는 여러 가지 노랫말이 전해지고 있다. 지방마다 사람마다 다른 노랫말이 붙어 있다. 어떤 사람은 이렇게 운다고 한다.

'헌 집 줄게 / 새 집 다오.'

또 어떤 지방에서는 이렇게 운다고 한다.

'배고프다 / 밥을 다오.'

노랫말을 조사해 보면 듣는 사람에 따라, 지방에 따라, 시대에 따라 다르다. 듣는 사람의 마음이나 세태가 반영되기도 한다. '배고프다 / 밥을 다오'는 먹을 것이 적었던, 보릿고개가 있던 시절에 생긴 노랫말이리라. 그래서 나는 한때 그 소리를 멧비둘기가 내게 이르는 메시지로 받아들인 적이 있다.

'집중하라 / 지금 여기.'

멧비둘기 소리가 들리면 바로 지금 여기로 돌아오고, 그때 하던 일에 더욱 집중하자는 내 나름의 명상법으로 멧비둘기 노랫말을 썼던 것이다.

그대도 한번 해 보라. 도움이 된다.

휴대폰을 이용하는 사람도 있다. 그의 휴대폰에서는 매시 정각마다 종소리가 울려 나온다. 종소리가 들리면 그는 지금 여기로 돌아온다. 자신으로 돌아온다.

틱낫한 스님의 플럼 빌리지, 자두 마을에서도 그렇게 한다고 한다. 한 시간에 한 번씩 정해진 시간에 마을에 종소리가 울려 퍼지면 사람들은 자신으로 돌아온다. 혹은 그 자리에 앉거나 서서 3분이나 10분쯤 자신의 호흡을 지켜본다.

산에 사는 세금

이 세상을 잘 살아가려면 어떻게 해야 할까? 여러 가지가 있겠지만, 그 가운데 하나는 자신이 사는 곳의 아름다움에 눈을 뜨는 것이리라.

보라, 얼마나 아름다운가. 따뜻한 햇살, 물소리, 시원한 바람, 밤하늘의 별, 멧돼지 소리, 내리는 눈, 새싹들, 달빛, 온갖 꽃들, 싱그러운 흙냄새, 풀벌레 소리, 꽃향기, 노루의 흰 엉덩이, 유유히 헤엄을 치는 물고기들, 바람에 흔들리는 나뭇잎, 저만큼 뛰어가는 산토끼, 우수수 지는 낙엽에 이르기까지 끝이 없다.

어디든 아름다운 것이 있다. 그것을 찾아내야 한다. 볼 수 있어야 한다.

안다고 여기면 눈과 귀가 막혔다. 처음 보는 것처럼 보아야 했다.

같은 길이라도 눈여겨보면 늘 새로웠다. 귀 기울이면 늘 새 소식이었다.

역시 가장 눈에 잘 띄는 것은 꽃이다. 봄여름가을, 끊임없이 새로운 꽃을 만나게 된다. 그때 처음 보는 꽃, 아직 이름을 모르는 꽃이면 도감을 뒤져 본다. 그렇게 해서 새 친구를 얻는다. 사람과 같다. 한 번 듣고 외울 수 있는 이름이 있는가 하면 몇 번이고 다시 묻게 되는 이름이 있다. 실물과 이름을 착각하는 수도 있다. 여러 번 만난 사이인데 도무지 이름이 떠오르지 않아 애를 먹게 되는 일도 종종 있다.

새에 견주면 그래도 식물은 쉬운 편이다. 새는 끊임없이 움직이고, 좀처럼 가까이 오지 않는다. 노랫소리만 들었을 뿐 아직 모습을 보지 못한 새도 꽤 된다.

애벌레 또한 자주 만나는 편이지만 그것이 어떤 나비의 애벌레인지, 그리고 어떤 습성을 가진 벌레인지 알려면 그 일에 시간을 아주 많이 써야 한다.

한편 모든 것과 평화롭게 관계가 시작되는 것도 아니다. 때로는 고통을 통해서 사귀는 친구도 있다. 왕소등에라는 친구가 그랬다.

여름의 한낮은 겁이 날 만큼 햇살이 뜨겁다. 이럴 때는 해가 뜨기 전에 일을 하는 게 좋다. 네다섯 시쯤 일을 시작하여 해가 산 위로 솟아오를 때쯤 일을 마친다. 자급 규모의 얼마 안 되는 논밭 농사지만 날마다 하지 않으면 안 되는 일들이 꽤 있다.

오늘 아침에는 논둑의 풀을 베었다. 도구는 낫 한 자루. 요즘은 낫을 쓰는 사람이 적다. 대개 제초제를 뿌리거나 예초기로 벤다. 제초제는 물에 타서 뿌리기만 하면 되지만 나쁜 냄새가 나고 누렇게 풀이 죽은 모습이 보기에 안 좋다. 예초기는 낫보다 열 배는 빠르다. 그러나 기계이므로 소리가 요란하다. 그에 견주면 낫은 훨씬 평화롭다. 무엇보다도 조용해서 좋다. 나쁜 냄새가 날 리도 없다.

낫질도 제법 운동량이 많다. 이른 아침이었는데도 금방 땀이 났다. 앞가슴과 등허리 쪽의 옷이 땀으로 젖었다.

그러던 어느 순간이었다. 등이 따끔했다. 뭐가 물었을까? 격렬한 통증이 몰려왔다. 보니 왕소등에였다. 소에 달라붙어 피를 빨아 먹기 때문에 그런 이름이 붙었다. 성격이 순한 황소도 성가셔할 만큼 아프다. 사람에게도 덤빈다. 입이 칼날처럼 날카롭다. 그 입을 살 속에 찔러 넣고 피를 빤다.

왕소등에는 한 방으로 만족하지 않았다. 다시 덤볐다. 내 땀 냄새가 왕소등에를 끄는 모양이었다. 아차, 하는 사이에 다시 물렸다. 아픔을 참으며 왕소등에를 향해 나는 이렇게 말했다.

"그쯤 하고 그만해 줘. 왕소등에 아줌마!"

아줌마라 한 것은 알 낳을 때가 된 암컷만이 동물의 피를 빨기 때문이다.

"안 그러면 그냥 안 둘 거야."

조금 뒤에 나는 이렇게 덧붙였는데, 그 말을 듣고 같이 일하던 방문객이 웃었다. 그러나 뒤에 한 말은 곧 후회가 됐다. 필요 없는 말이었다. 앞의 말이 따뜻한 화해의 말이었다면 뒤의 것은 차가운 거래의 언어였다. 물론 신경질이 날 만큼 물린 데가 아프고 근지러웠다. 그러나 나는 곧 왕소등에에게 사과했다.

"미안해. 뒤에 한 말은 없던 것으로 해 줘!"

왜 그랬나? 별거 아니다. 왕소등에에게 마음까지 물릴 수는 없는 일이었다. 그리고 왕소등에 아줌마로서는 그러지 않을 수 없었기 때문이다.

일을 마친 뒤 냇가에 나가 몸을 씻었다. 벗은 몸을 보니 방문객도 세 곳, 나도 세 곳에 물린 자국이 나 있었다. 벌겋게 부어올라 있었다.

그것을 보고 웃으며 방문객이 내게 말했다.

"산에 사는 세금이라고 생각하세요."

진드기의 고단한 삶

일찍 일어나 책을 읽고 있는데, 등허리가 간지럽다. 손을 돌려 만져 보니 뭔가 있다. 떼어 내 보니 진드기다. 손에 들고 보다, 읽던 책 위에 놓고 본다.

작다. 발이 양쪽에 각각 네 개씩 모두 여덟 개다. 입에는 하얀 게 있다. 입이 원래 저런가? 노안이 된 내 눈으로는 알 수 없다.

머리는 작고, 배는 크다. 그 큰 배가 홀쭉하다. 내 몸에 붙은 지 얼마 안 됐다는 뜻이다. 발이 여덟 개나 됐지만 움직임이 느리다. 저 속도로 언제 내게서 달아나겠다는 건지 오리려 내 속이 터진다.

잘못 진화했다. 어디서나 쉽게 만날 수 있는, 흔하디흔한 풀을 먹는 벌레 쪽이라야 했다. 저 작고 느린 몸으로 좀처럼 멈춰 서지 않고 빠르게 움직이는 동물의 몸에 어떻게 달라붙고, 또 이 너른 땅 어디에서 짝을 만나 사랑을 나누고 새끼를 칠 것인가? 그런 생각을 하며 앉아 있었다. 산다는 것은 그나 나나 쉬운 일이 아니었다. 허리가 절로 펴졌다.

얼마 뒤였을까, 진드기 입에서 하얀 게 떨어졌다. 그때서야 안다. 그건 내 살이었다. 그래도 미운 생각이 안 든다. 그 순간에도 놓지 않고 물어야만 했던 진드기의 삶이 안쓰럽다. 안쓰럽지만 옷 속에 다시 넣지 못하고, 나는 무정하게도 그 작은 것을 들고 나가 나뭇잎 위에 놓아 주며 슬프다.

매미가 운다. 뭐라 이르는 것 같은데 알아들을 수가 없다.

부러운 노랑턱멧새

밭일을 할 때였다. 아주 가까이서 새소리가 들렸다. 노랑턱멧새였다. 턱 부분의 털이 노랗다고 하여 그런 이름이 붙여졌는데, 그것을 육안으로 직접 확인하기는 쉽지 않다. 눈으로 그걸 알아볼 수 있을 만한 거리를 그 새는 좀처럼 주지 않기 때문이다. 아니다. 그렇지 않을지도 모른다. 다른 사람도 다 내 눈 같지는 않을 것 아닌가! 사람마다 시력이 다를 것이니 어떤 이에게는 보일지 모른다. 하여튼 내 눈에는 보이지 않아 나는 그 새의 노란 턱을 망원경을 통해서 보았을 뿐 육안으로 보지는 못했다.

그런데도 그날 그 새가 노랑턱멧새임을 알았던 것은 노랫소리를 듣고서였다. 그 새의 가장 큰 특징은 노랫소리에 있다. 다른 새들은 대개 단순한 곡조의 노래를 부르는데, 노랑턱멧새의 그것은 금방 식

별이 가능할 만큼 다채롭다. 현란하게 느껴질 정도다.

노래하는 그 새를 눈여겨보니 부리에 먹이가 물려 있었다. 턱에 있는 노란색 털은 보이지 않았어도 그것은 보였다. 몸이 긴 애벌레였다. 새끼에게 줄 먹이일 터였는데, 놀랍게도 노랑턱멧새는 벌레를 물고 노래를 하고 있었다. 그렇게 하고도 보통 때와 조금도 다름이 없는 노래를 불렀다.

그 모습이 재미있어서 아예 일손을 놓고 밭에 앉았다. 좀 더 지켜보고 싶었다. 새끼들에게 바로 가지 않는 것도 궁금했다. 아마도 가까이 있는 둥지를 내게 알려 주고 싶지 않기 때문이었으리라. 새들은 사람이 있으면 자신의 둥지로 바로 가는 법이 없다. 여기저기로 은폐 비행을 한 다음 둥지로 간다. 그날의 노랑턱멧새는 은폐 비행 대신 노래를 부르고 있었던 것일까? 어쨌거나, 그러다가 노랑턱멧새는 그만 부리에 문 애벌레를 떨어뜨리고 말았다. 자, 그 뒤에 어떻게 됐을까?

예상과 달리 노랑턱멧새는 떨어뜨린 애벌레를 찾으러 땅으로 내려가지 않았다. 그 대신 나무 위로 다시 애벌레를 잡으러 다녔고, 얼마 지나지 않아 애벌레 한 마리를 잡아냈다. 불과 몇 초 뒤였다. 그 모습을 보며 나는 이런 생각을 하지 않을 수 없었다.

'새는 얼마나 행복한가! 저렇게 쉽게 먹고살다니! 저 새에 비하면 인간은 얼마나 살기가 어려운가? 우리는 하루 종일 일을 해야 하지 않는가? 어쩌다 인간은 이렇게 수고롭게 살게 됐단 말인가? 저

새는 저렇게 놀듯 살면서도 밥이나 돈 걱정이 없을 테니 얼마나 좋을 것인가!'

이렇게 푸념을 하고 있는 내 어깨를 누군가가 두드렸다. 곁에 있는 뽕나무였다.

"이봐, 이거 먹고 정신 차려."

뽕나무는 이렇게 말하며 내게 오디가 가득 든 손을 내밀었다. 달았다. 그 순간, 나도 기분이 좋아져서 뽕나무 어깨에 올라가 앉아 노래를 부르기 시작했다.

땅바닥을 굴러다니는 돌 하나도
집어 들어 가까이 보면
얼마나 멋진 얼굴을 하고 있나.
얼마나 건강하게 노래하고 있나.

길가에 피어 있는 이름 없는 풀꽃 하나도
가까이 다가가 보면
얼마나 건강하게 살아 있나.
얼마나 멋진 노래를 하고 있나.

저 사람이나 이 사람이나
어떤 사람이나, 가슴 안을 보면

얼마나 멋지게 빛나고 있나.

얼마나 멋진 노래를 하고 있나.

태풍이 데려온 고추잠자리

태풍 갈매기가 한반도 상공을 지나며 사흘간 줄곧 비가 내렸다. 30도가 넘는 불볕더위가 보름 가깝게 이어지는 가운데 만난 태풍 갈매기는 오아시스였다.

태풍은 비와 바람, 그리고 천둥과 번개로 이루어져 있다. 아, 그렇다. 구름도 넣어야 한다. 태풍 때의 구름은 조각구름이 아니다. 온 하늘을 덮는 먹장구름이다. 비도 5밀리, 10밀리가 아니다. 50, 혹은 100, 200밀리가 하루 만에 내린다. 쏟아붓는 듯한 양이다. 바람 또한 세서 나무가 뽑히고 건축물이 넘어진다. 천둥과 번개가 칠 때는 집 밖으로 나서기가 겁난다.

태풍은 대단히 덩치가 큰 손님이다. 태풍을 모시기에는 우리 집이 너무 작다. 작지만 태풍의 일부라면 집 안으로 모실 수 있다. 창문을 열면 태풍의 일부가 들어오신다. 같은 태풍이라도 때에 따라 거칠게 밀고 들어올 때도 있고, 눈치채기 어려울 만큼 부드럽게 들어올 때도 있다. 드세게 들어설 때는 옷에 묻었던 빗물과 나뭇잎을 방안에 떨구시기도 한다.

태풍 갈매기는 이번 여행을 필리핀 북동쪽 490킬로미터 부근 해상에서 시작하여, 타이완과 중국 대륙 해안가를 돌아 내가 사는 곳에서는 7월 19일부터 뵐 수 있었다. 태풍 갈매기는 나흘간 한반도에 머물다가 22일 오전에 떠났다.

고추잠자리는 20일 오후부터 보이기 시작했다. 21일 아침에는 어디서나 무리를 지어 나는 엄청난 숫자의 고추잠자리를 볼 수 있었다. 어떻게 된 것일까? 어디서 갑자기 이렇게 수많은 고추잠자리가 나타난 것일까?

태풍과 함께 온 것이 아닐까? 태풍을 타고 한국에 온 동남아시아의 고추잠자리가 아닐까?

한여름부터 한반도에 보이는 벼멸구와 고추잠자리에 관해서는 두 가지 설이 있다. 하나는 국내 발생설이고, 다른 하나는 외국에서 날아온다는 설이 그것이다. 국내 발생설을 지지하는 사람들은 고추잠자리나 벼멸구 같은 작은 동물에게는 동남아시아에서 한반도가 너무 멀다며 외국 도래설을 부정한다. 한편 원양어선 등에 날아드는 고추잠자리나 벼멸구를 예로 들어 많은 수의 벼멸구와 고추잠자리가 동남아시아에서 날아온다고 주장하는 사람들도 있다.

고추잠자리는 작다. 벼멸구는 그보다 더 작다. 동남아시아는, 그것이 중국이라고 하더라도 그 작은 생물들이 날아 건너기에는 그 사이에 너무 큰 바다가 가로놓여 있다. 하지만 중국에서 일어난 흙먼지가 서해를 건너 한국에, 그중 일부는 일본, 나아가 미국까지 날아가는 걸 보면 기류란 하나의 탈것과 같아서 그 안에 승선하기만 하면 되는 게 아닌가 싶기도 하다. 그러므로 외국에서 날아서 왔다고 하기보다는 기류, 혹은 태풍을 타고 왔다고 하는 표현이 옳을 것이다. 그것이 사실이라면, 벼멸구나 고추잠자리는 대단한 여행자다.

그런데 그들은 먼거리 여행을 하며 한반도에 왜 왔을까? 위험한 여행이므로 한반도에 도착하기까지 많은 수의 고추잠자리와 벼멸구가 죽었을 것이다. 10분의 1이나 살아남았을까? 거기다 동남아시아에도 벼멸구나 고추잠자리가 살 땅쯤은 얼마든지 있을 것 아닌가? 고추잠자리는 수명이 3개월밖에 안 돼 제 고향으로 돌아갈 수도 없다. 새끼를 치겠지만, 본인은 돌아갈 수 없는 여행을 그들은 하고 있는 셈이다.

여름에는 주로 남서풍이 분다. 그 바람을 타고 이들은 외국 여행을 하는데, 고추잠자리의 도래는 한반도에 아름다운 풍경을 만들어준다. 고추잠자리는 육식성 곤충으로 사람들이 싫어하는 벌레들을 먹이로 한다. 벼나 야채 재배에 도움이 된다. 우리로서는 고맙기 이를 데 없는 곤충이다.

한편 벼멸구는 벼 잎을 갉아먹는 해충으로 유명하다. 안 왔으면 좋겠다 싶은 정말 반갑지 않는 손님이다. 하지만 이런 말도 있다.

"여름 벼멸구는 거름이 된다."

무슨 말일까? 어떻게 벼멸구가 거름이 된다는 것일까? 벼멸구는 풀이 아니다. 벼멸구가 만들 수 있는 거름이란 똥오줌 정도일 것이다. 한편 벼멸구는 거미, 개구리, 잠자리의 좋은 먹이가 되기도 한다. 벼멸구 한 마리는 작지만 그 수가 수만, 수억에 이르고, 벼멸구의 천적까지 계산에 넣으면 거기서 생산되는 똥오줌의 양은 적지 않을 수도 있다. 어쨌거나 논밭의 거름이 될 것이 분명하다.

벼농사를 짓는 내게 벼멸구는 조심스러운 손님이다. 하지만 행여 벼멸구가 우리 논의 벼를 먹더라도 나는 농약을 쳐서 벼멸구를 죽이는 일을 절대 하지 않을 것이다. 그것은 우리 논에 오래 머물고 있는 손님인 거미, 개구리, 잠자리를 비롯하여 미꾸라지 등을 죽이는 일도 되기 때문이다. 있을 수 없는 일이다.

거미, 개구리, 잠자리, 미꾸라지가 있는 한 걱정 없다. 벼멸구가 지나친 행동을 하면 그것들이 그만하라고 말릴 것이 분명하기 때문이다.

태풍 갈매기가 지나가고 나니 산과 들과 강이 목욕을 한 것처럼 깨끗하다. 태풍은 어쩌면 어머니 지구가 자신의 몸을 씻는 샤워인지도 모른다. 평소 어머니 지구는 바람으로 자신의 몸을 가꾸는데, 일년에 몇 번은 태풍으로, 곧 물로 자신의 몸을 씻는다. 그 뒤에 보는 어머니 지구의 몸은 어느 때보다도 싱그럽다.

어머니 품 안에서 사는 우리는 덩달아 기분이 좋다. 어머니 어딜 접하나 느낌이 좋다. 냄새도 좋다. 절로 숨이 깊어진다.

작은 새들에 절하다

내가 사는 산골짜기는 요즘 새소리로 가득하다. 낮만이 아니라 밤에는 밤대로 우는 새가 있어 새소리가 하루 종일 끊이지 않는다. 봄이면 새들은 이렇게 우짖으며 짝을 찾는 동시에 둥지를 튼다.

곤줄박이 한 쌍이 집 가까이 어딘가에 집을 짓고 있는 모양이다. 자주 눈에 띈다. 진박새는 작년에도 그랬듯이 올해도 건축 자재를 얻으려고 우리 집 창고를 들락거리고 있다. 창고 벽에 둘러놓은 보온 덮개의 결 고운 털실을 물러 다니고 있다. 진박새는 보온 덮개의 구멍이 난 곳에 앉아 부리 한가득 털실을 뽑아 물고 날아간다.

진박새는 쇠박새와 함께 박새의 한 종류로 우리나라 어디서나 흔히 볼 수 있는 텃새다. 박새의 특징은 목과 가슴으로 난 검은 털에 있다. 박새는 마치 길고 검은 넥타이를 맨 듯이 검은 털이 목덜미에서 가슴을 지나 꽁지까지 이어져 있고, 진박새는 검은색 목도리를 두른 듯이 목에만 검은색 털이 나 있다. 쇠박새는 턱 아래 목 부위에만 검은 털이 나 있어 꼭 검은 색깔의 나비넥타이를 맨 듯하다.

새는 둥지를 틀 때 바깥은 거친 나뭇가지로 얽어 만들지만 안은 부드러운 소재를 쓴다. 그래서 대개의 새 둥지는 나뭇가지, 풀, 이끼 순이 된다. 진박새가 보온 덮개의 털실을 물어뜯어 가는 것은 그것을 이끼 대신 둥지의 마감재로 쓰기 위함일 것이다. 진박새는 그것을 둥지 바닥에 깔고 곧 그곳에 알을 낳을 것이다.

새들은 둥지를 트는 데 그 밖의 소재도 쓴다. 어떤 새는 비닐 쪼가리나 끈을 물어다 쓰기도 한다. 철사 줄을 쓰는 새도 있다. 하여튼 새 둥지는 참 신기하다. 건축 학교를 다닌 것도 아니고, 누구한테 배운 것도 아닌데 어쩌면 그렇게 정교하게 지을 수 있는지 놀랍다. 새들은 못질 하나 하지 않고 나뭇가지 사이에 집을 짓는다. 그래도 폭풍우를 견딘다.

둥지를 트는 장소 또한 놀랍다. 내가 늘 다니는 길가의 나무에 둥지를 틀면서도 여름 내내 눈에 띄지 않는다. 나뭇잎이 다 지는 늦가을이 돼서야 거기 새집이 있었다는 것을 안다. 그렇다면 그것은 곧 새들이 둥지를 틀 때, 사람의 눈높이를 여러 각도에서 면밀하게 파악한다는 뜻이 된다. 생각해 보면 놀라운 일이다.

새는 사람에게는 없는 날개를 갖고 하늘을 날아다닌다. 이동 속도나 시야의 폭에서도 인간은 새를 당할 수 없다. 인간은 새의 손바닥 안에서 살고 있는지 모른다. 비록 직함은 수위지만 그 수위가 사장이나 부장보다 정신세계에서는 더 높은 차원에서 살 수 있는 것처럼 새가 그런지도 모른다. 작은 새라고 함부로 볼 일이 아니다.

말벌과의 싸움과 화해

며칠 전에 벌 가운데 가장 크다는 말벌에 쏘였다. 우리 집 부엌에 사는 말벌이었다.

이상하게도 말벌은 사람의 집에 집 짓기를 좋아한다. 처마 밑이나 정자 안, 창문가와 같은 곳에 집을 짓는다. 자리만 다를 뿐 지난해도 부엌 안에 집을 지었다. 처음에는 숫자가 많지 않았었다. 대여섯 마리 정도여서 같이 살기를 꿈꿔 볼 수 있는 숫자였다. 한 문을 쓰기 때문에 때로 부딪히는 일이 있었지만 한동안은 별 탈이 없었다. 부딪칠 때면 내 쪽에서 먼저 미안하다는 말까지 했다. 물론 충돌은 예기치 않게 일어났다. 어느 쪽도 일부러 그렇게 하지 않았다. 아무 생각 없이 드나들다 서로 부딪쳤다. 한 문을 쓰는 것이 문제였다.

그러던 어느 날 한 손님이 말벌에게 쏘였다. 팔뚝인 것이 다행이었다. 많이 부었지만 큰 탈 없이 나았다. 벌이 쏘지만 않는다면 우리도 벌을 건드릴 까닭이 없다. 같이 살 수 있다. 하지만 누군가 쏘이면 얘기가 달라진다. 같은 일이 또 벌어질 수 있고, 그 부위가 머리 같은 곳이라면 위험하기 때문이다. 뱀에 물려 죽는 사람보다 벌에 쏘여 죽는 사람이 많다고 하지 않는가.

지난해에는 결국 강제로 말벌을 쫓아냈다. 그 과정에서 말벌은 전멸에 가까운 피해를 입어야 했다. 물론 처음부터 파괴적인 방법을 택한 것은 아니었다. 서로 상처 없이 헤어질 수 있는 방법을 찾아 보기도 했다.

부탁이 그것이었다. 마음속으로 말벌에게 '다른 곳으로 떠나 달라'고 부탁했다. 부엌 바깥의 처마 밑이라면 얼마든지 서로 부딪치지 않고 살 수 있었다. 다시 집을 짓자면 힘들겠지만 그곳으로 떠나는 것이 좋지 않겠느냐고 설득했다. 하지만 말벌은 내 말을 알아듣지 못했다. 혹은 듣지 않았다.

그 뒤, 다른 방법을 찾지 못한 나는 막대기로 말벌집을 헐어 냈다. 그 과정에서 말벌이 많이 죽었다. 그렇게 해도 말벌은 자신의 집을 포기하지 않았다. 다 헐리고 터만 남았을 뿐인데도 고집스럽게 그곳에 다시 집을 지었다. 헐고 다시 짓는 일이 여러 번 반복되는 가운데 몇 마리 안 남는 대규모 피해를 입고 나서야 말벌은 그곳을 체념했다. 그 과정은 서로를 고단하게 만들었다. 뭔가를 부순다는 것은 그것이 아무리 사소한 일이라도 마음을 불편하게 만들었다. 벌들이 활동하는 낮을 피해 밤에 집을 헐어야 했기 때문에 그 과정에서 벌집에 있는 벌들이 죽었다. 집을 허는 게 내 목적이었을 뿐 벌을 죽일 생각이 없었지만 벌집만 없앨 수 없었다.

올해도 작년처럼 '마음속으로 부탁'하는 방법을 써 보았지만 역시 듣지 않았다. 다른 방법이 필요했다. 죽이지 않고, 헐지 않고, 평화적으로 벌들을 떠나보내는 방법이 있었으면 좋겠다 싶었다. 그때 한 방문객이 그 방법을 알려 주었다.

벌집 아래에 모기향을 피우면 된다고 했다. 말벌도 모기향을 싫어하기 때문에 모기향을 피우면 떠나간다는 것이었다. 그렇게 하면 서로 다치지 않고, 헐거나 죽이지 않고 헤어질 수 있다는 것이었다. 좋은 방법이었다. 그래도 나는 바로 그 방법을 쓰지 않았다. 말벌들이 내 마음을 알아줄지도 모른다는 기대 때문이었다. 되도록 나는 말벌과 같이 살고 싶었다.

사람의 집이 그런 것처럼 말벌집에서도 온갖 쓰레기가 생긴다. 똥오줌을 비롯하여 말벌이 버리는 쓰레기로 말벌집 아래에 놓인 부엌 물품이 계속해서 지저분해지고는 했지만 그 정도의 수고쯤은 받아들일 수 있었다. 그렇게 해 가면서라도 나는 말벌과 함께 살고 싶었다. 부엌 출입문을 드나들 때는 벌과 부딪치지 않기 위해 고개를 숙여야 했는데, 그래도 괜찮았다. 그렇게 하면서도 나는 말벌과 사이좋게 지내고 싶었다. 비록 이종 간이지만 가끔 안부라도 물으며 사이좋게 지내면 서로 살아가는 데 얼마나 힘이 되겠는가!

그러던 어느 날 또 말벌에 쏘였다. 이번에는 정수리 부분이었다. 부엌에 갔다 나오는 나를 이유도 없이 벌은 쏘았다. 정말 무지하게 아팠다. 다행히 후유증이 없었지만 그대로 둘 수 없었다. 벌 독에 약한 사람이 쏘이면 큰일이기 때문이었다.

모기향을 피우기로 했다. 첫날에는 밤에 모기향을 피웠지만 바로 꺼야 했다. 밤에는 벌들이 어디론가 떠나고 싶어도 떠날 수가 없겠다는 생각 때문이었다. 그리고 그 뒤 여러 날을 그냥 보내야 했다. 그런 일들이, 비록 죽이거나 헐지 않는다고 해도 내키지가 않았기 때문이다. 그렇게 여러 날이 지나자 새끼를 쳤는지 말벌 숫자가 겁나게 늘어났다. 문에서 부딪치는 일이 자주 일어났다. 방문객과 함께 밥상을 차리는 곳이라서 내 생각만 할 수도 없었다. 모기향을 피웠다. 물론 낮이었다.

모기가 그런 것처럼 말벌도 모기향에 취했다. 모기처럼 죽지는 않아도 취해서 벽이나 땅바닥을 기는 것이 있었다. 그래도 말벌은 자기 집을 포기하지 않았다. 포기는커녕 모기향으로부터 온 힘을 다해 제 집을 지키고 있었다. 모기향이 벌집 안으로 들어오지 못하도록 부지런히 날갯짓을 해 댔는데, 그 소리가 열어 놓은 문을 통해 곁에 있는 방 안까지 들려왔다. 그 모습을 상상하면 마음이 편치 않았지만 참아야 했다. 말벌이 그곳을 포기하고 떠나게 하자면 어느 정도의 폭력은 어쩔 수가 없다 싶었다. 모기향이 3분의 2쯤 탔을 무렵이었다. 다시 모기향을 끄지 않을 수 없는 일이 벌어졌다.

모기향에 덤벼드는 말벌이 있었다. 모기향의 불을 끄려고 그러는 듯싶었다. 그 벌들은 불덩이 주변에서 요란하게 날갯짓을 하기도 하고, 불덩이에 뛰어들다가 제 몸만 데고 나가떨어지기도 했다. 목숨을 건 시도였다. 불에 데면서도 결코 포기하지 않았다. 도무지 두려움이라고는 보이지 않았다. 하지만 말벌은 불을 끄지 못했다. 불에 크게 덴 벌은 더는 견디지 못하고 땅바닥으로 떨어졌다. 그런 벌들이 땅바닥을 벌벌 떨며 기어 다녔다. 참혹한 광경이었다.

왜 그랬을까? 왜 말벌은 제 몸을 상해 가면서 그런 행동을 반복하고 있었던 것일까? 살펴보니 새끼 때문이었다. 벌집은 그 무렵 이층으로 이뤄져 있었는데, 눈에 보이는 아래층의 여러 방 가운데 반쯤 애벌레가 들어 있었다. 위층 일부에도 애벌레가 든 것이 보였다. 어떤 곳은 뚜껑이 닫혀 있었고, 어떤 곳은 애벌레가 꼬물거리는 것이 보였다. 말벌들은 그 애벌레를 지키지 않을 수 없었으리라! 사람과 다를 바가 없었다. 그것은 어버이로서 손색이 없는 행동이었다. 아니, 존경하지 않을 수 없는 행동이었다. 그렇게 온 힘을 다하는, 애벌레를 위해 죽음을 무릅쓰는 말벌의 행동 앞에서 나는 착잡했다. 하여튼 나는 모기향을 바로 치울 수밖에 없었다.

애벌레가 있는 한 말벌은 그곳을 떠날 수가 없었던 것이다. 간다면 새끼를 버리고 가야 하는데 사람이 그런 것처럼 말벌도 그럴 수는 없었으리라.

함께 살아갈 새로운 길을 찾아야 했다. 부딪치지 않고 한 공간에서 함께 살아갈 수 있는 길을. 그렇게 해서 찾아낸 것이 비닐이었다.

말벌집 곁에는 작은 창문이 하나 있다. 그 창문으로 말벌들이 드나든다면 부딪칠 일이 없었다. 그런 생각으로 그 창문으로 비닐 통로를 냈다. 공기 소통을 위해 부엌 안쪽 한 면은 터 두었다. 그리고 비닐 한 면에는 이런 글을 썼다.

> 말벌님에게
>
> 평화롭게 살기 위한 조치입니다. 같은 문을 쓰다 보니 서로 부딪치는 등 그동안 서로 어려운 일이 있었습니다. 제가 당신에게 쏘이기도 했습니다. 불편하시더라도 창문을 이용해 주시기 바랍니다. 저는 말벌님의 삶을 존경합니다.

존경한다고 썼다. 다른 것은 몰라도 죽음을 무릅쓴 말벌의 새끼 사랑에는 고개를 숙이지 않을 수 없었다.

말벌이 창문을 새로운 문으로 받아들이는 데도 사나흘이 필요했다. 첫날에는 창문으로 드나드는 말벌이 거의 없었다. 부엌 출입문에서 우왕좌왕하거나 한군데 몰려 앉아 있었다. 이틀이 지나고 사흘이 지나고 나서야 말벌들은 창문으로 드나들 수 있다는 것을 알았다. 한두 마리가 그곳으로 드나들기 시작하였고, 지금은 모두 창문을 이용하고 있다.

5

봄여름가을겨울

갑자기 보인다. 혹은 들린다. 혹은 떠오른다.

나는 그것을 옮겨 적을 뿐이다.

1일 1엽서

가을장마가 9월 11일에 끝났다. 사이에 태풍도 낀 긴 가을장마였다. 태풍은 거센 바람과 함께 왔기 때문에 피해가 심했다. 우리 집에서는 집으로 오는 길의 아름드리 잣나무가 부러졌다. 벼와 들깨와 고추 등이 쓰러졌다.

3일부터 비가 내리기 시작했으니 아흐레나 이어진 장마였다. 해도 달도 오랜만이었다. 반가워서 오래 달을 보며 걸었고, 그 시간에 하이쿠 한 수가 내게 왔다.

반갑습니다
긴 장마 끝에 보는
저 열사흘 달

가을장마, 혹은 태풍의 선물이었다. 그런 느낌으로 나는 받아 적었다.

8월 하순부터는, 낮에는 더웠지만 아침저녁으로는 선선해서 긴 바지에 긴팔 윗옷을 꺼내 입어야 했다.

논은 벌써부터 황금빛으로 바뀌어 가고 있다. 며칠 전부터 올밤나무에 알밤이 떨어진다. 한두 알로 시작된 알밤의 개수가 날마다 늘어나고 있다. 짙은 고동색의 알밤이 여기저기 떨어져 있는 모습은 참 보기가 좋다. 아직 떨어지지 않은 채 벌어진 밤송이 속에서 보이는 알밤은 또 얼마나 아름다운가! 대추와 사과도 익어 가고 있다. 붉게 물들어 가는 그 모습이 참으로 곱다. 곧 온 산과 들의 나무와 풀에 단풍이 들리라. 단풍은 제2의 꽃이다.

멀리 가지 않아도 된다. 아무 나무나 그 아래 멍석을 깔고 앉으면 사방이 꽃이다. 단풍이라는 꽃이다. 그 꽃이 진다.

단풍잎 지네
그중 하나 찻잔에
하나 무릎에

무릎만이 아니다. 어깨, 머리, 팔, 손등, 허벅지, 발……에 진다. 찻잔만이 아니다. 온 땅에 진다. 그 안에 앉아 있자면 기쁘다. 이 세상 같지 않다.

그 가을이 가면 겨울이 온다. 겨울이 오면 빼먹지 않고 눈이 내리고, 그 눈이 내게 이른다.

겨울이라고
꽃 그리워 말라고
눈이 옵니다

겨울은 겨울대로 아름답다. 농부에게는 긴 휴가다. 서너 달쯤 마음 편히 쉴 수 있다. 하고 싶었으나 바빠서 봄여름가을에는 할 수 없었던 그 일을 할 수 있어 농부에게는 겨울이 반갑다.

기인 겨울밤
좌선을 하며 본다
달아나는 소

겨울의 얼굴은, 봄여름가을이 그런 것처럼, 하나가 아니다. 날마다 다르다. 잘 보면 자연이 추위 속에 감춰 놓은 많은 보석/님을 여기저기서 만날 수 있다. 날마다 만날 수 있다.

영하19도
개구리 잘 있을까?

노루도 걱정

겨울이 가면 봄이 온다. 어김없이 온다! 봄만 어김없는 게 아니다. 어떻게 아는 걸까? 벌도 알고 온다.

일손을 놓고
모두 바라보았네
이 봄의 첫 벌

3월이 돼서도 한두 차례, 혹은 두세 차례 눈이 더 온다. 하지만 앞마당, 집가의 텃밭, 뒤란 순으로, 마침내는 일 년 내내 볕이 안 드는 개울 건너 산비탈까지 언 땅이 녹는다. 지붕에서, 난간에서, 골짜기에서, 도랑에서, 개울에서 물 흐르는 소리가 몰래몰래 늘어난다. 무당벌레, 딱정벌레, 이름 모르는 나방, 날벌레 들이 하나둘, 어느 날에는 둘셋 늘어난다. 그렇게 봄이 온다!

여름가을겨울이 그런 것처럼, 쉽게 볼 수는 없지만, 봄 또한 그렇게 여러 가지 모습으로 우리에게 오고, 우리는 그 안에서 많은 기쁨과 만날 수 있다.

때가 되면 그 봄이 가고 여름이 온다. 장마가 지고, 고추잠자리가 날고, 매미가 운다. 열대야도 며칠인가는 오고, 뱀도 온다.

차를 세우고

한참을 기다렸네

뱀 지나가길

봄여름가을겨울!

한 해의 다른 이름이다. 여래如來의 다른 이름이다. 하나님/하느님의 다른 이름이다. 내 눈에는 그렇다. 그 귀한 것이 누구에게나 온다. 가리지 않고 온다. 어리석고 욕심 많은 내게도 온다.

우리는 모두 봄여름가을겨울 안에서 산다. 사람만이 아니다. 나무와 풀, 새와 나비가 그 안에서 산다. 호랑이와 나무늘보가 그 안에서 산다. 하루살이와 호리병박벌이 그 안에서 산다. 그 모든 것들이 봄여름가을겨울의 젖을 먹으며 산다.

늘 연필을 가지고 다닌다. 봄여름가을겨울이 하는 말씀을 받아 적기 위해서다. 말씀이 있으면 바로 받아 적는데, 그 가운데 몇 편을 뽑았다.

관제엽서를 비롯하여 여러 엽서를 쓰지만 아무 종이나 쓰기도 한다. 작은 종이는 그냥 쓰고, 큰 종이는 잘라서 쓴다. 엽서 크기로 잘라서 쓴다. 그냥 버리지 않는다. 빈자리가 있으면 그곳을 살려서 쓴다.

30분의 기쁨!

재어 보지 않았지만 그쯤 걸리지 않을까, 평균 잡아서.

엽서는 작아서 몸에 지니기 쉽다. 펜만 있으면 어디서나 쓸 수 있다. 일을 하다가 논둑이나 밭둑에 앉아, 아궁이 앞에 앉아, 버스를 기다리며 대합실에 앉아, 커피 한잔과 함께 찻집에 앉아, 영화가 시작되기 전에 대기용의 긴 의자에 앉아, 여행지의 숙소에서, 약속 시간이 지나도 오지 않는 이를 기다리며…… 쓸 수 있다. 그 시간이 나는 좋다.

버려지는 종이를 엽서 크기로 잘랐다. 폭은 원래 폭이고, 길이만 잘랐다. 세 장이 나왔다.

30분의 기쁨!

재어 보지 않았지만 그쯤 걸리지 않을까. 평균 잡아서.

엽서는 작아서 몸에 지니기 쉽다. 펜만 있으면 어디서나 쓸 수 있다. 일을 하다가 논둑이나 밭둑에 앉아, 아궁이 앞에 앉아, 버스를 기다리며 대합실에 앉아, 커피 한 잔과 함께 찻집에 앉아, 영화가 시작되기 전에 의자에 앉아, 여행지의 숙소에서, 약속 시간이 지나도 오지 않는 이를 기다리며.... 쓸 수 있다. 그 시간이 나는 좋다.

1일 1엽서.

나의 목표다. 무슨 일이 있어도 하루에 한 통! 언제까지? 죽을 때까지. 죽는 날에도 한 통은 꼭 쓰고 죽을 수 있기를!

내게 온 님

살아 있는 용

서울에 갑니다
열차를 타고 서울에 갑니다
차창으로 용이 보입니다
한강이라는 용입니다
언제부터인가 저는 저 강은 용이다
진짜 용이다 여깁니다
힘이 센 용입니다
저 용의 품 안에서 천 만이 넘는다는 서울 사람들을 비롯하여
인근의 여러 도시, 강원도 영서지방,
충청북도의 여러 도시와 마을 사람들이 삽니다
저 용을 마시며 살아갑니다
그 땅의 산과 들에 사는 모든 풀과 나무가
저 용을 마시며 삽니다
나비, 새, 수많은 곤충, 동물들 또한
저 용을 마시며 살아갑니다
저도 그중 하나입니다
저희 마을에는 작은 시냇물이 흐릅니다

워낙 작아서 용으로 보기 어렵습니다
저조차 그 시냇물이 용임을 자주 잊습니다
그 물이 한강의 상류임을,
서해 바다, 아니 지구의 모든 물과 나뉘지 않은
거대한 용임을 자꾸 잊습니다

사람들은 용이 없는 줄 압니다
진짜 용이 무엇인지 모르기 때문입니다
가짜 용만 알기 때문입니다

우리 논

우리 집 논을 보고
어른들은 이렇게 말합니다
벼가 이웃 논보다 덜 자랐네요!
한 마지기에 몇 가마나 나나요?
아이들은 다릅니다
와, 이 논에는 잠자리가 많네요!
왜 이 논에만 많아요?

논에 잠자리 많은 것이
얼마나 귀한 일인지,
그걸 아는 사람이
이 너른 세상에 별로 없습니다

벼는 덜 나도
잠자리가 많아
저는 아무도 알아주지 않는
이 자연농을 이어 갑니다

외롭지만

오늘도 힘을 내 논에 갑니다

한 자연주의자의 기도

세상의 모든 무기
탱크, 포, 핵무기, 총……
어느 하나 빼놓지 않고
모두 가져다 한곳에 모아놓고
해가 녹이고 땅이 먹도록
없애 버리도록 무기 금지령,
무기 절대 금지령을 나는 내리고 싶다
세상의 군인이란 군인은 모두
집으로 돌려보내고, 텅 빈 부대는
푸른 숲으로 가꾸면 좋겠지
생각만 해도 신이 나는구나!
젊은이들은 스무 살이 되면
하나도 빼놓지 않고
징집 대신 한 3년
세계 여행을 보내자
여행비는 수 조 원에 이르는 각국의 국방비면 될 거고
이 여행에는 여성도 빼면 안 된다

그들도 의무여야 한다
이 백주 대낮에 탱크라니
저렇게 푸르고 고운 젊은이가
총을 들고 탱크를 몰고 가고 있다니!
이 무슨 미친 짓인가?

자연농 농부인 나는
트럭을 타고
이동 중인 탱크 뒤를 따라가는 동안
이런 생각을 했다
이런 꿈을 꾸었다

작은 것들을 위한 별

지구는 틀림없이
작은 것들을 위한 별이다
다람쥐에게
도토리와 밤이 있는 걸 보면
개미에게
지렁이가 있는 걸 보면
참새에게
풀씨는 또 얼마나 많고
사람 또한
구더기에게는 얼마나 큰 밥인가!
지구는
두말할 것 없이
작은 것들을 위한 별이다

숨길 수 없어요

오디 따 먹은 건
숨길 수가 없어요
누나도
엄마도

식구들이
입과 손을 보고
먼저 알아요
먼저 알고 웃어요

광복절에 꾼 꿈

이제 더는
뒤로 미루지 말고
북과 남을 가로막고 있는
흉하고 아픈
38선 철책을 모두 걷어 내어
그걸로 우리
기차와 기찻길을 만들어요
한라산을 출발하여
평양과 백두산을 지나
베이징, 모스크바, 헬싱키, 케이프타운, 우스마니아, 인버카길……로 이어지는
지구 어디나 갈 수 있는
두 줄
곱고 튼튼한 선로와
예쁜 기차를 만들고
1년에 한 번은 우리 손잡고
기차 여행을 해요

한 달쯤

혹은 세 달쯤 기차 여행을 해요

벌레나 풀에게

더는 부끄럽지 않게

우리 서로 오가며

넘나들며 살아요

국가를 넘어 지구를 살아요

금 긋고

서로 총 쏘고 폭탄을 떨구는

그 한심스러운 짓은 여기서 그만두고

금 없이

서로 자유롭게 오가며

국가를 넘어 지구를 살아요

일어나 보네

잠자다 일어나 보네

좋지 않은 날은 없었네

좋지 않게 본 날이 있었을 뿐이네

비바람

눈보라

태풍

장마

폭염

대설의 날조차

모두 좋은 날이었네

내가 어리석어

그 모든 날이 좋은 날인 걸

몰랐을 뿐이네

풀은 힘이 셉니다

풀은 힘이 셉니다
언 땅이 녹기 시작하며
하나둘
뜰에 풀이 돋아나면
엄마와 나들이를 나온 갓난아이는
엄마 손을 놓고
아장아장 그 풀에 가서
쪼그려 앉아 머리를 조아립니다
나랏일로 바쁜 임금님도
풀이 보이면
어린 풀이 보이면
모든 것 다 잊고 다가가
풀 앞에 쪼그려 앉아
머리를 조아립니다
환하게 웃으며
머리를 조아립니다
풀은 힘이 셉니다

시골과 도시의 차이

서울에는
아이스크림이 많다
맛있는 음료수도 많다
과자와 사탕도 많지만
온갖 것이 다 있지만
거저가 아니다
돈을 줘야 한다
그래서 서울에서는 돈이 최고다
시골에는
산 밑에서 맑은 샘물이 솟아난다
길가에는 살구나무, 복숭아나무가 있고,
산길에는 온갖 종류의 딸기나무가 있는데,
그 모든 것이 거저다
그래서 시골에서는
그 모든 것을 주시는
어머니 지구가 최고다

38선이 사라지면

북과 남이

마친내 전쟁을 끝내며

38선이 사라지는

그 기쁜 날이 오면

나는

농한기를 다 내어

백두산에 가고 싶다

차 따위 타지 않고

오직 내 두 발로 걸어

두 달

혹은 석 달

북녘땅 여기저기를 걸어

백두산에 가고 싶다

백두산에 가서

세계가 한 국가로 사는 날을 빌며

여러 날 울고 싶다

노래하는 나무

어느 여름날 저는
노래하고 춤추고
훨훨 날기까지 하는 나무를 보았어요

제 방에서
늘 보이던 나무였어요
물푸레나무
호두나무
전나무
그 셋이
어느 날
노래하고 춤추는 것이었어요
훨훨 날기까지 하는 것이었어요

그 세 나무는
매미를 키워 노래했고
나비를 키워 춤췄고

새를 키워 훨훨 날았어요

그 셋이,

매미와 나비와 새가 모두

나무인 걸

그날

나는 보았어요

하나님에게 묻다

하나님,
당신은 어디 계신가요?

지진해일로
일본 원자력발전소가 망가지며
그 발전소에서 흘러나온 유해 물질이
바닷물을 따라
미국으로 한국으로 흘러들고
바람을 타고 주변 세계로 퍼져 가는 이 때
하나님은 그보다 먼 데 계시나요?

우리는 비가 와도 걱정,
바람이 불어도 걱정인데, 당신은
마음 편히 구경만 해도 되는
그런 안전한 곳에 계시나요?

하나님,
당신은 어디 계시나요?

흙이 이르기를

흙은

나의 오줌과 똥을

새싹과 꽃으로 돌려줍니다

감자와 가지로 돌려줍니다

내가 그렇게 하듯 너 또한

세상이 너에게 어떤 똥과 오줌을 던지든

새싹과 꽃으로 돌려주라고

고구마와 고추로 돌려주라고

땅이 일러 줍니다

절대로 세상과 똑같이

오줌과 똥을

세상에 던져서는 안 된다고

일러 줍니다

하이쿠 열다섯 수

달이 둘이네!
모 심은 논에 하나
하늘에 하나

어디 가려고
내 신을 신고 있니?
함박눈이여

따 모았건만
그대는 멀리 사네
길가 산딸기

깔개를 들고
한참을 서성였네
어디나 새싹

내 손바닥에
내 얼굴만 맞았네
모기는 가고

팔에 떨어진
라일락꽃 한 송이
주워 술잔에

먹장구름을
우산 삼아 뿌렸네
호밀 3백 평

익은 호박도
셋넷… 따다 놓으니
꽃밭 같구나

낙엽이 진다
다 맡기고 편하게
낙엽이 진다

어린 풀, 벌레
아직 많고 많은데
연일 된서리

추하게 지는
목련꽃 밉지 않네
연애 끝낸 뒤

눈길 한 시간
살을 에듯 춥지만
영혼에 좋네

어디로 가나?
새벽 하늘을 울며
야생 오리들

삽 씻어 거니
개구리 와글와글
초승달 뜨고

감자밭에도
김을 매는 내게도
벚꽃이 진다

그래서 산에 산다

초판 1쇄 발행 2006년 8월 1일
개정판 1쇄 발행 2020년 9월 7일

글·사진 최성현

펴낸이 신민식
펴낸곳 가디언
출판등록 제2010-000113호

주 소 서울시 마포구 토정로 222 한국출판콘텐츠센터 306호
전 화 02-332-4103
팩 스 02-332-4111
이메일 gadian7@naver.com
홈페이지 www.sirubooks.com

ISBN 979-11-90781-03-9 (03800)

이 도서의 국립중앙도서관 출판예정도서목록(CIP)은 서지정보유통지원시스템 홈페이지(http://seoji.nl.go.kr)와 국가자료공동목록시스템(http://www.nl.go.kr/kolisnet)에서 이용하실 수 있습니다.(CIP제어번호: CIP 2020034563)